KB121579

계변쌍학무

계변쌍학무

초판 1쇄인쇄 2021년 10월 23일
초판 1쇄발행 2021년 10월 29일

저 자 김태환
발행인 박지연
발행처 도서출판 도화
등 록 2013년 11월 19일 제2013-000124호
주 소 서울시 송파구 중대로 34길 9-3
전 화 02) 3012-1030
팩 스 02) 3012-1031
전자우편 dohwa1030@daum.net
인 쇄 (주)현문

ISBN ｜ 979-11-90526-50-0 *03810
정가 13,000원

*이 책은 울산문화재단 2021 책발간지원 사업의 일환으로 발간되었습니다.
*이 책은 한국간행물윤리위원회의 윤리강령 및 실천요강을 준수합니다.

도화道化, fool는
고정적인 질서에 대한 익살맞은 비판자,
고정화된 사고의 틀을 해체한다는 뜻입니다.

계변쌍학무

김태환 장편소설

도화

 춤 이야기라면 중국 쿤밍의 양리핑을 꺼낼 수밖에 없다. 쿤밍 여행 중에 우연히 보게 된 양리핑의 공작춤은 감동 그 자체였다. 공연 중에 주인공이 새인지 사람인지 모를 정도로 흡인력이 대단했다. 공연하는 운남성 극장이 양리핑의 개인극장이라고 하는데 매일 상설공연을 하는데도 극장은 빈자리가 없었다. 입장료도 만만치 않았다. 춤 공연 하나가 쿤밍여행의 하이라이트였다. 사실 그날 저녁의 공연에 대한 기억 때문에 다른 자연관광지의 기억은 지금까지 하나도 남아 있지 않을 정도였다. 예술이 어떻게 관광상품이 될 수 있는가 본보기를 보여주는 예였다.

 울산은 이야기의 소재가 무궁무진하게 널려있는 고장이다. 고래이야기에다 반구대 암각화, 정유재란의 마지막 전투 도산성, 그리고 최근에 호평받기 시작하는 국가정원 등등 소재가 선사시대에서 최근의 산업화까지 다양하다. 이런 이야기들을 예술작품으로 만드는 일은 울산 예술가들이 해야 할 몫이라고 생각한다.

이런 의미에서 계변쌍학무는 분명한 의도를 가지고 쓴 작품이다. 학춤의 대본으로 사용할 수 있는 스토리를 만들자는 의도였다. 초고는 2020년 5월부터 9월까지 울산매일신문에 연재되었다.

실제로 학춤공연을 본 것은 김성수 선생님의 울산학춤이었다. 글을 쓰면서도 동래학춤과 양산학춤의 동영상을 여러 번 보았는데 동작 하나하나가 모두가 살아있는 학을 보는 듯했다. 탄탄한 스토리가 있으면 좋겠다싶었는데 어느덧 계변쌍학무 출간을 앞두고 이제 상설무대에서 공연하는 야무진 꿈을 꾸어본다.

참고로 작품 속의 이야기는 역사적 사실과는 전혀 부합하지 않는다. 이야기의 시대는 삼국이 각축하던 때인데, 배경으로 나오는 함월산 백양사나 경주 월정교는 통일신라시대에 건축한 것이다. 백제가 아막성을 침공했던 때는 602년이다. 경주 월정교가 만들어진 시기는 정확하지는 않지만 760년으로 추정하고 있다. 대충 160년이라는 시간 차이가 있다.

602년 실제로 있었던 아막성 전투의 등장인물로 백제장수 해수라는 장수가 있었고 신라 청년장교 귀산과 추항이라는 인물이 있었다. 그러나 이런 인물들을 사실대로 데려오기에는 본인의 역사적 지식이 턱없이 짧을 뿐 아니라 스토리 구성에 많은 제약이 따를 것 같았다.

연재가 끝나고 나니 독자들은 '하문'과 '아령'이 머릿속에서 지워지지 않는다고 한다. 작가로서 너무 고마운 일이다. 이제 무대 위에서 계변쌍학무로 청중들에게 올라갈 날을 기다려보는 것이다.

강정원 편집장님과 멋진 삽화를 그려주신 배호 선생님께 감사의 인사를 올리며 그동안 신문연재를 애독해 주신 독자들께도 깊은 감사를 드린다.

차례

작가의 말

계변쌍학무

여인

화랑 중에 하문이란 자가 있었다. 남다르게 뛰어난 재주는 없었으나 생각이 깊고 자중하는 성격이었다.

초가을 보름날이었다. 왕세자가 월지에서 화랑들을 불러 연회를 열었다. 시간이 지날수록 음주가무는 농이 짙어졌다. 연회에 참가한 사람들도 흥이 절정으로 치닫고 있었다. 급기야는 왕세자까지 과하게 취해 화랑의 무리에 섞여 무희들과 현란한 춤을 추었다.

하문은 아무리 술을 마셔도 흥이 나지 않았다. 집을 나설 때 들었던 누이의 말 때문에 정신이 더욱 또렷해졌다. 시든 박꽃 같은 두 살 아래 누이의 얼굴도 잊히지 않았다.

누이는 몸이 약했다. 지난 겨울에도 거르지 않고 고뿔을 심하게 앓았다. 봄이 되면 가까스로 털고 일어나던 때와 달리 기운을 회복하지 못하고 있었다. 최근에는 기침을 할 때마다 종종 각혈도 했다.

아침에도 집을 나오면서 누이를 들여다보았다. 누이가 박꽃처럼 핼쑥한 얼굴에 눈물이 그렁그렁한 눈으로 하문을 바라보았다. 하문은 억장이 무너지는 마음에 무거운 발걸음을 돌리려는데 병든 누이가 다급하게 불러 세웠다.

"오라버니. 나가시기 전에 저에게 한 가지 약조를 해주세요."

하문은 느닷없는 누이의 청에 잠시 멍하니 서 있었다. 누이는 애절한 눈빛으로 하문을 바라보았다. 금방이라도 눈물이 흘러내릴 것 같은 눈빛에 그냥 서 있을 수가 없었다.

"그래 이야기해 보거라. 내가 너를 위해서라면 하늘의 별을 따다 달라고 해도 들어주마."

하문은 가당치도 않은 약속을 선뜻 했다. 그러자 병든 누이는 핼쑥한 얼굴에도 꽃 같은 미소를 지으며 말했다.

"오라버니 말씀이 가당치 않다는 것은 알겠지만 그래도 마음이 한없이 기쁩니다. 제가 드리고 싶은 청은 하늘의 별을 따는 것보다 어려운 일이 아니니 거절하지 마시고 꼭 들어주세요."

하문은 자신이 할 수 있는 일이라면 어렵더라도 누이의 청을 들어주고 싶었다.

"어려워하지 말고 말해 보거라."

하문은 시원하게 대답을 했다. 그런데 누이는 하문이 승낙을 했음에도 쉽게 입을 열지 못했다. 몇 번을 더 재촉을 하고 나서야 입을 열었다. 하문은 누이의 청을 다 듣고 난 뒤 잠시 혼이 나간 듯했다.

누이는 자신이 이승에서 살 날이 얼마 남지 않은 것 같다고 했다. 자신이 죽는 것은 두렵지 않은데 금방 잊힐 것이 두렵다고 했다. 그리고 부모님에게 불효하고 가는 것이 마음이 아프며 여자로 태어나 구실도 못하고 가는 것이 마음에 걸린다고 했다. 그러면서 다음 생에 태어나면 오라버니가 아닌 부부로 함께 태어나 달라고 했다.

하문은 누이의 청에 쉽게 대답을 하지 못했다. 누이가 이생에 미련을 버린 듯한 말에 속이 상했다. 더구나 저 생의 일을 이야기하는데 쉽게 공감할 수가 없었다. 과연 사람이 죽고 난 뒤에 다음 생이라는 것이 있기나 한 것인지 알 수 없었다.

"오라버니, 제가 너무 염치없는 부탁을 드렸나요?."

"아니다. 네가 너무 마음 약한 소리를 하니 화가 날 뿐이다. 얼른 쾌차하여 좋은 날을 함께 살아야 하지 않겠느냐."

"사람의 운이란 건 내 마음대로 하는 게 아닌가 봅니다. 저도 살려고 노력은 해보겠지만 힘에 부치기에 이런 청을 드리는 것입니다. 오라버니께서 승낙해 주신다면 더욱 힘을 내서 이생의 끈을 놓지 않고 버텨보겠습니다."

"알겠다. 너의 청을 들어주마. 다음 생에선 우리가 남매가 아닌 부부로 만나자꾸나."

하문이 승낙을 하자 누이의 얼굴에 연꽃처럼 화사한 웃음꽃이 피어났다. 이내 양쪽 눈에서 눈물이 쏟아졌다. 얼굴을 타고 흐르는 눈물이 연잎에 구르는 이슬방울 같았다.

"이제 저는 죽어도 여한이 없습니다. 이생의 길을 가든 저 생의 길을 가든 오로지 오라버니만 생각하겠습니다."

하문은 술잔을 들여다보아도 병든 누이의 얼굴이 어른거려 마음이 편치 않았다. 거푸 잔을 비워내도 정신은 더욱 또렷해졌다. 주위를 둘러보니 왕세자를 비롯한 화랑들이 술에 취해 기생들을 한 명씩 끌어안고 있었다. 어떤 자는 기생의 치마 속에 얼굴을 들이밀고 이상한 짓거리를 하고 있었다. 그러나 누구 하나 제재하는 사람이 없었다.

하문은 자신의 옆자리에 앉아 있는 기생을 바라보았다. 다소곳이 양손을 앞으로 모으고 앉아 있는데 다른 기생들과는 뭔가 달라 보였다. 하문이 술잔을 비우면 곧바로 잔에 술을 채워줄 뿐 말 한마디 하지 않았다. 술잔을 비우고 기녀가 따라주는 술잔을 받다가 "허허" 하고 웃었다. 기녀의 얼굴이 말상으로 기이하게 보였기 때문이었다. 이상하게 다른 기녀들과는 다르게 이마에서 턱까지의 얼굴 길이가 길어 보였다. 특히나 인중이 길고 아랫입술부터 턱 끝까지의 길이가 길었다. 하문은 잔을 받아 상 위에 올려놓고 자신의 눈을 비벼보았다. 술이 취해 사물이 이상하게 일그러져 보이는 것이 아닌가 싶었다.

"거기 목석처럼 앉아서 술만 마시고 있는 자는 뭐냐? 술에는 자신 있다는 것이냐? 여봐라, 저 자에게 술 석 잔을 연거푸 내려라."

하문이 기녀의 얼굴만 들여다보고 있을 때 왕세자가 소리를 질렀다. 술에 취해 기생의 품에 묻혀있던 자들이 일제히 왕세자의 지적을 받은 하문을 바라보았다. 자신들의 취한 눈으로 보기에도 하문은 꼿꼿한 자세로 앉아 있었다. 모두가 술이 취해 함께 흥청거리는 판에 혼자 꼿꼿하게 앉아 있는 꼴이 눈에 거슬렸다.

"뭘 하느냐. 어서 술 석 잔을 내려라."

왕세자가 거푸 명령을 내렸다. 하문의 곁에 있던 기녀가 거푸 석 잔의 술잔을 따랐다. 하문은 주저 없이 기녀가 따라 준 술 석 잔을 모두 받아 마셨다.

"이번에는 거꾸로 술 석 잔을 따라 주거라."

왕세자는 하문이 취하지 않은 것이 기녀의 탓이라고 생각하는 것 같았다. 기녀는 하문이 따라 주는 술 석 잔을 힘겹게 받아 마셨다. 기녀가 마지막 잔을 마시자 이번에는 일어서서 춤을 추게 했다.

"네가 서라벌에서는 춤을 제일 잘 춘다는 이야기를 들은 적이 있다. 어디 한번 멋지게 추어 보아라."

가볍게 목례를 한 기녀는 일어나 춤을 추기 시작했다. 모두들 하던 짓을 멈추고 춤사위를 바라보았다. 기녀의 춤사위는 지금까지 그 어디에서도 본 적이 없는 색다른 것이었다. 하문도 연거푸 받아 마신 술에 취기가 올랐지만 정신이 또렷해지며 기녀의 춤사위에 빠져들었다.

월지에는 풍악 소리에 기녀의 춤사위만 있을 뿐 천지사방이 고요 속에 빠져들었다. 처마 끝에 흐르던 흰구름도 멈추어 서서 기녀의 춤사위를 들여다보는 것 같았다. 월지 건너편의 숲속에서 요란하게 울어대던 새들도 잠시 울음을 멈추고 기녀의 춤을 바라보고 있는 듯했다.

기녀의 몸은 땅 위를 걷는 듯하다가 공중을 날아다니는 듯하고, 하늘 높이 솟구쳐 날아오르는 듯하다가 높은 곳에서 곧장 땅으로 내리꽂히는 듯했다.

왕세자를 비롯해 연회에 참석한 모든 사람들은 춤사위에 빠져들었다. 춤을 추고 있는 기녀가 사람인지 커다란 새인지 구분이 안 될 정도였다. 하문은 방금 자신의 옆자리에 앉아 있던 기녀가 사람이었는지 새였는지 분간이 되지 않았다. 마지막으로 기녀의 몸이 공중에 날아올랐다가 땅으로 조용히 내려앉는 순간에 하문은 온몸에 오싹한 전율을 느꼈다. 춤이 끝난 뒤 한참 후에야 왕세자가 입을 열었다.

"과연 자랑할 만하구나. 서라벌에선 너의 춤이 제일이다. 상으로 술을 한 잔 내릴 터이니 받거라."

기녀는 왕세자가 따라주는 술잔을 두 손으로 공손하게 받아 마셨다. 춤을 추느라 목이 타서 그런지 단숨에 잔을 비웠다.

"오호. 이제야 연회 분위기를 맞추려는구나. 너에게 진짜 상을 내릴 터이니 원하는 것이 있으면 말해 보거라."

"황송하오나 하문 낭도님이 옆에 계신 것을 큰 상으로 여기겠습니다."

"하하하. 그거 참 재미있구나. 하문이 큰 상이라? 아무럼 그렇고말고. 이 서라벌의 화랑이야말로 상 중에서도 무엇과도 비교할 수 없는 큰 상이지."

"황송하옵니다."

"여봐라. 상을 내린 기념으로 주렴구를 대령하라."

대추나무를 14면으로 깎아 만든 주렴구가 대령했다. 주렴구의 각 면에는 벌칙이 적혀 있었다. 술 한 잔 마시고 노래 부르기 같은 쉬운 벌칙도 있었지만, 술 석 잔 거푸 마시기나 여러 사람이 한 대씩 때리기 같은, 행하기 쉽지 않은 벌칙이 많았다.

"어서 주렴구를 던지거라."

왕세자가 재촉했다. 기녀는 주렴구를 공중 높이 던져 올렸다. 딱 소리를 내며 주렴구가 바닥에 떨어지자 모두의 시선이 한군데로 모였다. 과연 무슨 벌칙이 나왔을까 궁금한 표정들이었다.

"어디보자. 무슨 문구가 나왔느냐?"

그때 주렴구에 가까이 있던 화랑이 소리쳤다.

"술 한 잔 마시고 노래 부르기입니다."

"뭐라고? 그럴 리가 없다. 그런 벌칙은 주렴구에서 없애버린 지 오래다. 네가 술이 취해 글자를 읽지 못한 게로구나. 어디보자 내가 한 번 읽어보마."

왕세자는 바닥에 떨어진 주렴구를 들어 올렸다.

"음, 이것은 옆에 있는 사람을 물에 던져 넣기다."

모여 있던 사람들이 어리둥절한 표정을 지었다. 하문을 비롯한 모든 사람들이 그런 내용이 주렴구에 적혀 있을 리 만무하다는 것을 알고 있었다. 하지만 왕세자의 말은 명령이나 마찬가지니 아니라고 토를 달 수도 없는 노릇이었다. 기녀는 옆에 다소곳이 앉아있는 하문을 보고 난감할 수밖에 없었다. 물속에 들어가기에는 제법 찬 날씨였다. 월지의 수심도 깊었다. 헤엄을 치지 못하면 익사할 수도 있었다.

"뭘 망설이느냐. 어서 실행하지 못할까?"

왕세자가 큰 소리로 거푸 재촉했다. 기녀는 재촉에 못 이겨 하문의 손목을 잡았다. 그러나 차마 물속으로 던져버릴 수는 없는 노릇이었다. 왕세자가 거푸 재촉을 하려던 찰나였다. 기녀가 하문을 잡은 손을 놓았다. 그길로 곧장 달려가더니 난간으로 몸을 날렸다. 누가 말릴 틈도 없이 순식간에 일어난 일이었다. 옷자락을 날리며 떨어지는 모습이 물새가 고기를 잡으러 자맥질해 들어가는 것 같았다.

왕세자를 비롯한 모든 사람이 난간으로 몰려갔다. 고요하던 못의 수면에 커다란 파문이 일었다. 물속으로 쑥 들어갔던 기녀의 몸은 한참 후에 수면 위로 솟아올랐다. 한두 번 허공에 손을 젓더니 이내 다시 가라앉았다. 이미 정신을 잃은 듯했다. 가만두면 그대로 물속에 가라앉아 죽을 것 같았다.

하문은 앞뒤 가릴 여유가 없었다. 잽싸게 저고리를 벗어 놓고 물속으로 뛰어들었다. 능숙한 헤엄 솜씨로 기녀에게 다가가 머리카락을 움켜잡았다. 얼굴을 물 밖으로 나오게 몸을 뒤집은 뒤 서서히 물가로 끌고 나왔다. 연회가 벌어지고 있는 누각과는 오십 보쯤 떨어진 연못 반대편이었다.

기녀는 완전히 늘어져 있었다. 누워있는 기녀의 배를 누르자 입에서 물이 왈칵 쏟아져 나왔다. 한 번 더 물을 토해내고 난 기녀는 '끙'하는 소리와 함께 눈을 떴다.

"허허. 그것참 구경거리가 좋네. 이제 이쪽으로 건너오게나."

왕세자의 명에 하문은 기녀를 일으켜 세웠다. 그러나 잠시 일어났던 기녀는 그대로 바닥에 주저앉고 말았다. 술도 취해 있는데다 차가운 물에 옷이 젖어 심하게 떨었다. 하문은 주저 없이 기녀를 등에 업었다. 생각보다 키가 커 무게가 만만하지 않았다. 월지를 반 바퀴 돌아 누에 도착했을 때는 하문도 기진맥진 온몸에 힘이 다 빠져나간 것 같았다.

하문은 왕세자에게 연회에서 빼줄 것을 간청했다. 왕세자는 기꺼이 두 사람을 위해 마차까지 대령시켰다.

"두 사람이 함께 물로 뛰어드는 걸 보니 매우 아름답고 감동적이구나. 그대는 약한 자를 위해 기꺼이 몸을 던지는 걸 보니 진짜 사내 중의 사내로다. 그대의 이름이 무엇인가?"

"소인 김하문이라고 합니다."

"하문이라? 그대의 부친은 함자가 어떻게 되느냐?"

"네. 김자 자자 경자를 씁니다."

"흠, 김자경이라. 몇 년 전에 아막성 싸움에서 큰 공을 세우고 다친 장수가 아니더냐?"

"그렇습니다."

"과연 용맹스러운 장수에 멋진 아들이로군. 이 기녀는 이제부터 너의 여인이다. 데리고 가거라."

하문은 왕세자에게 큰절을 올리고 마차에 올라 월지를 빠져나왔다. 기녀는 흔들리는 마차 위에서도 부들부들 몸을 떨었다. 하문은 안타까운 마음으로 기녀를 바라보다가 느닷없이 웃음이 흘러나왔다. 위턱이 아래턱에 부딪혀 딱딱 소리가 나는데 저절로 웃음이 났다. 더군다나 아래턱이 길쭉하게 빠져나와 있어 더욱 우스꽝스럽게 보였다.

"그대의 집이 어딘가?"

추위에 몸을 떨고 있는 기녀에게 물었다.

"기생에게 집이 어디에 있겠습니까. 자리에 누우면 거기가 집이 아니겠습니까?"

"그대의 부모님은 어디에 계시는가?"

"이곳에서 백 리 남쪽에 태확이란 강이 있습니다. 그 강변에 계변이란 곳이 있지요. 그곳이 제가 태어난 곳이고 자란 곳입니다. 늙으신 어머니가 홀로 계시는데 오늘도 살아계시는지 돌아가셨는지 알 길이 없습니다."

"그렇게 말을 하니 신세가 참으로 처량하단 생각이 드는구나. 지금 기거하고 있는 곳은 어디인가?"

"지금은 월천 건너 마을에 화정기생 어미 밑에 있습니다."

"이보게, 마부. 알아들었나? 월천을 건너 화정이란 기생 어미 집으로 가세."

"예. 나으리."

마부가 힘차게 대답을 했다. 그러나 대답을 마치기도 전에 기녀가 다그쳤다.

"아닐세. 도련님 댁으로 가야 하네."

"……?"

"하마 잊으신 것입니까? 아까 왕세자께서 소녀는 하문님의 것이라고 분명히 말씀하시지 않았습니까? 명을 거역하실 생각이십니까?"

하문은 기가 막혔다. 왕세자가 그렇게 말하기는 했지만 새겨들을 말은 아니라고 생각했다. 그냥 장난으로 들었던 참이었다. 수양을 마치려면 아직도 많은 시간이 필요한 시기다. 이런 때 기생을 소유해서 어쩌라는 말인가.

"어허. 그건 왕세자께서 농으로 한 말이 아닌가?"

"서방님께서는 세자께서 하신 말씀을 농으로 들으셨단 말인가요? 그런 불충이 어디에 있습니까. 설사 세자께서 농으로 하셨더라도 농으로 받아들이는 것은 불충을 저지르는 것입니다. 그랬다가는 훗날 어떤 액운이 닥칠지 알 수 없는 노릇입니다. 잘 생각해서 처신하시기 바랍니다."

하문은 말이 막혔다. 기녀가 하는 말이 아주 틀린 말은 아니었다. 지금 와서 생각하니 정중하게 거절했어야 했다. 뒷일을 생각하니 실로 난감한 노릇이었다. 이대로 기녀를 집으로 데려간다는 것도 있을 수 없는 노릇이었다.

누이는 병들어 누워 있는데다가 몇 년 전 아막성 전투에서 큰 부상을 입은 아버지도 제대로 운신을 못하고 있는 형편이었다. 그런 암울한 집안 분위기에 기생이라니 있을 수 없는 노릇이었다.

"그대가 입을 다물면 아무도 문제 삼을 사람이 없을 듯하네. 내가 자주 자네 집에 들르는 걸로 하면 안 되겠나? 나중에 세자께서 물어도 대답하기가 궁색하지 않을 것 아닌가?"

"도련님 약조는 믿을 수가 없습니다. 저를 떼어놓으실 궁리만 하시는군요. 아직까지 소녀의 이름도 묻지 않았습니다."

"어허 참. 그게 아닐세. 그대 이름이 무엇인가?"

"빨리도 물어주십니다. 허나 소녀 몸 둘 바를 모르겠습니다. 소녀의 이름은 아령이옵니다. 아마 내일 아침이면 잊으시겠지요?"

"그럴 리가 있겠는가. 아령이라? 참 아름다운 이름이구나. 아령."

하문은 기녀의 이름을 몇 번이나 되뇌었다. 정말 내일 아침 해가 뜨면 까맣게 잊을 것 같은 기분이 들었다. 마부는 두 사람의 결정이 어떻게 내려질지 몰라 천천히 말을 몰았다. 하문은 아령을 절대로 잊지 않을 것이며 보름달이 뜨는 날마다 꼭 방문하겠다고 약조를 했다.

"하문 도련님 오늘이 마침 보름입니다. 그럼 오늘 밤부터 저희 집에 가는 걸로 하겠습니다."

하문은 입을 딱 벌리고 말았다. 반박할 핑계거리를 찾아낼 수가 없었다. 하문이 입을 다물고 있는 사이 아령이 마부에게 월천으로 가라고 했다. 마부는 아무 대꾸도 없이 마차를 월천으로 몰았다. 하문은 말발굽 소리가 또각또각 들릴 때마다 알 수 없는 두통이 몰려왔다. 아침에 집을 나올 때 어린 누이가 자신을 붙잡고 하던 말이 생각나 마음이 뒤숭숭했다. 그렇다고 누이 핑계를 대고 자리를 피할 수도 없는 입장이었다. 세자가 술기운에 한 말이지만 함부로 거역하기도 어려운 노릇이었다. 남아 십팔 세에 기생 하나쯤 거느려도 탓할 사람은 아무도 없었다. 오히려 서라벌의 풍속대로라면 그건 당연한 일이었다. 다만 하문의 처지로서는 다소 순리에 맞지 않는 면이 있었다. 집안에 우환을 두고 기생과 어울린다면 누가 보아도 곱게 볼 일은 아니었다.

마차가 월정교를 건너갈 때 하문은 곁눈질로 아령의 얼굴을 바라보았다. 자세히 보니 턱만 긴 것이 아니었다. 목도 꽤 길었다. 눈을 몇 번 감았다 떴다 해보았다. 이상하게도 어떤 때에는 턱이 길어도 보였다가 어떤 때에는 보통 여인처럼 갸름해 보이기도 했다. 자신의 눈이 잘못되었나 싶어 손등으로 몇 번 비벼 보았는데 여전했다.

"아령이 태어난 곳이 계변이라고 했나?"

"그렇습니다."

"그곳은 어떤 곳인가? 이곳 서라벌처럼 아름다운 곳인가?"

그때 월천변에서 꾸르륵 꾸르륵하는 새 울음소리가 들려왔다.

그 소리 때문에 둘의 대화는 잠시 중단되었다. 아령의 어깨에서 가는 김이 올라왔다. 몸이 더워져 젖은 옷이 마르기 시작했다. 하문은 다시 눈을 감았다 뜨기를 반복했다. 그럴수록 아령이 현실의 사람이 아닌 다른 세상의 사람처럼 여겨졌다.

"그럼요. 어쩌면 서라벌보다 더 아름다운 곳이지요. 그곳엔 바다처럼 넓은 강이 있거든요."

"그럴 리가 있나?"

"소녀가 왜 그런 거짓말을 하겠습니까?"

"큰 물가에서 자랐다면 헤엄을 잘 칠 텐데 아까는 물에 빠져 죽을 뻔하지 않았나?"

놀리는 듯한 하문의 가슴을 아령이 주먹으로 콩콩 때렸다. 하문은 느닷없는 아령의 애교가 싫지 않았다.

"헤엄은 치지 못해도 주먹은 맵구만."

아령은 대답 대신 눈을 흘겼다.

"소녀가 밉더라도 놀리지는 마시어요."

"내가 왜 그대를 놀리겠는가. 그대가 물에 떨어지는 모습은 마치 돌절구가 하늘에서 떨어지는 것 같았소. 하하하."

하문은 차마 능소화 꽃송이가 떨어지는 것 같았다는 말은 할수가 없었다. 정말로 돌절구처럼 떨어진 것은 하문 자신이었다.

"도련님이 떨어지는 모습은 저 월천의 물새가 날아드는 것 같았지요."

"하하하. 물속에 가라앉아 정신을 잃은 그대가 보긴 뭘 보았겠소. 잠시 용궁에 들어갔다 헛것을 보고 오신 것이겠지요."

"참 짓궂기도 하세요."

아령이 다시 하문의 가슴팍을 쳤다. 하문은 가슴을 치는 아령을 내버려두었다. 앙탈을 하듯 눈을 흘겨 뜨는 아령의 얼굴을 유심히 들여다보았다. 지금까지 보아왔던 긴 얼굴에 긴 턱은 어디로 가고 갸름한 계란형의 얼굴이 무척 아름답게 보였다. 아까 물에 뛰어들기 전까지 보았던 얼굴과는 너무나 상반되는 얼굴이었다. 하문은 술을 너무 마셔 술기운에 헛것을 본 것인가 하는 생각까지 들었다.

"어허. 내가 취했나보구나. 그대 이름 무어라고 했소? 아령이라고 했던가? 아란이라고 했던가?"

"자꾸 놀리시깁니까?"

"허허. 놀리는 것이 아니라 새는 한 마리인데 꾀꼬리로 보였다가 백로로 보이기도 하니까 하는 말이요."

하문의 말이 끝나자 월천의 물새들이 한꺼번에 날아올라 북천으로 날아갔다. 저녁 하늘을 휘젓는 새들의 날갯짓 소리가 마차 뒤편에서 들려왔다.

마차는 월천마을의 기와집 앞에서 멈추었다. 대문이 열리고 늙은 하인이 쪼르르 달려 나와 아령을 부축해 내렸다.

"아씨 이게 무슨 변고입니까? 마차가 월천에 구르기라도 한 것인가요? 온몸이 젖었군요. 어서 안으로 드세요."

"공자님도 안으로 모시게. 같이 옷이 젖었으니 새 옷을 내어드리게."

"네. 여부가 있겠습니까."

그때 안채의 방문이 열렸다. 화사한 옷에 올림머리를 한 중년의 여인이 밖을 내다보았다. 아령이 방문 앞으로 달려가 고개를 숙였다.

"어머니, 쉰네가 미련해 연회 도중에 물에 빠지고 말았습니다."

"왕세자께서는 연회에 아니 나오셨더냐?"

"나오셨습니다. 그런데 소녀가 물에 빠져 물러가라 명하셨습니다."

"어쩌다 그 지경이 되었느냐. 귀한 자리를 어렵게 만들어 보냈더니 그 모양이 다 무엇이냐?"

"죄송합니다. 소녀 어머님의 가르침을 잘 따르지 못한 탓입니다."

"알았다. 어서 들어가 옷부터 갈아 입거라."

이야기를 하는 동안 여인은 한 번도 하문에게 눈길을 주지 않았다. 묻지 않아도 다 알 수 있다는 듯 거만함이 묻어났다. 하문은 살짝 불쾌한 느낌이 들었다. 이런 기생집의 기생어미가 자신을 함부로 그림자 취급하는데 부아가 났다. 하문은 일부러 헛기침을 해대었다. 그러나 못 들었다는 듯 안방문은 닫히고 말았다.

"자. 이쪽으로 드시지요."

안내하는 아범이 하문의 무안함을 달래듯 방으로 안내했다.

"어허. 집이 넓고 좋구나. 험험."

하문은 일부러 큰 소리를 내며 방으로 들었다.

"잠시만 기다리십시오. 새 옷을 내어 오겠습니다."

하문은 바지가 젖어 있는 터라 바닥에 주저앉을 수도 없었다. 선 채로 방안을 둘러보았다. 가구는 배치된 것이 별로 없어도 방안이 정갈했다. 초가을 날씨인데도 방 안 공기가 따뜻했다. 잠시 후에 아범이 정갈하게 갠 새 옷을 들고 왔다. 하문은 축축한 옷을 벗고 새 옷으로 갈아입었다. 뽀송뽀송한 새 옷의 촉감이 기분 좋았다.

하문은 기생집이라는 생각을 잠시 접고 내 집에 온 것처럼 바닥에 앉았다. 엉덩이가 따뜻했다. 반닫이 위에 곱게 개어놓은 비단금침에 눈이 갔다. 아범이 눈치를 채고 잽싸게 이불을 내려 주었다. 아범이 나간 뒤 하문은 깔아놓은 금침 위에 벌렁 드러누웠다. 내 집이 아닌 곳에서 이렇게 마음 놓고 드러누워 보기는 처음이었다. 방금 전에 차가운 물속에 들어갔다 나온 것이 꿈결 같았다. 술기운에 절로 눈이 감겼다.

깜박 잠이 들었는데 꿈을 꾸었다. 월성으로 보이는 성곽 주변으로 하얀 두루미 떼가 무리 지어 맴을 도는 꿈이었다. 수백 마리는 되어 보이는 두루미 떼의 운무는 장엄했다. 하문은 꿈속에서도 이 많은 새 떼가 어디에서 날아왔을까 하는 의문을 품었다. 월성 주변에 모여 춤을 추니 서라벌에 좋은 일이 일어날 것 같은 예감이 들었다. 한동안 넋을 놓고 바라보고 있는데 어디선가 자신의 이름을 부르는 소리가 들렸다.

"허허. 공자님께서 잠이 깊게 드셨네."

기생집 늙은 아범이었다. 하문은 잠에서 깨어 벌떡 일어나 앉았다. 기생집에서 쉽게 잠에 떨어진 것이 부끄러웠다.

"어허, 내가 그새 잠이 들었나 보오. 흠흠."

"공자님 건넌방으로 가시지요. 저녁상을 차려놓았습니다."

"알겠네."

건넌방으로 들어선 하문은 입이 딱 벌어졌다. 방 한가운데 커다란 상이 차려져 있었다. 상 위에는 가짓수를 헤아리기 어려울 만큼 여러 종류의 산해진미가 가득했다. 왕실의 잔치에나 볼 수 있는 상차림이었다. 하문은 놀라서 자리에 앉지도 못하고 어정쩡하게 서 있었다.

"자리에 앉으시지요. 공자님을 위해 특별상을 차렸습니다."

새 옷으로 갈아입은 아령이 상 옆에 다소곳이 앉아 있었다. 방 한쪽에서는 다른 기녀가 가볍게 거문고를 뜯고 있었다. 또 한 명의 기생은 거문고 앞에서 춤을 추려고 준비하고 있었다. 하문은 덜컥 겁부터 났다. 지금까지 이런 대접을 받아 본 적이 없었기 때문이었다. 이렇게 하룻저녁을 놀면 비용을 얼마나 치러야 하는지도 걱정이었다.

"공자님 걱정 마시고 앉으시어요. 오늘 소녀를 구해 준 보답으로 차린 상이니 아무 부담가지지 마셔요."

아령의 말에 조금은 안심이 되었다. 상 앞에 앉아 음식을 바라보다가 옆자리에 앉아있는 아령의 얼굴을 바라보았다. 낮에 보았던 인상과는 또 달라보였다. 방금 전에 물에서 건져 준 여인이 맞는가 하는 의구심까지 들게 했다.

"그대가 과연 월지 못에서 나온 아령이 맞는가?"

"무슨 말씀이신지요? 아직까지 소녀를 놀리시럽니까?"

"아니 아까와는 많이 달라보여서 묻는 말이요."

"여자의 얼굴이야 꾸미기 나름이 아니겠습니까."

"흠, 괴이한 일이로다."

"무에 괴이할 것까지야 있습니까?"

"괴이한 일일세. 아까 월지에서는 그대의 모습이 한 마리 큰 새와 같았네."

하문은 월지에서 보았던 아령의 모습을 그대로 설명했다. 아령이 까르륵 소리를 내며 웃었다. 하문은 까르륵 웃는 아령이 새와 닮기도 했다는 느낌이 다시 들었다.

"그대는 전생에 새였던 게야. 어쩌면 웃는 소리도 새소리와 같지 않은가."

"새가 맞습니다. 잠시 후에 새의 모습을 보여드리겠습니다. 지금은 시장하실 테니 진지부터 드시지요."

아령은 하문의 옆에 앉아 시중을 들었다. 생선살을 발라 수저 위에 올려주기도 하고 고기를 쌈에 싸서 입에 넣어주기도 했다. 하문은 이름도 모르는 산해진미의 맛에 기분이 한껏 좋아졌다.

"이제 서서히 시작해 보거라."

아령이 명령을 내리자 준비하고 있던 기생이 거문고 가락에 맞추어 춤을 추기 시작했다. 손과 발의 동작이 아주 느린 춤이었다. 느리기는 하지만 무희의 몸은 구름 위를 걷는 것처럼 가벼워 보였다. 마치 하늘의 선녀가 춤을 추고 있는 듯했다.

"오. 마치 구름 위에서 선녀가 춤을 추는 듯하오."

"잘 보셨습니다. 이제 춤과 거문고를 물리도록 하겠습니다."

기녀들이 물러가고 밥상도 물렀다. 곧이어 단출하게 차린 주안상이 들어왔다. 하문은 주안상을 보고 상을 찌푸렸다. 낮에 월지에서 마신 술이 아직도 남아있어 어지러운데 또 술을 마실 기분이 아니었다.

"또 술을 마셔야 하는가?"

"이건 술이 아닙니다. 합환주입니다. 딱 한 잔만 마시면 되겠습니다."

"아니 합환주를 누구와 마신단 말인가?"

"누구긴 누구겠습니까. 소녀와 마셔야지요. 아까 왕세자께서 분명히 명하지 않으셨습니까. 소녀는 공자님의 것이라고요. 명을 거역할 생각이십니까?"

"어허. 이것 참 난감한 일이로세. 장난으로 한 말을 진담으로 알아들으면 어쩌란 말인가?"

"아까와 약조가 다르지 않습니까. 그러면 바로 공자님의 댁으로 가도록 할까요?"

"아아, 아니오. 내가 보름마다 오기로 하였지 않소."

"분명히 그리 약조하셨지요."

"그런데 참 난감한 일이오. 오늘 밤에 합환주를 마시기에는 좀 이르지 않소? 나는 그대가 누군지도 모르고 그대 또한 내가 누군지 모르지 않소?"

"남녀 간의 만남이란 처음부터 모르는 사람끼리 만나는 것입니다. 만나서 서로가 알아가는 것이지요. 소녀에 대해 궁금한 것이 있으시면 무엇이든 물어보세요."

하문은 아령이 말하지 않아도 궁금한 것이 한두 가지가 아니었다. 모친이 살아 있다는 계변이란 곳도 궁금했고 어떻게 어린 시절을 보냈는지도 궁금했다. 하문이 이야기를 하자 아령은 이야기를 시작하려면 먼저 춤을 추어야겠다고 했다. 난데없이 무슨 춤인가고 반문했지만 춤을 보여주어야만 이야기를 할 수 있다고 했다. 하문은 무언가에 홀린 듯 승낙을 했다.

아령은 자리에서 일어나 춤을 추기 시작했다. 악사도 없이 혼자 추는 춤이었다. 그런데도 전혀 어색함이 없었다. 춤사위를 보고 있으면 저절로 음악이 들리는 것 같았다. 아령의 발끝은 땅 위에서 살짝 떠 있는 듯했다. 구름 위에 한 마리의 학이 날고 있는 느낌이었다. 아까부터 보았던 그녀의 얼굴이 예사로 보인 게 아니었다.

하문은 커다란 학 한 마리가 방안에 날아와 노닐고 있는 기분이 들었다. 탄복할 만한 솜씨였다. 하문 자신도 춤사위를 따라 몸이 높낮이를 타며 흔들렸다. 그러자 자신도 공중 높은 곳을 맴도는 한 마리의 학이 된 듯한 기분이 들었다. 이제까지는 한 번도 그런 느낌이 든 적이 없었다.

아령의 얼굴을 잠시 쳐다보았다. 갸름한 얼굴 형상의 아령은 이미 사라지고 없었다. 그 자리에는 진짜 커다란 새가 춤을 추고 있었다. 하문은 눈을 감았다 떴다. 아까부터 자꾸 헛것이 보이는 것은 술이 취한 탓인 듯싶었다. 아령의 춤이 다 끝나고 난 뒤 하문은 그 자리에 눈을 꼭 감고 서 있었다. 사방이 빙글빙글 도는 것이 정신을 차릴 수 없었다.

"아아. 그대는 진정 사람인가 새인가?"

"세상 최고의 찬사로 알아듣겠습니다. 감사합니다."

아령이 서 있는 하문의 허리에 양팔을 감았다. 하문은 제지하지 않고 그 자리에 가만히 서 있었다. 지금 자신이 꿈을 꾸고 있는 것인지 현실에 있는 것인지 구분이 가지 않았다. 좀 전에 깜빡 든 잠에 꾼 꿈도 생각났다. 수백 마리의 큰 새가 월성 주변으로 날아다니는 꿈을 꾼 것이 신기했다. 어떤 게 꿈이고 어떤 게 현실인지 구분이 가지 않았다.

"그대는 이 춤을 언제 어디에서 배운 것인가?"

"계변이라고 아까 말씀 드렸지요. 제가 춤을 배운 이야기를 하려면 어린 시절부터 거슬러 올라가야 하는데 다 들어주시렵니까?"

"그래. 어디 한 번 들어보세."

아령은 주안상을 한쪽으로 밀어놓고 이부자리를 폈다. 서서 이야기를 할 수는 없는 노릇이니 이부자리에 누워 편하게 이야기를 들려주겠다는 것이었다. 하문은 말릴 생각을 하지 못했다. 곁에 누운 아령은 누이처럼 편안하게 이야기를 시작했다.

새

하문은 아침 해가 중천에 뜬 다음에 기생집에서 나왔다. 아령은 배웅을 나오지 않았다. 돌아오는 마차에서 몇 번 뒤돌아보았지만 아령의 모습은 보이지 않았다. 마차가 월천을 건널 때에야 은근히 걱정이 되었다. 집에 아무런 기별도 없이 기생집에서 밤을 샌 것이었다. 몸이 불편한 아버지에게 안부를 드리지 못했다는데 생각이 미치자 마구 조바심이 일었다.

마차가 집 앞에 이르렀을 때 이상한 느낌이 들었다. 집 안에서 찬 기운이 훅 하고 뻗어 나오는 것 같았다. 아니나 다를까 대문을 열기도 전에 곡소리가 밖으로 새어나왔다. 하문은 가슴이 덜컥 내려앉았다. 몸이 불편한 아버지가 드디어 세상을 하직한 것 같았다. 그런데 아들이라는 작자는 기생집에서 밤을 새고 들어왔으니 기가 찰 노릇이었다. 천하에 이런 불효자가 어디 있을까 싶었다.

"아이고 이것아 불쌍해서 어쩐다니. 꽃다운 나이에 이 무슨 날 벼락이란 말이냐. 아이고 아이고."

어머니의 곡소리였다. 하문은 다시 한번 가슴이 덜컥 내려앉았다. 아버지가 아니라 누이가 죽은 것이었다. 어제 아침에 집을 나가는 자신에게 약조를 해달라고 조르던 누이였다. 그것이 마지막 모습이었다니 숨이 턱 막혔다. 하문은 마당에 내려서서 잠시 그 자리에 꼿꼿하게 서있었다. 하늘이 빙글빙글 도는 게 어지러웠다. 누이가 사경을 헤매던 시간에 자신은 기생집에서 뒹굴고 있었으니 기가 막혔다.

하문이 누이의 방문을 열고 들어서자 어머니가 곡을 멈추었다. 자신을 정면으로 바라보는 어머니의 눈빛에 가슴이 뜨끔했다.

"밤새 어디에 갔다 온 것이냐? 왕세자님과 월지에 있다는 소식을 듣고 사람을 보냈는데 없더구나. 네 누이가 밤새 오래비를 찾았느니라. 마지막 숨을 거둘 때도 오래비 이름을 부르면서 눈을 감았다."

하문은 무어라고 변명할 여지가 없었다. 집안에 우환이 있는데도 밖에 나가 흥청망청 논 꼴이었다. 게다가 기생집에서 잠까지 자고 왔으니 스스로가 한심했다. 싸늘한 누이의 시신 앞에서 눈물을 흘릴 염치도 없었다. 누이의 마지막 모습이 눈앞에 어른거렸다. 다음 생에는 남매가 아닌 부부로 태어나자고 다짐을 하던 누이의 모습이 선명하게 떠올랐다. 다음 생은 다음 생이고 이생에서 오누이로 천수를 누리고 살았더라면 좋았으련만, 안타까운 마음에 그제야 저절로 눈물이 흘러내렸다.

누이가 가는 길에 배웅을 하지 못한 것이 천추의 한으로 남을 것 같았다. 그리고 보니 간밤에는 자신이 무언가 귀신에 홀렸던 것이 아닌가 하는 생각이 들었다. 누이가 마지막 숨을 거두는 시간에 자신의 동정을 바쳤다는 생각을 하니 후회가 물밀 듯 밀려왔다. 그것도 여염집 규수가 아닌 기녀를 상대로 했다는 사실이 더 괴로웠다. 하지만 아무리 후회를 해도 이미 지나가 버린 일이었다. 한 번 숨을 거둔 사람은 다시는 돌아올 수 없는 강을 건넌 것이었고, 지나간 시간들도 모두 그런 것이었다. 어제 아침의 약조대로 다음 생이 있다면 꼭 누이와 만나 부부의 연으로 살고 싶었다.

누이의 장례는 순전히 하문의 몫이었다. 몸이 불편한 아버지는 누이의 장례에 나설 수도 없었다. 하문은 하인 한사람의 도움으로 누이의 장례를 치렀다. 누이의 시신은 꽃마차에 실려 두부곡으로 갔다. 거기서 화장을 마친 후 유언대로 유골을 계림의 숲에 뿌렸다.

누이의 장례를 치른 후 하문은 식음을 전폐했다. 차마 목구멍으로 음식을 넘길 수가 없었다. 밤에는 잠을 이루지 못했다. 뜬 눈으로 밤을 새우고 나면 해가 중천에 떠서야 선잠이 들었다. 그런 잠도 들 때마다 꿈을 꾸었다. 그것도 매일 같은 꿈이 연속되었다. 월성의 숲에 두루미 떼가 몰려왔다가 한꺼번에 날아오르는 꿈이었다. 아령의 집에서 선잠이 들었을 때 꾸었던 꿈과 같은 꿈이었다. 가만히 생각해 보니 그 시각에 누이가 생을 마감한 것 같았다. 누이의 마지막을 지키지 못했다는 자책감이 더욱 자신을 옭아매었다.

하루는 화랑들이 하문의 집으로 몰려왔다. 하문의 소식이 알려지게 된 것이었다. 가만히 놓아두었다가는 친구 하나가 황천길로 가게 될 것이라는 생각에 작심을 하고 몰려왔다.

"이 사람 하문. 아직 앞날이 구만리 같은 사람이 이게 무슨 꼴인가. 제발 정신 좀 차리게. 자네의 이런 모습을 보면 저 세상에 간 누이가 뭐라고 하겠는가."

"……."

"이번 보름에 태백산으로 수련회를 떠날 참이네. 얼른 몸을 추스르고 같이 떠나도록 하세. 이번에는 우리들이 합심으로 범을 잡게 될 것일세. 이 일에 자네가 빠져서야 되겠나."

하문은 범이라는 말에 귀가 솔깃했다. 지난 봄 수련회 때 사냥에 나섰다가 아슬아슬하게 놓친 범이 생각났다. 화랑들 중에는 자신과 석도가 활을 제일 잘 쏘았다. 그런데도 막상 범과 맞닥뜨리자 석도가 쏜 화살은 범의 이마 한가운데를 노렸는데 조금 위로 올라가 가죽만 스치고 지나가 버렸다. 하문이 쏜 화살도 빗맞았다. 앞가슴의 심장을 바라보고 날렸는데 결국은 앞 다리를 맞추는데 그쳤다. 범은 보기 좋게 도망쳤고 화랑들은 아쉬운 마음을 다음으로 미루어야 했다.

화랑들은 범을 잡아야 제대로 성장한 무사로 인정을 받을 수 있었다. 하문은 화랑들이 다녀간 뒤 미음을 끓여달라고 했다. 태백산의 범이 가슴 속으로 들어와 멈추어 있는 자신의 심장을 흔들어 놓은 것이었다.

하문의 몸은 곧 원래대로 회복되었다. 죽은 다음의 생이 정말 있는 것이라면 저 세상에서 누이가 자신을 지켜보고 있을 것 같았다. 당당하게 서라벌의 사내로 범을 잡는 모습을 보여주고 싶었다.

수련회를 떠나기로 한 날 이른 아침이었다. 마차 한 대가 하문의 집 앞에 멈추었다. 마차에서 내린 사람은 화정어미 기생집의 늙은 하인이었다. 하문은 노인을 보자 화들짝 놀랐다.

"이른 아침에 여긴 무슨 일인가?"

하문은 물어보지 않아도 연유를 짐작할 수 있었다. 오늘이 바로 보름인 것이다. 예전에 술기운에 약속을 했던 바로 그 두 번째 보름날이었다. 하문은 그동안 아령에 대한 원망의 마음으로 지냈다. 그러나 이제는 마음속에서 지난 일을 모두 지워버렸다.

"아령 아씨께서 서방님을 모셔오라고 했습니다. 오늘이 보름이라고 하면 알아들으실 것이라고 했습니다."

"가서 이르게. 다 지난 일이라고 말일세. 나는 오늘 범 사냥을 떠나네."

기생집의 늙은 하인은 아무 대꾸도 없이 물러갔다. 하문의 마음 한 구석은 께름칙했다. 출발 아침부터 재수 없는 기녀의 전갈이라니 불쾌한 기분이 들었다. 기녀라는 것들은 모두가 요물이라는 생각까지 들었다.

　하문이 화랑들과 태백산으로 떠나고 난 다음날 서라벌에 전보가 날아들었다. 그동안 잠잠하던 백제군이 신라국경을 넘어 아막성을 점령했다는 전보였다. 성을 지키던 지운 장군이 적의 화살에 맞아 사망하고 군사들은 대부분 포로로 잡혀 갔다는 비보였다.

　서라벌에서는 긴급회의를 열었다. 백제군의 다음 목적지는 대야성이었다. 대야성까지 백제군에게 넘겨준다면 서라벌의 존망을 장담할 수 없었다. 끌어 모을 수 있는 최대한의 지원군을 보내기로 결정했다.

　지운장군이 사망하던 그날부터 서라벌에는 이상한 일이 일어났다. 그날 종일 월정교 용마루 위에 커다란 새 한 마리가 날아와 울었다. 새는 백로 무리보다는 몸집이 큰 두루미였다. 보통 백로들은 월성의 나뭇가지에 앉아 있다가 월천의 물고기를 사냥했다. 학이라고 불리는 두루미는 나뭇가지 위에는 올라가지 않았다. 용마루 위에 앉은 학은 하루 종일 한 자리에 앉아 울기만 했다.

　처음에는 그다지 이상하게 보는 이들이 없었다. 그런데 종일 한 자리에서 우는 새가 이상하게 보이지 않을 리 없었다. 오후부터 이상한 소문이 돌기 시작했다. 지운장군의 혼이 서라벌의 가족이 그리워 날아온 것이라고 했다. 그 말을 믿고 지운장군의 부인을 비롯한 식솔들이 모두 월천에 와서 새에게 절을 올렸다. 그러나 새는 아무 반응이 없었다. 여전히 자리를 뜰 생각을 하지 않고 울기만 했다. 지운장군의 가족들은 사흘 동안 월천에 나와 새에게 절을 올렸으나 새는 움직이지 않았다.

그러자 이번에는 새가 백제군이 보낸 첩자일 것이라는 소문이 돌았다. 사람들은 저마다 맞장구를 쳤다. 그 소문의 진원지가 석가치의 집인 까닭이었다. 석가치는 서라벌에서 소문난 예언가였다. 한때 국사의 상좌로 있던 유명한 스님이었는데 환속한 뒤 사도의 길을 걷고 있는 사람이었다. 실제로 그의 예언이 딱 들어맞은 사건이 여러 번 일어났었다. 오 년 전에 쳐들어온 고구려의 대군이 소리 소문도 없이 물러가자 사람들은 그의 예언능력을 신봉하기에 이르렀다.

그때도 서라벌엔 난리 아닌 난리가 일어났다. 석가치는 가만히 두어도 고구려 군사가 저절로 물러날 것이라고 사람들을 안심시켰다. 고구려 군사들은 장마철에 신라의 국경을 넘었다가 군사들 사이에 심한 설사병이 돌자 버티지 못하고 물러났다. 아무리 병으로 물러갔다고는 하지만 그 사실을 어떻게 미리 알 수 있었는지 석가치의 능력에 놀랐다.

새가 백제군의 첩자일 것이라는 소문이 석가치의 집에서 나왔다고 하자 저마다 새를 쏘아 죽여야 한다고 떠들기 시작했다. 그러나 정작 새를 쏘아 떨어뜨리겠다고 나서는 사람은 아무도 없었다. 그러는 사이 백제군은 파죽지세로 밀고 들어왔다. 신라군을 풀을 베듯 무너뜨리고 대야성까지 점령해버렸다. 서라벌엔 위기감이 팽팽하게 감돌았다. 이번 백제군을 막아내지 못하면 가을걷이를 끝낸 양곡이 모두 백제로 넘어가버리는 것이었다. 어떤 희생을 치러서라도 백제군의 진군을 멈춰 세워야 했다. 그러지 못하면 나라의 운명이 위태로워질 것이 불 보듯 뻔했다.

시간이 지날수록 월정교 용마루 위의 새가 백제군과 연관이 있을 거라는 소문은 사실로 굳어졌다. 그 이유는 전선에서 들려온 또 다른 소식 때문이었다. 이번에 백제군을 몰고 온 장수가 투구 위에 하얀 깃을 꽂았다는 소문이었다. 서라벌의 군사들이 그 하얀 깃을 향해 무수하게 화살을 날려 보냈는데 어찌된 영문인지 화살이 흰 깃털을 피해 간다는 것이었다.

"새를 쏘아라."

왕은 서라벌의 민심을 달랠 생각으로 월정교 용마루 위의 새를 쏠 것을 명령했다. 서라벌의 이름 난 궁수들이 월정교로 몰려들었다. 서라벌 사람들은 새를 쏘고 나면 무슨 우환이 생기지는 않을까 다소 염려가 되었다.

"예사롭지 않는 새인데 함부로 쏘는 것은 좋지 않을 듯하네."

"자네도 그런 생각을 했나? 참으로 걱정일세."

사람들은 새가 떨어진 다음의 일을 걱정했는데 그런 일은 일어나지 않았다. 이름 난 궁수들이 새를 향해 숱하게 살을 날렸으나 새는 요지부동이었다. 이상하게 화살은 새의 머리 위로 날아갔다. 화살이 위로 날아갈 것을 예상해서 낮게 쏘면 그대로 기왓장에 부딪쳐 땡깡 하는 소리만 내고 튕겨나갔다.

그러자 이번에는 서라벌 최고의 명사수라는 자가 나섰다. 그의 솜씨는 달을 맞출 정도라고 소문이 나있었다. 지금도 달 속에는 그가 쏜 화살이 박혀있다고 했다. 달이 아주 밝은 보름이면 그가 쏜 화살을 볼 수 있다고 했다. 그가 월정교에 나타나자 구경꾼이 인산인해를 이루었다. 용마루 위의 새는 사람들의 움직임에 관심도 없다는 듯 그 자리에 장식물처럼 붙어 있었다.

"이렇게 사람들이 모여드는데도 의젓하게 앉아 있는 것 좀 봐. 영물이 아니면 요물이 분명한 거야. 보통 새는 아닌 것 같아."

사람들은 저마다 한 마디씩 떠들었다. 이윽고 명사수가 화살통에서 살 하나를 뽑아 들었다. 사람들 사이에서 숨소리조차 들리지 않았다. 드디어 살을 매기고 시위를 잡아당기자 구경꾼들은 주먹을 쥔 손 안에 땀이 고였다.

"쉬우우웅."

시위를 떠난 화살이 공기를 가르며 새를 향해 날아갔다. 구경꾼들의 눈에는 미동도 하지 않던 새가 살에 맞아 떨어지는 모습이 보였다. 그러나 그것은 기대에 의한 착시현상이었다. 한쪽 다리로 서 있던 새는 감추었던 발을 내려 한걸음을 옮겨 섰다. 새가 걸음을 옮기는 것을 살에 맞은 걸로 착각한 것이었다. 워낙 미동도 하지 않던 새라 오해를 하기에 충분했다. 새가 한 걸음을 옮긴 순간에 화살은 허공을 향해 용마루 너머로 날아가 버리고 말았다.

사람들은 모두가 아! 하는 한숨을 쉬었다. 첫 살에 실패한 명사수는 다소 화가 난 듯했다. 재차 살을 시위에 매겼다. 두 번째 화살이 새를 향해 날아가자 술렁이던 구경꾼들은 다시 잠잠하게 얼어붙었다.

"아!"

이번에도 사람들은 짧은 한숨을 내쉬었다. 새가 움직이지만 않았더라면 분명 살에 맞아 떨어졌을 것이다. 그런데 새는 희한하게도 화살이 날아오는 순간에 걸음을 옮겨놓았다. 결국 명사수는 다섯 개의 화살을 날리고도 새를 떨어뜨리지 못했다.

달에 화살을 박았다는 명사수의 체면은 완전히 구겨지고 말았다. 그러자 사람들은 새가 정말 요물이라고 했다. 서라벌에서는 새를 떨어뜨릴 자가 없었다. 소문은 금방 서라벌 전체로 퍼져 나갔다.

왕은 명사수가 실패했다는 소식을 전해 듣고 대노했다. 서라벌에 그 정도로 인재가 없는가하고 탄식했다. 왕은 신하들을 불러 모아놓고 의견을 물었다. 한 마리 미물 때문에 서라벌의 민심이 흔들리고 있으니 어떻게 할 것인지 의견을 물었다.

"지금 시급한 것은 백제군을 막아내는 일입니다. 새 한 마리 때문에 동요해서는 안 된다고 생각합니다."

대신의 의견에 왕은 불같이 화를 내었다. 자신이 그걸 모르는 바가 아닌데 그따위 소리를 하느냐고 소리를 질렀다.

"새 한 마리도 쏘아 맞추지 못하는 나라에서 어떻게 백제의 대군을 막아낸다는 말이오! 대답을 해보시오."

그때 신하 한 사람이 조심스럽게 입을 열었다.

"서라벌에 숨은 인재를 찾아내기 위해 새를 떨어뜨리는 자에게 큰 상금을 거는 게 좋다고 생각합니다."

"좋은 생각이오. 무슨 상금을 걸어야 좋을 것 같소?"

"새를 떨어뜨릴 수 있는 사람은 필히 무예에 능한 자일 것이니 무과벼슬을 내리고 이번 전쟁에 선봉장을 시키는 것이 마땅할 줄 아뢰옵니다."

"흠. 그럴 듯한 의견이오. 그대로 실행하도록 하시오."

서라벌의 거리에 왕명이 전해지자 전국에서 궁사들이 몰려들었다. 그중에서도 달구벌에서 온 다섯 명의 궁사는 많은 사람들의 기대를 모았다. 소문에는 다섯 명의 궁사가 거의 한꺼번에 살을 날리면 아무리 빠른 짐승도 피하지 못한다는 것이었다. 달구벌의 궁사들이 월정교에 나타나자 또 다시 사람들이 구름떼처럼 몰려들었다.

"쉬웅쉬웅쉬웅쉬웅쉬우웅."

다섯 발의 화살이 짧은 시차를 두고 용마루 위의 새를 향해 날아갔다. 아무리 날랜 새라고 해도 다섯 발의 살을 피하기는 어려워 보였다. 사람들은 새가 날개를 높게 치켜드는 모습을 보았다. 두 날개와 두 다리를 동시에 이용하여 날아오는 살을 모두 피했다. 마치 춤을 추듯 가벼운 동작이었다.

첫 발에 실패하자 다섯 궁사는 재차 동시에 살을 날렸다. 그런데 이번에도 역시 마찬가지였다. 용마루 위의 학은 궁사들을 놀리기라도 하는 듯 춤추듯 살을 모조리 피했다. 두 번째도 실패하자 이번에도 거푸 살을 날렸다. 일곱 번째 화살을 날리는 동안 학은 춤을 추듯 날개와 다리를 움직였다. 그 모습이 광대가 살풀이 춤을 추는 것 같기도 하고 어느 연회장에서 기생이 거문고가락에 맞추어 춤을 추는 것 같았다.

가지고 온 화살을 모두 날리고도 학의 깃 하나 떨어뜨리지 못하자 달구벌의 다섯 궁사들은 체면이 말이 아니었다. 늘어선 구경꾼들 사이를 비집고 연기처럼 사라졌다.

"어허, 고얀지고. 이 일을 도대체 어쩐단 말이냐?"

달구벌 궁사들의 이야기는 왕의 귀에까지 들어갔다. 다시 대신들을 불러 모아 회의를 열었다. 모두들 계속 명궁을 찾아야 한다는 이야기뿐이었다. 누구나 뾰족한 수를 내놓는 사람이 없었다. 왕은 하는 수 없이 국사를 불렀다.

"새는 작은 미물인데 어찌 사람이 잡지 못한단 말이요?"

"보아하니 힘과 기술만으로는 잡기 어려운 듯합니다."

"그럼 무엇으로 잡는단 말이요. 국사께서 신통력으로 잡아보시오."

"나무아미타불. 부처님께서는 살생을 가르치지 않습니다."

"살생이 아니라 나라를 위기에서 구하는 일이요. 방침이 있을 것 아니요."

왕은 국사에게 버럭 소리를 지르고 말았다. 왕의 힐책을 받은 국사는 오랫동안 뜸을 들이다가 어렵게 입을 열었다.

"새를 잡으려 하면 힘이 센 사람이나 기술이 좋은 사람은 필요가 없습니다. 새에 대해 잘 아는 사람이라야 새를 잡을 수 있는 법이지요."

"서라벌에 새를 잘 아는 사람이 누구요? 국사께서는 알고 하시는 말씀이시지요?"

"예전에 저와 동문수학하다 파계한 석가치라는 자가 잘 알고 있을 것입니다."

"석가치가? 여봐라 당장 석가치를 불러들여라."

왕명을 받은 군사들이 득달같이 석가치의 집으로 달려갔다. 왕명을 받은 석가치는 의관을 차려입을 시간도 없이 군사들이 몰고 온 마차에 실려 궁으로 갔다. 왕의 앞에 끌려온 석가치는 죽을죄를 짓기라도 한 것처럼 바닥에 꿇어앉았다. 급하게 오느라 묶지도 못한 백발이 바닥까지 늘어져 얼굴을 덮었다.

"궁에 들어오는 자가 머리가 그게 뭔가. 방자하기 이를 데 없구나. 얼굴을 들어보라."

"소인 죽을죄를 지었습니다."

"그대도 서라벌의 백성으로서 나라를 위해 목숨을 바칠 각오는 되어 있겠지?"

"물론입니다. 이 늙은이 몸을 바칠 곳이 있다면야 기쁜 마음으로 받아들이겠습니다."

"목숨까지 바칠 일이야 없겠지만 우리 서라벌에서 새에 대해 제일 잘 아는 자가 누구인지 말하라."

"월정교 용마루 위의 학에 대해 말씀하시는 것인지요?"

"새삼 서라벌 사람이라면 모르는 사람이 누가 있겠느냐. 어서 그 새에 대해 말해 보거라."

"소신이 일찍이 이런 날이 올 줄 기다리고 있었습니다."

"흠 알고 있었다니 다행이구나. 전에 고구려 군사가 쳐들어왔을 때도 서라벌의 백성들을 위로한 사실은 잘 알고 있다. 이번에도 어서 신통력을 발휘해 새를 물리칠 자를 뽑아 올리도록 하라."

"월천의 화정어미 기생집에 아령이라는 기녀가 있습니다. 어미의 뱃속에서 나왔지만 알에서 나온 것이나 진배없습니다. 그 아이를 보고 있으면 사람을 보고 있는 것인지 학을 보고 있는 것인지 구분을 하지 못할 때가 있습니다."

"당장 그 아이를 대령하라."

"하지만 그 아이는 지금 서라벌에 없습니다. 잠시 기다려야 합니다."

"뭐라고? 도대체 기생이 어디로 갔단 말이냐?"

"아마 태백산으로 갔을 것입니다. 월천의 새를 떨어뜨릴 사람을 데리러 간 줄 아옵니다."

왕은 급한 마음에 태백산으로 가서 아령이라는 기생과 새를 떨어뜨릴 사람을 한꺼번에 데리고 오라고 했다. 석가치는 그렇게 마구잡이로 밀어붙이면 모든 일이 어그러질 수 있다고 했다.

"조용히 기다리시면 저절로 일이 풀릴 것이니 안심하셔도 됩니다."

"그렇다면 기다리는 수밖에 없겠구나. 그대는 일이 어긋나지 않도록 단단히 지켜보도록 하라. 만일에 일이 잘못되는 날에는 목숨 보전하기기 쉽지 않을 것이다."

하문 일행은 범을 잡기 위해 서라벌을 떠나 태백산으로 향하다가 내연산에서부터 범을 만났다. 범을 직접 만난 것이 아니라 방금 머물렀던 흔적을 발견했다. 하룻밤에도 수백 리를 달아나는 범의 흔적을 쫓느라 모두가 죽을 고생을 하고 있었다.

내연산에 나타난 범은 사흘 만에 태백산까지 갔다. 하문 일행은 범과 같은 속도로 험준산령을 넘어 태백산에 들어갔다. 태백산 백천동에 이르러 일행은 범과 조우했다. 바람을 앞에서 맞으며 쫓다가 갑자기 바람의 방향이 거꾸로 바뀌는 바람에 범에게 추적을 들키고 말았다. 범은 높은 바위 위에 올라가 접근하는 하문 일행을 내려다보고 있었다.

"범이다."

처음 범을 발견한 사람은 석도였다. 모두가 석도가 가리키는 방향을 바라보았다. 범은 정면의 높은 바위 꼭대기에서 다가오는 하문 일행을 내려다보고 있었다. 높은 곳에 자리를 잡고 있어서 그런지 덩치가 황소만 했다. 석도와 하문은 활을 꺼내들기는 했지만 직감으로 화살이 미치지 못하는 거리라는 걸 알아차렸다.

범은 당당하게 서서 하문 일행을 바라보았다. 스무 명이 넘는 하문 일행의 시선도 일제히 바위 위의 범에게 꽂혔다. 보통사람들 같았으면 범과 마주치면 오금이 저려 꼼짝도 하지 못하고 오줌이나 지릴 판이었다. 냄새로 범을 쫓던 사냥개들은 꼬리를 사타구니에 말아 넣고 부들부들 떨었다. 하지만 오랜 수련을 마친 화랑들의 눈빛은 범에 못지않았다. 양쪽 사이의 눈빛이 팽팽하게 오갔다.

범은 그 자리에 꼼짝하지 않고 있는데 하문 일행은 한 발짝씩 앞으로 나갔다. 살이 닿는 거리에 들기만 하면 가차 없이 날릴 심산이었다. 화살이 닿기 위해서는 바위 밑까지 다가가야 할 것 같았다. 자칫하면 화살을 날리기도 전에 바위 위의 범이 아래로 뛰어내려 일행을 덮칠지도 몰랐다. 그러나 범을 잡으러 작정을 하고 온 화랑들이었다. 범과 엉키는 걸 두려워할 리가 없었다.

석도와 하문이 동시에 활에 살을 매겼다. 서너 걸음만 앞으로 다가서면 화살이 닿을 만한 거리였다. 그때 산을 찢는 듯한 울음소리가 골짜기를 흔들었다. 시위를 당기려던 석도와 하문은 움찔할 수밖에 없었다. 다시 시위를 잡아 당기려는 순간 범은 자연스럽게 몸을 돌려 달아나기 시작했다.

하문 일행은 곧바로 범을 뒤쫓는 것을 포기했다. 달아나는 범은 갑자기 마음을 바꿔 반격을 할 수도 있었다. 무작정 도망치려한다면 추적자들보다는 훨씬 빠르게 자취를 감춰버릴 수도 있기 때문이었다.

더구나 날도 어지간히 저물어 오는 시간이었다. 일행은 범이 버티고 서 있던 바위 절벽 아래서 야영을 하기로 했다. 야영을 할 때는 언제나 가파른 바위절벽을 등지는 것이 정석이었다. 갑작스런 맹수의 공격에 대처하기 위한 방법이었다. 정면에서 공격해 오는 맹수는 대적하기가 어렵지 않았다. 사방이 트여 있는 곳에서는 갑작스런 기습에 대처하기가 어렵다. 그리고 전속력으로 달려 온 맹수는 사람을 물고 머리 너머로 넘어가기 마련이었다. 공격속도가 매우 빨라질 수밖에 없는 것이다.

바위벽을 등지고 있으면 아무리 날랜 짐승이라도 전속력으로 달려들다가는 머리를 바위벽에 부딪치게 되어 꺼리는 것이다. 보초를 서는 사람은 앞쪽만 살피고 있으면 안심해도 되었다.

야영준비를 마치고 저녁 요기까지 마친 하문 일행은 앞으로 어떻게 범을 잡을 것인지 의견을 모았다.

"범이 우리를 알아차린 이상 앞으로 도망치지는 않을 것입니다. 개를 이용해 덫을 만들면 어떨까 합니다."

의견은 반반으로 나뉘었다. 덫을 이용해 범을 잡는 것은 사냥꾼들이 하는 것이고 자신들은 용맹성을 증명해 보이려는 것이라는 것이 반대하는 이유였다.

"꼭 덫으로 잡는다기보다는 범을 유인할 필요는 있다고 봅니다. 덫을 놓지 않아도 개를 묶어 놓으면 범이 다가올 것입니다."

그날 밤의 야영은 아무 탈 없이 넘어갔다. 다음 날 일행은 바위 밑을 벗어나 넓은 공터를 골랐다. 땅을 편평하게 고른 뒤 말뚝을 박고 사냥개들을 묶어 놓았다. 자신들은 온몸에 진흙을 칠해 냄새가 나지 않도록 한 다음 가랑잎을 끌어 모아 몸을 감추었다. 낮

시간이 그냥 지나고 저녁 무렵이 되자 멀리서 들리는 범의 포효가 골짜기를 울렸다. 멀리 떠나지 않고 주위를 맴돌고 있는 게 분명했다.

"하문 서방니임."

하문을 비롯한 일행들은 깜짝 놀랐다. 범의 포효소리가 끝나기 무섭게 여인의 자지러지는 듯한 소리가 들렸기 때문이었다. 하문은 귀를 잠시 후볐다. 헛것을 들은 것이 아닌가 하는 생각이 들었다. 여인의 목소리는 익히 들었던 낯익은 소리였다.

"하문 서방님. 저 아령입니다. 어디에 계신지 알려주서요."

하문은 당황하지 않을 수 없었다. 목숨을 걸고 범을 노리고 있는 마당에 여인의 방문이라니 이해할 수가 없었다. 여인의 몸으로 이렇게 깊은 산중까지 찾아온 것이 기이하기까지 했다.

"허허. 하문. 자네 집사람이 찾아온 게로구만. 매복은 글렀으니 나가보세."

석도는 먼저 낙엽을 헤치고 나와 큰소리로 아령을 불렀다. 잠시 후에 젊은 하인 두 명을 거느린 아령이 하문 앞에 나타났다.

"서방님. 사정이 다급하여 이런 산중에서 뵙는군요."

"사정이 다급하다니. 서라벌에 무슨 변고가 있는 것이오?"

"있다마다요."

하문은 가슴이 덜컹 내려앉았다. 아직껏 병치료를 받고 있는 아버지에게 무슨 일이 일어난 것이라 짐작했다. 마음이 금방 서라벌의 집으로 달려갔다.

“무슨 일이 있는 것인지 얼른 말해보시오.”

“숨 좀 돌리게 물 좀 부탁드립니다. 방금 전에 범의 포효가 들리지 않았습니까? 이곳 사정도 다급하기는 마찬가지군요.”

아령이 물을 마시는 동안 하문은 조바심에 어쩔 줄 몰랐다.

“아버님께서는 안녕하신 것이지요?”

답답한 마음에 아버지의 안부를 먼저 물었다. 그런데 아령은 엉뚱한 대답을 하는 것이었다.

“월정교에 새가 나타났습니다. 서라벌의 궁사들이 모두 나섰는데 결국 잡지 못했습니다. 서방님이 아니고는 새를 떨어드릴 자가 없다합니다.”

하문을 비롯한 화랑들은 웃음이 나왔다. 지금 범을 눈앞에 둔 사정을 모르고 떠드는 것인지 답답했다. 세상에 아무리 사나운 새가 있다한들 범보다 무섭지는 않을 것이 아닌가. 서라벌에 나타난 새 한 마리 때문에 이곳까지 찾아와 호들갑이란 말인가. 아무래도 아령이란 기생이 하문을 향한 연정 때문에 병이 난 것 같았다.

“하문 이 사람아. 이곳까지 달려 온 성의를 생각해서라도 각시를 한 번 안아주시게. 하하하.”

하문은 얼굴이 벌겋게 달아올랐다. 정말 화가 머리끝까지 치올랐다.

“이곳이 어디라고 아녀자가 함부로 찾아온 것인가. 썩 물러가도록 하게.”

하문은 큰 소리로 아령을 꾸짖었다. 잔 숨을 몰아쉬던 아령은 입을 딱 벌린 채 다물지를 못했다. 반겨 맞지는 않더라도 꾸짖을 줄은 몰랐다. 눈 앞에서 자신을 꾸짖는 사람이 오매불망 그리던 님이 맞는가 싶었다. 불과 얼마 전 보름날마다 만나기로 약속하고 순정까지 바치지 않았던가. 달려들어 안아주지는 못할망정 꾸지람이라니 믿을 수 없는 일이었다. 아령의 양 볼에 눈물이 주르륵 흘러내렸다.

"서방님, 소녀더러 물러가라 하시었습니까?"

"……."

"허허. 하문 너무 그러지 말게. 이 깊은 산중까지 찾아온 데는 그만한 이유가 있을 것 아닌가. 차분하게 들어나 보게."

석도가 나서서 하문을 나무랐다. 아령은 눈물을 거두었으나 하문은 여전히 데면데면하게 굴었다. 서라벌을 떠나올 때도 아령에게 작별인사도 하지 않고 떠나온 하문이었다. 그날 밤을 치루고 나서 누이가 저세상으로 떠난 것이 마치 아령의 잘못인 것 같았기 때문이었다. 아령의 잘못이 아니더라도 누이가 가는 날 기생집에서 밤을 샜다는 것이 마음에 한이 되어 화가 났다. 그런데 범 사냥터까지 와서 하는 것이 새타령이라니 어처구니가 없었다.

"이곳은 매우 위험한 곳이니 서둘러 돌아가도록 하시오."

"하문. 너무 매정하게 그러지 말게. 연약한 여자에게 너무 그러는 것이 아닐세. 이제 해가 떨어지려 하는데 어떻게 돌아간단 말인가? 정말 돌아가다가는 범의 밥이 되기 십상일세. 우리가 급한 대로 처소를 마련해 줄 테니 하룻밤만이라도 유하도록 하게. 오늘은 범을 잡기도 그른 듯하니 일찌감치 유영지로 돌아가세."

석도의 주장대로 일행은 매복을 풀고 바위 절벽 아래 유영지로 돌아왔다. 멀리 산꼭대기 쪽에서 범의 포효하는 소리가 산천을 흔들었다.

석도는 동료들을 설득해 통나무를 베어 임시로 움막을 만들었다. 하문과 아령이 묵을 공간을 마련한 것이었다. 통나무를 격자 모양으로 쌓아 올리고 지붕 위에 잎이 무성한 갈나무 가지를 덮으니 아늑한 공간이 마련되었다. 물론 집의 한쪽 면은 바위절벽에 붙여 범의 침입에 손쉽게 대비하도록 했다.

아령은 급하게 움막을 짓느라 분주한 석도를 유난히 눈여겨 바라보았다. 하문이 그런 눈치를 모를 리 없었다. 세상에 여자는 믿을 바가 못 된다더니, 속으로 아령을 무시했다. 여염집 여인이 아닌 기녀라서 그런지도 모르겠다는 생각이 들었다.

움막이 완성되자 석도가 들어가 보라고 재촉했다. 하문은 아령과 같이 들어가고 싶은 생각은 추호도 없었다. 하문이 망설이자 아령이 냉큼 움막 안으로 들어갔다.

"호호호. 여긴 우리 집보다 훨씬 아늑하고 좋아요. 여기서 서방님이랑 살림을 살았으면 좋겠어요. 호호호."

눈물을 흘릴 때와는 다르게 아령이 호들갑을 떨었다. 하문은 기가 막혔다. 움막에서 좀 더 멀찌감치 물러났다. 석도가 다급하게 하문을 불렀다. 그러자 움막 안에서 낌새를 눈치 챈 아령이 석도를 말렸다.

"그러지 마시고 석도 낭도님이 안으로 들어오셔요. 소녀가 긴급히 드릴 말씀이 있습니다."

석도가 머뭇거리자 재차 재촉을 했다. 들어가지 않으면 나와서 손목을 잡아끌고 들어갈 태세였다. 석도는 하는 수 없이 움막 안으로 들어갔다. 들어가면서도 멀찌감치 물러나 있는 하문의 눈치를 보았다. 이쪽에는 관심도 없다는 듯 눈길도 주지 않았다.

아령은 석도가 움막 안으로 들어서자 정색을 하고 석도의 양손을 잡았다. 그런 다음 자리에 앉히었다. 석도는 무슨 짓인가 하고 멀뚱한 눈으로 아령을 바라보았다. 그러나 정색을 하고 자신을 바라보는 아령의 눈과 마주친 순간 장난스런 생각은 말끔하게 사라졌다. 무언가 신중한 이야기를 하려는 듯했다.

"지금부터 소녀가 하는 말씀을 귀담아 들으셔야 합니다. 소녀가 이곳에 올 때는 하문 서방님을 모셔가기 위해서였습니다. 만약에 오늘 범을 만나지 않았더라면 무슨 수를 써서라도 서방님을 모시고 갔을 것입니다. 그러나 범을 만나고 나니 생각을 달리할 수밖에 없었습니다."

"달리 어떻게 생각했단 말이오?"

"석도 낭도님께서는 내일 범을 잡게 될 것입니다. 분명합니다. 아까 낭도님의 눈빛을 보고 알았습니다. 지금부터 제가 범을 어떻게 잡을 것인지 일러드리도록 할 테니 단단히 새겨들으십시오."

석도는 아령의 말에 귀가 솔깃했다. 도대체 세상천지에 범을 잡는 법을 자세히 알고 있는 사람이 어디에 있단 말인가? 그것도 남자도 아닌 아녀자가 어떻게 범 잡는 방법을 일러 줄 수가 있단 말인가. 그런데 너무나 황당한 생각에 오히려 이야기를 들어보고 싶은 호기심이 생기는 것이었다.

"단단히 준비가 되었습니까? 범을 잡으려면 범보다 빨라야 합니다. 그러나 이 세상에 범보다 빠른 사람은 아무도 없습니다. 서방님도 역시 마찬가지입니다. 몸은 범보다 빠를 수는 없지만 눈은 범보다 빨라야 합니다. 범보다 빨리 보아야지요. 그러려면 범의 몸을 내 몸처럼 생각하고 다음 동작을 미리 보셔야 합니다. 그러니까 범이 무슨 생각을 하고 있는지 알지 못하면 잡을 수 없다는 말입니다. 오히려 범이 내 생각을 읽어버리면 먹힐 수밖에 없습니다. 명심에 또 명심하십시오. 범의 머릿속에 들어가 있어야합니다. 지금 낭도님 밖에는 아무도 그 일을 해낼 사람이 없습니다."

석도는 무슨 말인지 이해를 할 것 같기도 하고 엉뚱한 이야기 같기도 했다.

"우리에겐 하문도 있지 않소? 그가 나보다는 활을 다루는데 한수 위요."

"하문 서방님은 범보다 무서운 것을 잡게 될 것입니다. 어찌되었든 두 분은 나라를 구하기 위해 하늘이 내리신 분들입니다. 소녀의 말씀 단단히 새겨듣고 내일 범을 잡도록 하십시오."

"이번 범은 유례없이 큰 것 같소. 과연 내가 잡을 수 있을지 의문이오."

"무슨 그런 연약한 말씀을 하시는 겁니까. 작은 토끼를 잡는 것보다야 큼직한 범을 맞히는 게 수월하지 않던가요. 아무리 큰 짐승이라도 심장을 쏘아 맞히면 쓰러지는 건 같습니다. 오히려 목표물이 커다란 것은 좋은 것이지요. 범은 심장만 해도 토끼만큼 큼직할 것이 아닙니까. 작은 짐승을 잡는 것보다 훨씬 수월할 테니 괜한 걱정은 하지 마십시오."

"허허. 그런가요?"

석도는 아령의 가르침에 탄복했다. 이치에 닿지 않는 말이 하나도 없었다. 범이 덩치가 크고 빨라서 두려움이 클 뿐이지 화살로 맞히기에 어려울 건 없을 것 같았다. 갑자기 없던 용기가 솟아났다.

"고맙소. 그 가르침을 새겨듣고 어떻게든 보란 듯 범을 잡아 보겠소."

"당연히 그러셔야지요."

"내 나가서 하문을 들여보낼 테니 그에게도 범 잡는 법을 단단히 일러주시오."

"그럴 필요 없습니다. 어차피 범을 잡을 사람은 석도 낭도님이십니다."

"그건 알 수 없는 일이지 않소. 그가 잡게 될지도."

"그건 그렇지 않습니다. 범이 크다고는 하지만 화살 하나에 쓰러질 것입니다. 하문 서방님은 새를 잡아야 할 것입니다. 저마다 운명은 따로 있는 법이지요."

"알겠소. 명심하겠소."

석도가 자리에서 일어나 나가려는 순간이었다. 아령이 석도의 양 손목을 잡았다. 그러더니 양팔을 벌리고 석도의 품으로 파고 들었다. 아령의 느닷없는 행동에 석도는 얼떨떨했다. 여인의 향기를 맡은 순간 하문의 여자라는 생각이 머리를 쳤다. 자신의 허리를 단단히 끌어안은 아령의 어깨를 세게 밀었다.

"저는 여자가 아닙니다. 낭도님께 범을 잡을 기운을 전하려는 것 뿐입니다. 저를 힘차게 끌어안으세요."

석도는 친구의 여자를 끌어안는 것이 말도 안 되는 짓이라고 생각하면서도 뿌리칠 수 없었다. 범을 잡을 기운을 받을 거라는 말에 아령의 등 뒤로 팔을 감았다. 그러고는 몸이 으스러져라 끌어안았다. 숨이 막히는지 아령이 가벼운 신음소리를 냈다.

그때였다. 산 위에서 범이 울부짖었다. 석도는 움찔했다. 아령의 몸은 조금의 미동도 없었다. 석도는 문득 자신이 안고 있는 것이 여자가 아니라 범이라는 느낌이 들었다.

하문은 움막에서 멀찌감치 떨어져 나와 앉았지만 마음이 심란했다. 친구인 석도가 움막에 들어간 뒤 시간이 제법 흐른 것 같은데 나올 생각이 없는 것 같았다. 움막 쪽으로는 관심을 두지 않으려고 해도 자꾸 신경이 쓰였다. 기생이란 어쩔 수 없구나, 생각을 하면서도 자꾸만 신경이 쓰였다.

아령과는 첫 만남부터가 이상했다. 월지에 뛰어든 일부터 지금 범 사냥터에 나타난 것까지 모두가 이상한 일의 연속이었다. 월 촌의 기생집에서 하룻밤 만리장성을 쌓은 일도 그렇고 그날 밤 누이가 세상을 하직한 것도 예사롭지 않았다.

하문은 아령과 첫날밤을 치르던 순간을 떠올렸다. 술이 취해 있긴 했어도 기억은 지워지지 않았다. 이부자리에 같이 눕자 아령은 거리낌 없이 하문의 품으로 파고들었다. 하문은 턱 밑으로 파고든 아령의 머리에서 비릿한 냄새를 맡았다.

"서방님, 제가 어디에서 태어났는지 궁금하시죠? 제가 자세히 일러 드릴테니 놀라지는 마셔요. 저는 사실 알에서 태어났답니다."

황당한 속삭임이었다.

"엥? 알이라니? 네가 지금 사람을 놀리는 것이냐?"

"놀라시는군요. 예전에 신라국의 시조이신 혁거세도 알에서 태어났다고 하지 않았습니까."

"그건 아주 먼 옛적의 전설이 아니더냐?"

"듣기 거북하시면 그만두겠습니다."

"……"

두 사람 사이에 오랜 침묵이 흘렀다. 하문은 품에 안긴 여인을 딱히 어떻게 해야 할지 알 수가 없었다. 그러고 보니 아령의 머리 칼에서 나는 냄새는 영락없는 새의 깃털냄새와 비슷했다. 건넌방에서 선잠에 꾸었던 꿈 속에서도 새들이 날았다. 모든 상황이 새와 연관된 것이라는 느낌이 들었다.

"한 번 이야기 해보아라. 어떻게 알에서 태어난 것인지."

"누구라도 자신이 태어난 걸 보고 기억하는 사람이 어디 있겠습니까. 그저 어머니께서 늘 해주신 이야기니 들어서 알고 있을 뿐이지요."

"그럼 어머니란 분은 낳으신 분이 아니라 키워주신 어머니란 뜻이겠구나."

"그렇지요. 이제 관심이 있으신가 봅니다."

"계속해 보거라."

하문은 노곤한 술기운 속에서 아령이 하는 이야기 속으로 빠져 들었다. 아령이 태어난 곳은 이곳에서 백리 남쪽의 태화강변 계변이었다. 태화강에는 사시사철 맑고 푸른 물이 넘쳐 물고기가 풍부했다. 강변엔 갈대숲이 무성해 온갖 새들의 보금자리였다. 여름에는 백로와 왜가리 떼가 몰려와 장관을 이루었고 겨울이면 청둥오리며 학과 큰 고니가 날아와 강변을 뒤덮었다. 아령은 태화강변의 갈대숲에서 알로 세상에 태어났다.

계변성에 능지라는 무당이 있었다. 미색이 뛰어났는데 이상하게도 남자가 없이 홀로 무당이 되었다. 같이 굿을 하러다니는 박수무당이 여러 번 구애를 했어도 한사코 거절을 하고 홀몸으로 지냈다. 나이가 서른 중반을 넘기고도 꿋꿋하게 자기 일에만 열중하자 더 이상 추근대는 남자도 없었다. 그러나 그녀의 미색은 시들지 않았다. 근동에서는 미색보다는 춤으로 소문이 나있었다. 그녀가 신명이 나서 춤을 추면 구경꾼들도 신이 나서 따라서 어깨를 들썩이며 장단을 맞추었다.

그녀는 나이가 들어가자 남자가 없음은 괜찮은데 자식이 없는 것에 마음이 쓰였다. 그러던 어느 날 스님이 능지를 찾아왔다. 품 안에 커다란 알을 품고 있었다.

"스님, 그것이 무엇이옵니까?"

"눈으로 보고도 모르시겠는가?"

스님은 들고 온 커다란 알을 능지에게 건네주었다. 능지는 의미도 모른 채 스님이 건네주는 알을 받아들었다.

"일찍이 부처님께서 자네가 자식이 없어 한탄하는 걸 들으시었네. 태화강 갈대숲에서 매일 치성을 드리지 않았나?"

"그건 저 혼자만 알고 있는 사실인데 어떻게 아시었는지요?"

"내가 안 것이 아니라네. 부처님께서 자네 기도를 들어주신 거야."

능지는 스님에게서 알을 받은 다음 기분이 좋아 춤을 추었다. 그때부터 능지의 춤은 이제까지와는 다른 형태로 바뀌기 시작했다. 능지는 아령이 알에서 태어나자 정성을 다해 길렀다. 사람들은 무당 능지의 춤이 예전과는 확연하게 바뀐 걸 알 수 있었다. 그녀의 춤은 두루미 한 마리가 유유하게 강변을 거닐기도 하고 하늘 높이 여유롭게 날갯짓을 하기도 하는 것이었다. 사람들은 그녀의 춤이 예전과는 다르게 품위가 있고 운치가 있다고들 했다.

"저런 춤은 임금님께 보여드려야 해."

"하모. 사람으로 태어나서 능지의 춤을 보지 못하고 죽으면 살았다고 할 수도 없어."

아령은 어려서부터 능지의 춤을 보고 자랐다. 자연스레 어미의 춤추는 모습을 따라하다 보니 몸에 배어들었다. 능지는 아령의 생일이 되면 태화강변에 데리고 나가 치성을 드렸다. 예쁜 딸을 준 강과 새의 신들에게 드리는 치성이었다. 그 자리에서 춤을 추었는데 사람들 사이에 점점 소문이 나기 시작했다.

"이번 보름이면 아령의 생일이지? 또 멋진 춤사위를 볼 수 있겠구먼."

"아무렴 계변성 사람들이 능지의 춤을 놓칠 수는 없지. 능지의 춤은 신의 경지를 넘어섰어. 춤추는 모습을 보면 진짜 학이 날갯짓을 하는 것보다 더 실감이 난다니까."

하문은 아령의 이야기에 빨려 들어가다가 엉뚱한 생각을 했다. 스님이 가져왔다는 커다란 알은 어떻게 이해를 해야 할까? 혹시 그 스님이란 분이 어디 가서 사생아를 낳은 다음에 뚜껑이 달린 커다란 바구니에 넣어 능지라는 여자에게 전한 것이라 추측했다. 우연히 태화강변의 갈대숲을 거닐다가 자식을 원하는 능지의 기도를 엿듣고 마침 잘 되었구나, 하고 찾아갔는지 모르는 일이었다.

"서방님 지금 무슨 생각을 하시는 거예요?"

하문은 깜짝 놀라 아령을 힘주어 끌어안았다.

"아야. 그렇게 우악스럽게 끌어안으면 날개깃이 부러지겠어요."

"그대가 정녕 알에서 나온 새의 자손이란 말인가?"

어처구니없는 아령의 엄살에 하문이 물었다.

"못 믿으시겠으면 여길 한 번 만져 보시겠어요?"

아령은 하문의 손을 잡다 자신의 옷섶 안으로 넣었다. 하문은 아령의 맨살이 손끝에 닿자 화들짝 놀랐다. 손이 젖무덤에 살짝 닿았다가 겨드랑이로 쑥 들어갔다. 거칠한 겨드랑이 털의 촉감이 손끝에 간지럽게 느껴졌다. 처음 만져보는 여인의 살결이었다. 잔잔했던 가슴이 뛰었다.

"아이 거기 말구요. 날갯죽지를 만져보란 말이에요."

아령은 하문의 몸을 앞으로 바짝 끌어안았다. 그러자 하문의 손이 수월하게 아령의 어깻죽지에 닿았다. 손끝으로 어깻죽지를 슬슬 문질렀다.

"오호. 도대체 이게 어찌된 일이냐?"

"왜요. 놀라셨습니까? 이제는 제가 알에서 나왔다는 사실을 믿으시겠지요?"

손끝으로 어깻죽지를 조심스럽게 만지던 하문은 점점 거칠게 움직이기 시작했다. 급기야는 벌떡 일어나 아령의 저고리를 단숨에 벗기고 말았다.

"도대체 이게 뭐란 말이냐?"

하문은 벌린 입을 다물지 못했다. 벌거벗은 아령의 어깻죽지는 털을 뽑아놓은 새의 피부와 똑같았다. 누군가가 깃털을 강제로 뽑아놓은 것 같았다. 마치 털을 뽑아놓은 닭의 피부를 생각나게 했다. 어깻죽지 외에 다른 곳도 그런가하고 등짝을 골고루 살펴보았다. 그러나 새의 살갗은 양쪽 어깻죽지에만 있었다.

"놀라셨습니까?"

아령은 서둘러 벗겨놓은 저고리를 찾아 들었다. 하문은 저고리를 낚아챘다. 엎드려 있는 아령의 상체를 반듯하게 돌려 눕혔다. 뽀얀 살갗의 앞가슴이 불빛에 선명하게 드러났다. 하문은 그대로 아령에게로 빠져 들어갔다. 난생처음 여체의 비밀 문을 들어선 하문은 날을 꼬박 새웠다. 새벽녘이 되어 잠에 들었는데 익숙한 꿈을 꾸었다. 월성의 숲에서 두루미가 떼로 날아오르는 꿈이었다. 초저녁의 선잠에서도 보았던 풍경이었다.

석도는 움막에서 나와 멀찌감치 자리를 잡고 앉아있는 하문에게로 다가갔다. 아령과의 첫날밤을 떠올리고 있던 하문은 석도가 곁에 다가오는 것도 모르고 있었다.

"하문. 무슨 생각을 하길래 혼자 비실비실 웃는 건가?"

"응? 아, 아무것도 아닐세. 왜 움막에서 나왔나? 거기서 그냥 끌어안고 자질 않고."

태연한 척 하문이 비아냥댔다.

"허허. 이 친구 보게. 자네 색시하고 이야기 좀 했다고 성질을 부리는 건가? 어여 가보게. 자네에게도 좋은 이야기를 해줄 것 같네. 자네 여자는 평범한 여자가 아닌 것 같네."

하문은 평범하지 않다는 말에 화들짝 놀랐다. 혹시 석도에게도 등짝의 날개자국을 보여 준건가, 신경이 곤두섰다. 그렇다면 고약한 일이 아닐 수 없었다. 아무리 기녀가 몸을 헤프게 놀린다고는 하지만 친구에게 그럴 수는 없다고 생각했다. 하문은 멋쩍은 헛기침을 하며 아령이 있는 움막으로 들어갔다. 아령이 달려들어 하문의 품에 안기었다.

"서방님 보고 싶었습니다."

"나를 말인가? 석도가 아니고?"

"아이 서방님도."

"내 한 가지만 물어보겠네. 자네 등짝에 있는 날개를 본 사람은 나 말고 누가 있는가?"

"날개 말씀입니까? 이걸 서방님 말고 본 사람이 누가 있겠습니까? 아니지. 한 사람은 더 보았겠지요."

"그게 누구요?"

"왜요. 그 사이에 벌써 샛서방을 보았을까 걱정이 되어서 그러시는 겁니까?"

"꼭 그런 것은 아니고 그냥 궁금해서 물어보는 거요."

"계변에 살고 있는 우리 어머니만 알고 있는 사실입니다."

대답을 마친 아령은 끌어안은 팔을 풀고 바닥에 털썩 주저앉아 얼굴을 감쌌다. 한동안 잠잠하게 앉아 있던 아령의 어깨가 흔들리기 시작했다. 약간 어정쩡하게 서 있던 하문으로서는 난감한 노릇이었다. 급기야는 훌쩍거리는 소리가 울음소리로 바뀌었다. 밖에서도 들릴 정도로 울음소리가 커지자 등에 손을 얹고 달래기 시작했다.

"여기까지 울려고 왔단 말인가? 어서 울음을 멈추게."

"소녀가 서방님에게 무엇을 잘못했는지 말씀해 주시어요. 한낱 기생 주제에 장부의 앞길을 막는다고 생각하시는 겁니까? 흑흑."

"그게 아닐세. 진정하게. 자네와 첫날밤을 지낸 그날 밤에 나의 누이가 세상을 떴네. 마음에 죄가 되어 자책하고 있었던 것이지, 그대를 미워한 것은 아니라네."

하문은 말해놓고도 놀랐다. 자신의 입에서 마음에도 없는 거짓말이 술술 나오는 게 신기했다. 내친 김에 예전처럼 저고리 섶으로 손을 넣어 날갯죽지를 손바닥으로 쓰다듬었다. 그제야 아령이 울음을 멈추었다.

다음 날 아침 하문 일행은 아침을 챙겨 먹고 매복지로 갔다. 간밤에 범이 와서 미끼로 묶어놓았던 개 한 마리를 물고 갔다. 범도 미끼를 묶어놓은 곳에 매복을 하고 있다는 걸 알고 있는 것 같았다. 다시 개 한 마리를 묶어놓고 사방에서 매복에 들어갔다. 하문은 석도의 옆에서 일곱 보쯤 떨어진 곳에 매복했다. 범이 정면으로 달려든다면 둘이 동시에 화살을 날릴 수 있는 위치였다.

하문은 매복에 들어가면서도 움막에 남아있는 아령이 걱정되었다. 물론 데리고 온 하인 둘과 같이 들어가 있기는 했지만 그쪽으로 범이 나타난다면 대처하기가 쉽지 않을 것 같았다. 하문은 간밤의 정사로 아령에 대해 서운한 마음을 모두 풀었다. 누이가 죽은 것을 모두 아령에게 책임 전가할 일이 아니었다. 아령의 죄라면 왕세자의 명을 받들어 하문의 여자가 되어준 것밖에는 없었다.

하문은 아령 생각에 범에 대한 집중력을 잃고 있었다. 아령을 안을 때마다 나타나는 커다란 새의 환영이 자꾸만 눈앞에 어른거렸다.

같은 시각 바로 옆 자리에 매복을 하고 있는 석도도 아령 생각을 하고 있었다. 간밤에 아령이 일렀던 말을 곱씹었다. 범을 잡으려면 범처럼 생각하고 범처럼 눈이 빨라야 한다. 몸이 범처럼 빠르지는 않아도 눈이 빨라야 범의 움직임을 간파할 수 있다. 매복을 하느라 꼼짝도 하지 않는 몸이지만 석도의 몸과 마음은 점점 범처럼 변해갔다.

석도의 이마에는 대범 특유의 왕자 무늬가 새겨졌다. 두 눈에는 깊이를 가늠할 수 없는 살기가 가득 찼다. 손가락 끝과 발가락 끝에 강철 같은 발톱이 돋아나고 삼지창 같은 이빨이 입안에서 독을 감추고 있었다.

석도의 귀에 범의 발자국 소리가 들렸다. 황소의 몸집을 가진 거구가 걸음을 내디딜 때는 깃털처럼 가벼웠다. 석도는 화살 통에서 살 하나를 뽑았다. 범의 어금니처럼 단단한 촉을 혓바닥에 문질렀다. 마치 자신의 독을 어금니로 내보내는 살모사처럼 몸의 모든 살기를 혀끝에 모아 화살촉에 바르는 것 같았다.

석도가 만반의 준비를 마치고 있을 때 하문은 가보지도 않은 태화강변의 학을 떠올렸다. 꿈마다 찾아오는 학은 무슨 인연으로 찾아오는 것인가? 시간이 되면 아령의 춤을 보고 싶다는 생각이 들었다. 그리고 계변에 산다는 그녀의 늙은 어미도 한 번 만나보고 싶었다. 유명하다는 그녀의 춤사위도 보고 싶었다.

범이 나타난 걸 눈치 챈 사람은 석도 한 사람뿐이었다. 범도 자신의 적을 알아보는 것 같았다. 미끼로 묶어놓은 개는 거들떠보지도 않고 곧장 석도에게로 달려들었다. 다른 매복자들은 범이 포위망에 들어섰을 때까지 인식하지 못하고 있었다. 하문 역시 마찬가지였다.

석도는 범이 사정거리에 들어오기 전에 자리에서 벌떡 일어섰다. 곧장 빼어든 살을 시위에 매겼다. 그제야 하문을 비롯한 동료들이 매복지에서 몸을 일으켰다

미끼로 묶어놓은 개와 석도의 사이는 불과 이십 보가 넘지 않았다. 하문은 개를 지나쳐 곧장 석도에게로 달려드는 범을 보았다. 하문은 습관처럼 살을 시위에 걸고 잡아당겼다.

석도는 포위망을 뚫고 들어와 개를 지나치고 자신에게 달려오는 범의 동작을 하나도 놓치지 않고 바라보았다. 몸은 느려도 눈

은 범보다 빨라야 한다. 범이 한걸음을 내디딜 때마다 석도의 눈이 먼저 범의 발 앞에 가있었다. 그러자 쏜살같은 범의 걸음이 경중경중 달려오는 송아지의 걸음 같아 보였다.

석도의 눈에 달려드는 범의 앞 다리 사이에 있는 심장이 보였다. 아주 천천히 느린 동작으로 당긴 시위를 놓았다. 앞으로 내딛는 앞 다리 사이에 숨어 있는 커다란 토끼 한 마리를 향해 살은 정확하게 날아갔다. 범이 입을 벌려 석도의 머리를 덮친 것과 화살이 붉은 토끼를 꿰뚫은 것은 거의 동시였다.

그 찰나 같은 순간에 화살 하나가 옆에서 날아와 범의 귀를 뚫었다. 하문이 날린 화살이었다.

범은 앞 발톱을 석도의 어깨에 박은 채 앞으로 고꾸라졌다. 석도는 범의 몸 아래 깔렸다. 황소처럼 커다란 범에게 깔린 석도는 꼼짝할 수 없었다. 하문과 낭도들이 우르르 달려들어 밑에 깔린 석도를 끌어냈다.

범의 몸 아래서 빠져나온 석도는 온몸의 맥이 풀렸다. 자신이 쏜 범을 눈 앞에 보고도 믿어지지 않았다. 범의 앞가슴에 정확히 박혀있는 화살을 보며 아령을 떠올렸다.

"커다란 붉은 토끼를 쏘아 맞히세요."

간밤에 그녀의 가르침이 없었더라면 과연 범을 잡을 수 있었을까 생각하니 눈물이 나오려고 했다.

"가서 자네의 여자를 좀 데리고 오게. 아령 말일세."

석도는 하문에게 움막에 있는 아령을 데려오라고 했다. 그런데 하문이 대답을 하기도 전에 아래쪽에서 아령이 하인 둘을 데리고 이쪽으로 올라오고 있었다. 급하게 올라오느라 숨을 몰아쉬기는 했지만 결과는 당연히 알고 있다는 표정이었다.

"석도 낭도님 축하드립니다. 멋지게 해내시었군요."

아령의 말은 모든 걸 보고 있기라도 했다는 것처럼 들렸다. 화랑들은 범의 가슴과 귀에 박힌 화살을 번갈아 만져 보았다. 화살이 박힌 방향 때문에 심장에 박힌 화살이 석도가 쏜 것이라는 것은 쉽게 알 수 있었다. 그 상황에서 어떻게 흔들리지 않고 활을 쏘았는지 모두 탄복을 했다.

석도는 아령을 보자 두 손을 잡고 바닥에 앉게 했다. 그러더니 넙죽 큰 절을 올리는 것이었다. 모두가 의아한 눈으로 두 사람을 바라보았다.

"범을 쏜 것은 내가 맞지만 내 마음을 움직인 것은 부인이요. 내 은인이니 절을 받는 게 마땅합니다."

동료들은 무슨 말인지 뜻을 몰라 벙벙하게 두 사람을 번갈아 보았다. 아령은 앞무릎을 세우고 꼿꼿한 자세로 절하는 석도의 등을 내려다보았다.

"천 리 길을 달려 온 보람이 있군요. 이제 범을 잡았으니 한시라도 바삐 서라벌로 돌아가도록 합시다."

아령의 목소리는 전장에 나선 장수의 목소리처럼 의연했다.

전장

하문 일행이 대범을 잡았다는 소식은 바람보다 빠르게 서라벌
에 전해졌다. 그러나 소식은 사람들의 마음을 움직이지 못했다.
서라벌은 전장에서 날아오는 비보에 거리마다 골목마다 곡소리
가 넘쳐났다. 전장에선 매일매일 서라벌의 병사들이 추풍낙엽처
럼 쓰러지고 있었다. 가족이 전장에 나가 있는 집에서는 밤새 불
을 밝혀놓고 기도를 올렸다. 서라벌에서는 불이 꺼질 줄 모르고
잠이 들지 못하는 밤이 이어졌다.

대야성을 내준 신라 군사들은 죽을 각오로 싸우고 있었다. 이
번 전투에서는 백제군의 힘이 만만치 않았다. 힘차게 쏜 화살은
백제군의 방패를 뚫지 못하고 맥없이 바닥에 떨어졌다. 백병전에
서도 백제군이 사용하는 검이 예전보다 품질이 월등하게 좋아진
것이 확실했다. 검과 검이 맞부딪치면 신라군의 검이 맥없이 부

러지기 일쑤였다. 이번에 쳐들어온 백제군은 새롭게 장비와 전열을 가다듬어 신라를 무너뜨리기로 작정을 한 것 같았다.

전장의 장수들은 위기감을 느끼지 않을 수 없었다. 이곳에서 밀리면 서라벌도 마지막이니 혼신의 힘을 다했지만 역부족이었다. 신라군을 이끌고 있는 용덕 대장군은 전세를 역전시킬 묘안을 찾으려 애를 썼다. 백제군의 사기는 하늘을 찌를 듯했다.

백제군을 뒤에서 지휘하는 오상치 장군은 키가 팔 척인 데다 갑옷과 투구를 쓰고 말 위에 앉아 있으면 좌중을 압도하는 위용이 대단했다. 투구 위에 백로의 꼬리깃으로 보이는 흰 깃을 항상 꽂고 다녔다. 그것이 오상치 장군을 상징하는 표식이었다. 백제군들은 마상에 우뚝 솟아 투구 위에 흰 깃을 날리고 있는 장수를 보면 사기가 올랐다. 반대로 신라 군사들에겐 흰 깃이 두려움의 표식이었다.

"적의 장수를 쏘아라."

용덕 대장군은 유능한 궁수들을 시켜 흰 깃을 날리는 적의 장수를 향해 살을 날렸지만 번번이 실패했다. 나중에는 자신이 직접 나섰다. 장인이 새로 만든 튼튼한 각궁에 멀리 날아가는 애기살을 쏘아 보았지만 성공하지 못했다. 정확하게 날려 보낸 화살은 목표물에 다가갈수록 방향을 틀며 빗나갔다. 참으로 기이한 일이었다.

"이상한 일이로다. 백제의 장수는 사람이 아닌 것 같구나. 키가 저렇게 큰 것하며 얼굴 모양도 보통사람하고는 다르구나."

신비로운 느낌을 주는 백제장수 오상치의 모습은 신라 군사들에게는 공포심을 일으키게 했다. 용덕 대장군은 어떻게든 전세를 역전시켜보고자 애를 썼다. 신라의 장수들을 불러 모아 적의 장수 오상치를 쓰러뜨릴 방법을 물었다. 이구동성으로 하는 대답이 화살로는 적장을 쓰러뜨릴 수 없다는 것이었다.

"그럼 어떻게 적장을 쓰러뜨려야 하는지 방법을 생각해 보시오."

"적장의 무술실력을 알 수가 없으니 제가 나서 적장과 대적해 볼까 합니다. 정말 무예에 출중한 장수인지 허깨비인지 붙어보면 알 것입니다. 제가 목숨을 버리더라도 상대의 실체를 알아야 물리칠 방도를 찾을 수 있을 것입니다."

목숨 바칠 각오를 하고 앞에 나선 것은 김성하 장군이었다. 그의 주무기는 자루가 긴 태도였다. 대부분의 서라벌 군사들이 사용하는 무기는 환두대도였다. 자루가 짧고 끝에 둥근 고리가 달려 있어 쉽게 손 안에서 이탈하지 않도록 만든 칼이었다. 김성하 장군은 환두대도도 잘 다루었지만 왜소함에 답답함을 느껴 스스로 자루가 긴 태도로 바꾸었다. 무게가 훨씬 나갈 뿐 아니라 먼 거리의 목표물을 치기에도 좋았다. 신라에서는 그의 태도를 대적할 자가 없었다. 그가 마상에서 휘두르는 태도는 위력이 대단했다.

"고맙소. 장군. 적장을 쓰러뜨리기만 한다면 다 이긴 전쟁이요. 우리는 오상치란 적장에 대해 아는 것이 없소. 분명한 것은 그가 전법에 능한 자라는 것이오. 지금까지 우리를 힘들게 한 것이 그의 전법이었소. 그러나 그의 무예를 한 번도 본적은 없었소. 적장을 도발해 무예를 시험해보는 것도 괜찮을 것 같소."

"소장 목숨을 바쳐 적장을 베어오겠습니다."

"최선을 다해 주시오."

용덕 대장군의 허락을 받은 김성하 장군은 말 위에 올라 태도를 고쳐 잡고 전장의 중간지점으로 달려갔다.

"나는 서라벌의 김성하다. 내 칼에 목이 떨어진 백제 놈들이 족히 백 명은 넘을 것이다. 백제장수 오상치는 나와서 내 칼을 받아라. 쥐새끼처럼 뒷구멍에 숨어있지 말고 썩 나오너라."

처음에는 백제 진영에서 화살 몇 개가 날아오더니 이내 잠잠해졌다. 신라 진영에서는 야유의 함성이 들려왔다. 백제 진영이 잠잠하더니 가운데로 길이 열렸다. 결의에 찬 오상치 장군이 나타났다.

"하룻강아지 범 무서운 줄 모른다더니 네놈이 그 짝이로구나. 네놈이 그렇게 많은 우리군사를 베었다 하니 내가 원수를 갚아 줄 것이다."

김성하 장군이 적장을 바라보니 자기보다 머리 하나는 더 커보였다. 타고 있는 말도 적토마로 덩치가 컸지만 장수의 키가 거인이었다. 큰 키에 비해 몸집은 호리호리했다. 그 큰 키에 몸집마저 굵었으면 말이 무게를 감당하기 쉽지 않았을 것 같았다.

"하하하하."

김성하 장군은 호탕하게 웃어 젖혔다. 오상치 장군은 왜 웃는

지 이유를 알지 못해 가만히 바라보고 있었다.

"싸우러 나온 것이냐. 놀러 나온 것이냐. 웬 오두방정이냐."

"하하하하. 네 꼴을 보고 웃지 않는다면 이상한 일이 아니냐. 네놈이 사람같이 생기기는 했지만 대나무장대처럼 키만 멀쑥하게 크구나. 필시 대나무처럼 속에 바람이라도 든 것이렷다. 하하하하."

"신라 놈들이 주둥아리는 잘 놀리는구나. 살고 싶으면 지금이라도 말머리를 돌려 돌아가거라."

말을 마치자마자 오상치 장군이 칼을 뽑아 들었다. 오상치 장군의 칼은 흔히 보아 온 칼이 아니었다. 칼자루 끝에 둥근고리가 달리기는 했는데 칼날이 좁고 길이가 길었다. 여느 환두대도보다는 칼날이 한자는 더 길었다. 큰 키에 어울리도록 만든 것 같았다.

"하하하. 칼 모양도 몸뚱아리처럼 호리호리한 게 바람에도 곧 부러질 것 같구나. 그걸 칼이라고 차고 다니냐. 한 번 휘둘러보기는 한 것이냐?"

"금방 목이 떨어져 나갈 놈이 잘도 지껄이는구나."

기다란 환두대도가 김성하 장군의 목을 향해 찌르고 들어갔다. 마치 한 마리의 두루미가 물고기를 향해 긴 부리를 내리꽂는 형국이었다. 그러나 김성하 장군도 만만치 않았다. 손잡이가 긴 태도를 왼쪽에서 오른쪽으로 휘둘렀다. 마치 호랑이의 앞발이 날아오는 두루미의 부리를 낚아채는 듯했다.

"쨍그랑!"

쇠와 쇠가 부딪치는 소리가 요란했다. 칼이 부딪칠 때마다 불꽃이 튀었다. 지켜보는 양쪽 진영의 군사들은 손에 땀을 쥐었다. 첫 합에서는 양쪽의 기세가 비슷했다. 첫 공격에 실패한 오상치 장군은 재차 칼을 겨누었다. 높이 치켜든 다음 찔러 들어갔다. 이번에는 목이 아닌 배를 찌르고 들어갔다.

"쨍그랑!"

이번에는 김성하 장군이 아래에서 위로 팔자 휘두르기를 시도했다. 아래로 찌르고 들어오는 칼날을 내쳤다. 이어서 칼날의 방향을 틀어 반대방향으로 상대의 목을 베러 들어갔다. 곧 오상치 장군의 목이 당장 떨어져 나갈 것 같았다. 백제군 진영에서 짧은 탄식소리가 들렸다. 아래로 내려 찌르고 칼을 거두어들이는데 시간을 뺏긴 오상치 장군은 그대로 상체를 뒤로 눕혔다. 김성하 장군의 태도가 코끝을 스치고 지나갔다.

이번에는 신라 군사들이 탄식을 했다. 조금만 빨랐으면 적장의 목을 베었을 것 같았는데 아쉬움이 컸다. 신기한 것은 오상치 장군의 몸놀림이었다. 보통사람의 몸놀림이라고는 볼 수 없었다. 허리와 목의 움직임이 예사롭지 않았다. 마치 뱀의 몸뚱이가 좌우로 마음대로 움직이듯했다. 말 등으로 몸을 눕혔다 일어나는데 잠시도 멈추지 않았다.

"저게 사람이야? 짐승이야? 몸을 구렁이처럼 마구 똬리를 트는구먼."

"그러게. 모가지는 황새 모가지를 해가지고 잘도 피하네."

이번에는 김성하 장군의 태도가 허리를 겨누었다. 사나운 범이 두루미의 몸통을 물어뜯으러 들어가는 모양새였다. 이번에는 환두대도가 태도를 정면으로 받았다. 불꽃이 튀고 고막을 찢을 듯한 쇳소리가 울렸다. 바라보는 양쪽의 군사들은 위력적인 태도의 힘을 환두대도가 막아내지 못할 것처럼 보였다. 자루가 짧아 쥐는 힘이 약한 데다 칼날마저 좁아 힘이 없어 보였다. 그러나 예상과는 달랐다. 태도를 정면으로 막아낸 환두대도는 힘이 남아 곧바로 찌르기로 맞받아쳤다. 김성하 장군의 목으로 뾰족한 환두대도의 끝이 들어왔다. 살짝 고개를 돌려 피한다고 했는데 칼끝이 살짝 목을 스쳤다. 그 바람에 투구 끈이 잘려나가고 살갖이 살짝 베였다.

살짝 베어졌는데도 목에서 붉은 피가 울컥 솟아올랐다. 다음 공격을 위해 이압하고 고함을 지르자 목의 상처에서 붉은 피가 분수처럼 솟구쳤다. 아무래도 목의 대동맥이 잘려진 것 같았다. 김성하 장군은 개의치 않고 태도를 휘두르며 압박해 들어갔다. 이번에는 오상치 장군이 슬그머니 뒷걸음을 치더니 환두대도를 거두었다. 허공을 가른 태도는 뒷심을 이기지 못해 바닥으로 떨어졌다. 칼과 함께 주인도 그대로 마상에서 떨어져 바닥에 나뒹굴었다.

바닥에 떨어진 김성하 장군은 다시 일어나지 못했다. 목에서 붉은 피가 계속 흘러 바닥을 적셨다. 오상치 장군은 그대로 말머리를 돌려 진영으로 돌아갔다.

용덕 대장군은 군사 두 명을 내보내 김성하 장군의 시신을 수습해오게 했다. 백제 군사들은 신라 군사들이 시신을 수습하는 동안 가만히 지켜보고 있었다. 시신을 수습해 돌아오고 난 뒤에도 백제 군사들은 공격할 기미가 보이지 않았다. 공격은 커녕 대오를 거두어 전선에서 물러나는 것이었다. 신라 진영으로서는 그나마 다행이었다. 사기가 오른 여세를 몰아 들이친다면 막아내기가 쉽지 않았을 것이다.

김성하 장군의 전사 소식은 즉각 서라벌로 전해졌다. 신라 조정은 하늘이 무너진 듯 참담한 분위기였다. 수많은 전쟁터에서 이름을 날리던 김성하 장군이었다. 그런 맹장을 단 몇 합 만에 쓰러뜨린 적장에 대한 두려움이 사람들의 심장을 오그라들게 했다.

"이 일을 도대체 어떻게 하면 좋단 말이냐. 누가 나서서 적장을 베고 서라벌을 구해낸단 말이냐?"

왕은 장탄식을 늘어놓았다. 대신들도 서로 눈치만 볼 뿐 누구 하나 나서는 사람이 없었다. 왕은 다시 한번 장탄식을 하며 대신들을 힐책했다.

"모두들 뭣들 하는 거요. 누가 나서서 대답을 해보시오. 나라의 녹을 먹었으면 이렇게 위급한 때에 대책을 내놓아야 할 것 아니요."

"전하. 아뢰옵기 황송하옵니다. 이번일은 소신들의 힘으로는 방도를 찾을 수 없는 줄로 아옵니다. 전장에서 전해 온 말로는 오상치란 적장은 인간이 아니라 신의 비호를 받는 것 같다 하옵니다. 우리도 무작정 무예에 특출한 장수를 찾는 것보다는 서라벌을 지켜주시는 부처님께 답을 구해보는 게 어떨까 생각합니다."

"사람을 황룡사로 보내어 국사를 모셔오도록 하시요."

왕은 지푸라기라도 잡는 심정으로 국사를 불렀다. 어명을 받은 국사 지용스님은 왕궁으로 가면서도 낯빛이 어두웠다. 바람 앞의 등불 같은 나라를 어떻게 구해낼 것인가 밤낮으로 불공을 드려도 답을 찾을 수 없던 상황이었다. 어전에 나가 왕에게 절을 올리면서도 어떻게 위기의 신라를 구할 것인가를 생각했다. 그러나 뾰족한 답을 찾아낼 수 없었다.

"지금 우리 서라벌이 바람 앞의 등불처럼 위기상황이오. 부처님 전에 큰 제라도 지내면 이 위기를 극복해 낼 수 있을 것 같소?"

"전하 소승이 지금 곡기를 끊고 부처님께 답을 구하고 있습니다. 성급히 나서지 말고 부처님의 대답을 기다려 보는 것이 어떨까 사료되옵니다."

"너무 답답한 대답만 하시는구려. 지금 가만히 앉아서 기다릴 만 한 형편이 안 되니 국사님을 부른 것이 아니요. 전선이 곧 무너질 듯한 형국이요. 야로현이 무너지고 달구벌이 백제의 손에 들어가면 서라벌은 버티기가 쉽지 않을 것이요. 우리가 해답을 찾지 못한다면 누가 나서서 신라를 구해준단 말이요."

"전하의 말씀을 듣고 보니 좋은 방책이 생각났사옵니다. 국원성에 고구려의 왕세자가 내려와 있다는 소식이 있었습니다. 고구려에 도움을 청해보면 어떨까 합니다. 전에도 고구려는 우리를 도와 백제를 친 적이 있었습니다."

왕은 신료의 간언에 귀가 번쩍 뜨였다. 어째서 지금까지 그 생각을 하지 못했던 것인지 신하들의 무지가 한탄스러웠다.

"오호. 이제야 제대로 된 의견들이 나오는구려. 누구를 고구려에 사신으로 보내야 할지 의견을 내시오."

"국원성에 고구려의 왕세자가 내려와 있다는 것이 확실하다면 우리 쪽에서도 세자저하님을 보내는 것이 이치에 합당하다고 사료되옵니다. 국사님이 세자님을 보위하시고 가는 게 좋을 줄로 압니다."

"좋은 생각이요. 세자의 나이 열여덟이니 그럴만한 능력이 있다고 여겨집니다. 국사님은 한시라도 바삐 채비를 갖추어 국원성으로 달려가기 바라오."

일은 단숨에 결정되었다. 누군가가 고구려 군사를 끌어들이게 되면 후일의 안전을 지키기도 쉽지 않을 것이라는 의견을 냈으나 가볍게 무시되었다. 일단은 발등의 불부터 끄고 보는 것이 우선이었다.

김성하 장군의 시신은 삼 일에 걸쳐 서라벌로 운구되었다. 백성들이 연도로 몰려나와 곡을 했다.

"장군님! 우리들은 어찌하라고 먼저 가십니까. 하늘도 무심하십니다. 어이 어이."

서라벌의 거리는 울음바다가 되어 곡소리가 천지를 울렸다. 왕이 친히 북천까지 나와 김성하 장군의 운구를 맞았다. 왕이 시신 앞에서 곡을 하자 백성들의 울음소리는 점점 더 높아졌다. 모두가 부모를 잃은 심정으로 눈물을 쏟았다.

김성하 장군의 시신이 서라벌에 도착하기까지 백제군은 대야성에 들어간 뒤 성문을 굳게 닫아걸고 지키기만 했다. 오상치 장군의 수하가 왜 여세를 몰아 신라군을 치지 않는 것이냐고 물었다가 호된 질책을 받았다.

"그대는 뭘 하는 사람인가? 백제의 장수인가?"

갑작스런 물음에 수하장수는 대답을 하지 못했다. 자신이 백제의 장수라는 사실을 몰라서 묻는 것이 아니기 때문이었다.

"백제의 신하로서 소견을 말씀드리는 것입니다. 적이 궁지에 몰려있을 때 여세를 몰아 들이치는 게 쉽게 이기는 방법이 아니온지요?"

"그게 맞는 말인지도 모르겠소. 하지만 우리는 사람을 죽이는 병사이기 전에 한 사람의 인간이오. 인간이 인간의 도리를 지키지 않으면 인간이 아니오. 지금 적은 막중한 장수의 죽음으로 초상분위기요. 거기에 공격을 퍼붓는 것은 인간된 도리는 아니라고 생각되오. 적장의 시신이 서라벌에 도착하기 전까지는 성문을 굳게 닫고 기다리도록 하시오. 장례를 치르는 동안 저들의 사기는 오히려 떨어질 것이 분명하오. 죽어가는 자의 숨통을 조를 필요는 없지 않소. 저들로선 뾰족한 방법을 찾는 게 쉽지 않을 것이오.”

대야성 안에서는 명령에 따라 초병만 성루 위에 올라와 있을 뿐 아무런 움직임도 없었다. 오히려 공격을 염려하고 있는 신라 진영에서 조바심이 더해갔다. 그렇다고 적은 군사로 성을 공격하기에도 여력이 없었다. 용덕 대장군은 야로현까지 밀릴 뻔한 사태가 일단 진정되는 것 같아 안도의 한숨을 쉬었다. 언제 백제군이 성문을 열고 나와 들이칠지 알 수는 없는 상황이었다. 용덕 대장군은 여러 가지로 방비책을 생각해 보았다. 야로현까지 길을 열어 주었다가 백제군의 후면을 치는 작전을 생각해보기도 하고 어둠을 틈타 대야성을 습격해 볼까도 생각해 보았다. 그러나 병사들의 사기가 떨어질 대로 떨어진 상태에서 작전을 감행하는 것도 쉬운 일이 아니었다. 백제군이 움직이지 않고 가만히 웅거하고 있는 것만으로도 감지덕지해야 할 처지였다.

용덕 대장군은 서라벌로 장계를 올렸다. 김성하 장군을 잃게 된 것에 대한 벌을 내려줄 것을 간청했다. 백제장수 오상치의 무술을 시험해보고자 시도했다가 당한 일이라 자신도 목숨을 걸고 적장과 승부를 겨루고 싶으나 만약의 경우에 신라군을 이끌 적임자가 없어 나서지 못한다는 내용이었다. 그러니 서라벌 군사를 이끌만한 재능 있는 장수를 골라 보내달라는 청도 넣었다.

장계를 올린 지 열흘 만에 서라벌에서 지원군이 도착했다. 그러나 신라군 전체를 이끌 만 한 장수는 없었다. 대부분이 나이가 들어 은퇴한 병사들이거나 아직 나이가 어린 청년들을 급조한 병사들이었다. 그나마 왕성을 지키는 병사들을 뽑아 인솔자로 데리고 온 것이 전부였다. 용덕 대장군은 땅이 꺼져라 한숨을 내쉬었다.

"서라벌에 이렇게 쓸만한 인재가 없단 말인가."

용덕 대장군은 수하장수들을 불러놓고 새로 온 지원병들을 활용할 작전 방안을 강구했다. 예전의 전투경험이 있는 나이든 병사들과, 전혀 경험이 없는 젊은이들을 적절하게 활용할 방안을 찾기란 그리 수월한 일이 아니었다.

작전회의에서 결론을 내기를 새로 온 지원병들을 전부 대야성의 후방으로 보내는 것이었다. 적들은 이쪽 군사들의 상태를 정확하게 파악하지 못하고 있을 것이 분명했다. 제법 많은 수의 군사를 후방으로 보내면 보급로에 신경을 쓰는 적은 당황할 수밖에 없을 것이고 상당한 정예군을 후방으로 보낼 것이라 생각했다.

"일단 대야성에서 아막성으로 가는 길목을 끊어라. 백제군이 접근해 오면 전면전은 피하고 어쨌든 살아남기만 해라. 적의 후방 보급로에 우리 군사들이 있다는 것만으로 적에겐 걱정거리가 될 수 있다."

용덕 대장군은 적의 주력부대가 후방으로 빠지면 전면공격을 감행할 생각이었다.

왕세자는 지용국사를 대동하고 고구려의 국원성으로 떠났다. 호위하는 군사들은 열 명에 불과했다. 현재 상황으로는 많은 군사를 거느리고 갈 형편이 아니었다. 월성을 떠나 이틀 거리를 갔을 때 화랑무리를 만났다. 화랑들은 왕세자를 알아보고 모두 무릎을 꿇었다.

"세자저하께서 어인 일로 이런 곳까지 오시었습니까?"

왕세자는 화랑의 무리를 한 눈에 알아보았다. 불과 두어 달 전에 월지에서 같이 놀이를 즐기던 바로 그 무리들이었다. 더구나 같이 동행한 여인이 자신의 명으로 월지에 뛰어든 아령임을 알아보았다.

"오호, 이게 누군가? 월지에 물새처럼 뛰어들던 그 기생이 아니더냐?"

"세자저하. 소녀를 알아보아 주시니 황송하옵니다."

"음, 그래 모두들 어디에서 오는 길인가?"

"저희 모두 태백산에 범 사냥을 다녀오는 길입니다."

"그래 범 사냥은 성공을 하였느냐?"

"네 성공하였습니다. 아주 보기 드문 대범을 잡았사옵니다."

하문 일행은 염장을 한 호피를 왕세자 앞에 내어 놓았다. 과연 대범이라고 할만했다. 이제까지 신라국에서는 이렇게 큰 범을 잡은 적이 없었다. 지용국사는 호피 앞에서 합장을 하고 염불을 외웠다. 일찍부터 절에서는 범을 산신령이 부리는 영물로 생각하고 있었다.

"이걸 누가 잡았단 말이냐?"

화랑들은 석도와 하문이 같이 합세해서 잡았다고 했다. 흐뭇해

하는 왕세자를 본 하문이 나섰다. 자신은 범을 잡는데 아무 역할을 한 것이 없다고 했다. 이어서 사냥 당시의 상황을 자세히 고했다.

"그렇다면 호피의 주인은 석도랑이렀다. 이 호피를 어찌할 것인지 말해보아라."

석도는 왕세자에게 서슴없이 바치겠다고 했다. 자신의 몸도 신라국의 것이고 이 땅에서 나는 물산은 모두 왕가의 것이라고도 했다. 그러자 왕세자는 입가에 만족한 웃음을 지었다. 과연 이 나라의 기둥이 될 화랑들을 잘 가르쳤다며 지용국사까지 추켜세웠다.

"낭도들은 서라벌로 돌아가지 말고 나와 함께 국원성으로 가도록 하자. 안 그래도 고구려의 왕세자에게 바칠 선물을 제대로 준비 못했는데 호피를 전하면 일이 수월하게 풀릴 것도 같구나."

왕세자의 명령인데 아무도 거역할 사람이 없었다. 그러나 무릎을 꿇고 고개를 바닥에 떨구고 있던 아령이 또렷한 목소리로 왕세자에게 청을 했다.

"세자저하. 소녀 목숨을 내놓고 감히 저하께 고합니다. 지금 서라벌에는 하문낭도를 급하게 필요로 하는 걸로 알고 있습니다. 다른 분들은 모두 데리고 가셔도 무방하나 하문낭도님만은 서라벌로 갈 수 있도록 해주시옵소서."

"뭐라고? 하문을 서라벌로?"

"그렇습니다."

"하하하하. 그러고 보니 그대는 내가 하문의 여자라고 정해준 그 기녀가 아니더냐. 그때 물로 뛰어든 너를 구해 준 것이 하문낭도가 아니었더냐?"

"그러하옵니다."

"갸륵하구나. 낭군을 위하는 마음이 기특한 줄은 알겠다만 이건 국가의 대사니라. 남녀의 사사로운 정에 이끌려 처리할 일이 아니다."

"소녀 죽을죄를 지었사옵니다."

아령은 자신이 하문을 데리러 태백산까지 갔던 일이 무엇 때문인지 자세하게 설명했다. 이 모든 일은 석가치가 시킨 일임을 고백했다. 지금 서라벌의 운명이 바람 앞의 등불 같은데 저마다 쓰임이 있는 것이라고 했다. 호피가 왕세자를 만나 고구려의 왕세자에게 선물로 가게 되는 것도 모두가 인간은 알 수 없는 하늘이 엮어내는 일이라고 했다. 생각해보면 하문 일행이 왕세자 일행을 만난 것도 기적 같은 일이었다.

왕세자는 지용국사에게 의견을 물었다. 그러자 지용국사는 국원성과 마주하고 있는 가잠성에는 많은 군사들이 있으니 용맹스런 군사를 뽑아 호위병으로 보충해가면 될 것이라고 했다. 굳이 화랑들을 데리고 가지 않아도 괜찮을 것이라고 했다. 그러면서도 호피는 사신으로 가는 입장에서 지니고 갈만하다고 했다.

"그러면 되었다. 범을 사냥한 석도랑과 일행들은 나를 따르고 하문은 네 여자를 데리고 서라벌로 돌아가거라. 돌아가서 월정교 위의 고약한 새를 꼭 쏘아 떨어뜨리도록 하라."

하문과 아령은 왕세자와 석도 일행들과 작별을 하고 서라벌을 향해 걸음을 재촉했다. 신녕에 도착해 산을 넘다가 해가 떨어졌다. 민가가 나타나지 않으면 밤을 꼬박 새워서라도 계속 갈 생각이었다.

"아악!"

한참을 걸어가다 다급한 아낙의 비명소리에 걸음을 멈추었다. 하문은 본능적으로 아령을 몸 뒤에 숨겼다. 그러자 앞에서 건장한 사내들이 나타났다.

"야, 이것 좀 봐라. 오늘은 완전 재수네. 웬일로 이 산중에 암꿩들이 날아드는 것이냐?"

손에 몽둥이를 든 사내 여럿이 앞을 가로막고 섰다. 그중에 덩치가 산 만한 사내가 몽둥이를 어깨에 메고 건들거리며 앞으로 나섰다. 하문은 사내에게는 눈길도 주지 않고 비명을 지른 여인 쪽을 살폈다. 그런데 여인보다 먼저 눈에 들어 온 것은 발가벗긴 채 나무둥치에 묶여 있는 사내였다. 여럿에게 몰매를 당했는지 머리는 풀어지고 입가에 피를 흘리고 있었다. 이미 힘이 다했는지 기진맥진 고개를 바닥으로 떨구고 있었다. 묶여 있는 사내의 바로 앞에 여인이 눕혀져 있었다. 저고리가 찢겨져 젖가슴이 다 드러나 있었다. 사내들 넷이 여인의 팔과 다리를 하나씩 붙잡고 있었다. 여인은 더 이상 반항할 힘이 남아있지 않은지 비명조차 지르지 못하고 있었다. 하문의 눈에 여인의 다리 사이로 거뭇한 거웃이 눈에 들어왔다. 사내 하나가 막 바지춤을 내리고 양물을 들이 대려던 참이었다.

"점잖은 양반들이 이게 무슨 짓이요?"

"하하하. 무슨 짓이냐고? 보고도 몰라서 묻는 것이냐? 너도 목숨이 아깝거든 여편네는 놔두고 얼른 줄행랑을 놓거라."

"이놈들이 오늘 죽을 때가 되어 환장을 한 것이로구나. 얼른 저기 묶어 놓은 양반을 풀어주지 못할까!"

비아냥거리는 사내를 향해 하문이 호통을 쳤다.

"햐. 이놈 보게. 우리가 누군 줄이나 알고 입을 놀리는 것이냐?"

물어보지 않아도 어설픈 산적 떼가 분명했다. 갈 길은 바쁜데 귀찮은 일에 말려 든 것 같았다.

"우리는 급한 일로 서라벌에 가는 중이다. 지금 나라가 위급한 상황이라 한시가 급하니 귀찮게 하지 말고 길을 비켜라."

"네놈의 눈에는 우리가 나랏님의 은덕으로 먹고 사는 사람들로 보이느냐?"

"무슨 말이냐. 이 나라는 산천초목이 모두 나랏님의 은공으로 사는 것이다. 백성된 도리로 나랏님을 원망하면 안 된다."

"너나 그렇게 살고 값진 물건이나 모두 내어놓고 가거라. 아니 아니지. 보아하니 요 젊은 새댁이 꽤 반반한 게 쓸모가 있어 보이는구만. 네 여편네는 여기에 놓아두고 혼자 돌아가거라. 안 그러면 여기다 뼈를 묻든가."

말이 통할 상대가 아니었다. 인상을 쓱 훑어보니 한 놈을 제외하고는 모두가 평범한 농부 같았다. 한꺼번에 대들어도 충분히 대적할 자신이 있었다. 그러나 자초해서 싸울 필요는 없었다.

"나로 말할 것 같으면 지난 번 아막성 전투에서 큰 공을 세우고 돌아온 대장군의 아들이다. 너희가 내 몸에 털끝 하나만 건드려도 이 땅에서는 목숨 붙이고 살기 힘들 것이다. 지금도 어명을 받들고 서라벌로 돌아가고 있는 길이다. 살고 싶거든 길을 막지 마라."

도적떼들은 당당하게 말하는 하문의 기세에 눌려 슬그머니 물러나는 듯했다. 그러나 잠시 후 인상이 제일 험악하게 생긴 놈이 나섰다.

"네가 대장군 김자경 장군의 아들이란 말이냐? 내 눈에는 전혀 그렇게 보이지 않는데 증거를 보여라."

하문은 일을 쉽게 풀어갈 요량으로 화살 하나를 뽑아 시위에 걸었다. 잠시도 망설임 없이 시위를 당겨 화살을 날렸다. 쉬웅, 소리를 내며 날아간 화살은 정확하게 남자가 묶여 있는 나무 기둥 한가운데에 박혔다. 남자의 머리 바로 위였다. 화살이 시위를 떠나기 전에 재차 화살 하나를 더 날려 보냈다. 두 번째 화살도 먼저 박힌 화살의 바로 옆에 박혀 꼬리를 부르르 떨었다.

"이정도로 보였으면 되겠소? 못 믿겠으면 무기를 들고 앞에 나서보시오. 얼마든지 상대해 드리리다."

하문은 화살 하나를 시위에 걸어 인상이 험악한 사내의 얼굴을 겨누었다. 사내는 화들짝 놀라 양손을 내저었다.

"아니요. 더 이상 보지 않아도 알겠소. 우리와 함께 가서 요기

89

라도 같이 하시지요."

사내는 아까와는 달리 목소리부터 공손했다. 하문은 이정도 선에서 끝난 것이 무척 다행스러웠다. 여러 명을 상대로 싸워도 이길 자신은 있었지만 아령의 안전을 장담할 수 없었다. 혼자 싸우는 것과 아령을 보호하면서 싸우는 것과는 차이가 날 수밖에 없었다.

"어서 죄 없는 저 남자를 풀어주도록 하시오."

아령이 저고리가 찢겨나간 여인에게 다가갔다. 겁에 질려 떨고 있는 여인에게 어깨에 걸쳤던 장옷을 벗어 주었다. 사내들은 나무에 묶어 놓았던 남자를 풀어 일으켜 세웠다. 기진해 있는 남자에게 벗겨 놓은 옷을 찾아 입혔다.

일행을 따라 한참을 가니 숲속에 초가가 여러 채 나타났다. 한눈에 보아도 농사꾼들이 사는 집이 아니라 급하게 세운 산적들의 소굴이었다.

여러 채의 초가 중에 한 채는 제법 크기가 컸다. 안으로 들어가니 여러 칸으로 나뉘어져 있는 것이 아니라 널찍하게 한 칸으로 되어 있었다. 꽉 들어차면 오십 명은 들어갈 만한 크기였다. 모두가 모여서 회의를 하는 공간으로 사용하는 것 같았다. 안에는 여남은 명의 사내들이 둘러앉아 있었다. 한가운데는 저녁으로 먹을 음식이 차려져 있었다.

음식 앞에 둘러 앉아 있던 사내들은 낯선 방문자를 보고 눈을 동그랗게 떴다. 더구나 제법 차려 입은 아령을 보고 더 놀라는 눈

치였다. 이런 산 중에서 잘 차려 입은 여인을 만나는 일이 흔하지
는 않기 때문이었다.

"아. 이 사람들 뭘 그렇게 빤히 쳐다보고만 있나. 손님이 왔으
면 얼른 자리를 내어 주어야지."

험상궂은 사내가 타박을 했다. 그러자 사내들이 쭈뻣거리며 자
리에서 일어나 엉덩이를 뺐다. 사내가 아령을 먼저 가운데 자리
로 안내했다.

"색시는 이리로 앉으시오."

아령은 사내가 안내하는 대로 한 아름은 되는 소나무를 잘라
만든 의자에 앉았다. 하문은 알아서 아령의 옆자리에 가서 앉았
다. 일어섰던 사내들이 모두 자리에 앉았다. 험상궂은 사내는 바
로 하문의 옆자리에 앉았다. 사내는 닭고기를 넣고 끓인 고깃국
을 그릇에 덜어 아령과 하문의 앞에 놓아 주었다. 하문은 시장하
던 참이라 앞에 놓아준 음식을 맛있게 먹었다.

하문이 아니었으면 큰 봉변을 당할 뻔한 여인과 남자도 자리에
같이 앉아 음식을 먹었다. 둘러앉은 사내들도 먹성 좋게 먹어댔
다. 순식간에 음식을 모두 먹어치운 사내들이 모두 하문의 주위
로 몰려들었다.

"아까 활솜씨를 보니 예사롭지가 않던데 뭐 다른 재주는 없소?"

"산중에서 생활하니 심심하신가 보오. 내가 팔씨름에는 자신
이 있는데 누가 한 번 겨루어 보겠소?"

팔씨름이라는 말에 사내들은 일제히 하문의 팔뚝을 바라보았

다. 그러더니 모두가 고개를 갸웃하는 것이었다. 하문의 팔뚝은 그다지 굵어 보이지 않았다. 사내들 중에서 덩치가 제일 큰 자가 앞으로 나섰다.

"보아하니 별것도 아닌 것 같구만 큰소리를 치시는구려. 내가 한 번 붙어 보겠소."

사내가 주먹을 불끈 쥐고 팔뚝자랑을 해보였다. 주먹 크기가 하문의 두 주먹을 합친 것보다 커보였다.

두 사람은 탁자를 사이에 두고 마주 섰다. 사내는 어지간한 사내의 장딴지 만큼 굵은 팔뚝을 걷어붙이고 탁자 앞에 앉았다. 하문이 잠시 머뭇거리자 어서 오라고 손짓까지 했다. 하문은 탁자 앞에 다가가 손바닥을 탁자바닥에 놓았다.

"이건 내가 제안한 시합이니 내 방식대로 하겠소."

사내는 무슨 방식으로 하든 상관이 없다는 듯 고개를 끄덕였다. 어떤 방식이든 빨리 붙어보기나 하자는 투였다. 하문은 손바닥을 편 채로 손가락 마디를 아래로 접었다.

"똑같이 손가락을 구부리고 서로 밀어서 밀리는 자가 진 것이요."

"아하. 무슨 말인지 알겠소. 그거야 용 쓸 필요도 없이 간단하게 끝나겠구만."

사내는 하문처럼 손가락을 구부린 채 갖다 댔다. 사내의 손가락은 하문보다 두 배는 굵었다. 두 손의 모양을 보니 아이와 어른이 맞붙은 모양새였다. 둘러선 구경꾼들은 해보나 마나한 시합이 재미없다는 표정이었다.

"이것도 시합이니 무슨 내기가 있어야 할 것이 아니오?"

하문이 말하자 사내는 가소롭다는 듯 빙긋이 웃었다.

"내기는 그쪽에서 하자는 대로 따르겠소."

"그럼 지는 사람이 이긴 사람 발바닥을 핥는 걸로 하면 어떻겠소?"

"그건 재미가 없겠구려. 내가 지면 낭도님의 발바닥을 핥을 테니 이기면 저 색시의 입술을 핥도록 해주시오."

"하하하하하."

둘러선 사내들이 모두 웃었다. 아령은 자신의 입술을 핥겠다는 말에 낯빛이 벌겋게 달아올랐다.

"좋소. 그렇게 합시다."

하문은 아령의 양해도 구하지 않고 그대로 승낙해버렸다. 아령이 하문의 어깨를 세게 쳤다. 왜 자신을 놀잇감으로 삼느냐는 항의였다. 하문은 걱정하지 말라는 눈짓을 해보였다.

"악!"

시합이 시작되자마자 사내가 비명을 지르며 팔을 앞으로 뺐다. 둘이 손가락 마디를 맞대고 힘을 주기 시작했다. 보기만 해도 사내의 주먹이 하문의 손마디를 부숴버릴 것 같았다. 구경꾼들은 하문이 수초를 버티지 못하고 손을 빼겠구나 생각했다. 그런데 예상과는 달리 하문은 빙그레 웃기까지 하면서 그 자리에 꼼짝 않고 있었다. 무리하게 힘을 주어 주먹을 앞으로 내민 사내는 손가락 마디 사이로 쇠꼬챙이가 찌르고 들어오는 것 같은 통증을 느꼈다. 인내심으로 버틸 수 있는 것이 아니었다. 비명을 지르며 빼낸 손가락을 살펴보니 손가락 가운데를 딱딱한 쇠꼬챙이에 찔린 것처럼 움푹 패여 있었다. 다른 손으로 문질러도 움푹 패인 자국은 쉽게 되돌아오지 않았다. 통증이 계속되자 사내는 찡그린 상을 펴지 못했다.

"어허. 대장부께서 그만한 일로 엄살을 부리시오. 내기는 내기이니 약속한 대로 어서 내 발바닥을 핥도록 하시오."

하문은 신발을 벗고 각반까지 풀었다. 냄새나는 발을 탁자 위에 그대로 올려놓았다. 사내는 선뜻 대들지 못했다. 쭈뼛거리며 망설이자 하문이 재차 재촉을 했다.

"그대는 이름이 무엇이오?"

"그걸 이제 와서 왜 물으시오. 이름을 알려주면 벌칙을 면하게 해주시려오?"

"사내대장부끼리의 약속은 하늘이 두 쪽이 나도 지켜져야 하오. 하지만 그대를 보니 나도 모르게 정감이 가오. 힘이 장사인 것 같은데 누가 잘만 이끌어주면 큰 일을 해낼 장수감이구려."

"아, 지금 누굴 병 주고 약 주고 놀리는 겁니까? 제발 벌칙만은 없는 걸로 합시다."

"좋소. 그러면 발바닥을 빠는 것은 면해줄 테니 발등에 입을 갖다 대도록 하시오."

사내는 그제야 인상을 펴고 자신의 이름을 알려주었다. 사내의 이름은 노달이고 서라벌 남쪽의 박달골에서 남의 집 종으로 태어났다고 했다. 나이 스물이 넘도록 장가를 보낼 생각은 하지도 않고 뼛골이 빠지도록 일만 시키는데 불만을 품고 도망을 나왔다고 했다.

노달은 하문의 발등에 가볍게 입술을 갖다 대었다. 나이로 치면 몇째 동생쯤 되는 하문에게 분이 나기는 했지만 어쩔 수 없는 노릇이었다. 세상에는 힘으로 할 수 없는 일이 부지기수로 많았다. 애초에 태어나는 것부터 종의 자식으로 태어나 자신의 의지와는 상관없이 평생을 종으로 살아야하는 운명인 것이었다.

"그대처럼 이 나라의 종들이 모두 일하기 싫어 도망친다면 어떻게 되겠소? 하루라도 빨리 주인집으로 돌아가도록 하시오. 열심히 일해서 주인집이 번창하도록 해야 하지 않겠소."

"이런 젠장. 날더러 주인집으로 돌아가라고? 그냥 이 자리에서 혀를 깨물고 죽으라고 하슈."

"무슨 일이 있었던 것이군요?"

노달은 내기에 진 것보다도 옛 주인을 생각하니 화가 더 나는 것 같았다. 목에 둘렀던 수건을 들고 쓸데없이 자신의 허벅지를 툭툭 쳤다.

"에이. 망할 놈의 세상."

그러자 이번에는 노달보다 나이가 두어 살 쯤 많아 보이는 사내가 나섰다.

"그렇게 성질만 부릴게 아니라 그 놈의 집구석에 쳐들어가서 아작을 내라니까 그러네.”

“그래야 하것소.”

둘이 하는 이야기로 봐서는 무언가 주인집에 깊은 원한을 지고 나온 것 같았다. 아무런 이유도 없이 종이 주인집을 도망 나온 건 있을 수 없는 일이었다. 하문은 재차 무슨 일이 있었던 것인지 물었다. 그러자 옆의 사내가 입을 열었다.

“종놈 주제에 주인집 딸을 넘보다가 신세를 조진 것이라오. 사내가 계집을 좋아하는데 양반 상것이 어디 있겠소. 미물들도 암수가 서로 좋아하는데 사내가 되어서 계집을 그리는 건 순리가 아니겠소?”

사내는 말을 해놓고 아령을 바라보았다. 모두가 사내들뿐이니 여자인 아령이 수긍을 해달라는 뜻이었다. 그러자 둘러서 있던 사내들의 시선이 모두 아령에게로 쏠렸다. 아령은 모두의 시선을 의식해서인지 사내의 말에 공감한다는 듯 고개를 끄덕였다.

“이 세상에 사람은 본디 다 한가지인데 귀하고 천한 것이 어디에 있겠습니까. 남녀 간의 사랑에 무슨 장벽이 있겠습니까.”

“하모요. 그렇고말고요.”

“무슨 소린가? 세상에 귀하고 천한 것이 왜 없단 말인가?”

하문은 버럭 소리를 질렀다. 그러면서 주인집의 딸을 종놈이 넘보는 것 자체가 천한 것이 아니냐고 했다. 더구나 산속에서 패당을 지어 지나가는 여인네를 욕보이는 것이 천한 짓이 아니고 무엇이냐고 했다. 사람은 누구나 자기 자리에서 사람답게 살기 위해 최선을 다하는 것이라 했다.

　사내들은 대꾸를 하고 싶었지만 자신들이 지은 죄가 있으니 입을 열지 못했다. 누가 뭐래도 길가는 여인을 강제로 욕보이는 짓은 사람으로서 할 짓이 아니었다.

　"내일부터라도 이곳을 버리고 사람 사는 곳으로 나가 사람답게 살도록 하시오."

　"우리 같은 천한 것들을 누가 받아주기라고 한답니까?"

　"갈 데가 없으면 나를 따라오도록 하시오."

　"우리를 어디로 데려가게요?"

　"일단은 서라벌로 갔다가 전장으로 데려갈 것이오. 나라를 위해 한 목숨 바치는 것이 천하게 산중에서 도적질이나 하는 것보다는 백번 나은 일이오. 목숨을 바쳐도 제대로 바쳐야 할 것이오."

　전장이라는 말에 사내들은 술렁거리기 시작했다. 그야말로 전장에 나갔다가는 십중팔구는 목숨을 버려야 하는 걸로 생각하고 있었다.

　"왜들 그러시오? 죽는 것이 두렵소?"

　"두렵지 않은 사람이 어디에 있겠소."

　"바로 그것이오. 높은 지위에 있는 사람은 대의를 위해 기꺼이 목숨까지 바쳐야 하는 것이오. 아랫사람이야 주인이 시키는 일만 하면 되지만 목숨 바칠 일은 없지 않소. 사람이 지위의 높고 낮음이 그래서 생겨난 것이 아니겠소."

　아무도 하문의 주장에 토를 다는 사람이 없었다. 하문의 주장대로라면 노비의 신분이라도 주인을 위해 목숨을 바칠 각오로 임해야 한다. 그래야 주인도 진정으로 노비를 보호해주고 거두어줄 것이라고 했다.

"아무리 그렇다 해도 나는 서라벌로 갈 수는 없소. 주인이 가만히 두지 않을 것이오."

"허허. 주인을 해하거나 딸을 욕보였다면 당연히 목을 내놓아야 할 것이오."

노달은 깊은 한숨을 쉬었다. 주인집 딸을 욕이라도 보았으면 차라리 억울하지는 않았을 것 같았다. 노달은 어려서부터 덩치도 크고 힘이 좋아 주인에게 사랑을 받았다. 아무리 어려운 일도 주인이 시키는 대로 척척 해내는 노달은 주인집의 보물 같은 존재였다. 주인집에 인물이 고운 딸이 있어 마음에 품고 있었지만 함부로 입 밖에도 낼 수 없는 처지임을 잘 알고 있었다.

주인은 노달이 나이가 들자 집 안에 있는 다른 노비의 딸과 혼인을 시키려했다. 그런데 그 노비의 딸이 문제였다. 세상에 못생겨도 그렇게 못생길 수 없는 천하박색인데다 마음씨까지 고약했다. 당연히 노달의 눈에 차지 않았다. 그냥 혼자서 평생을 살면 살았지 천하박색의 여인과 살기는 싫었다. 더구나 반반한 주인집 딸을 남몰래 연모하고 있던 터라 쉽게 마음을 바꿀 수도 없었다.

그런데 일이 꼬이려다 보니 이상하게 꼬여버렸다. 이웃에 주인집 딸에게 흑심을 품고 있는 박대미란 건달이 있었다. 이미 혼인을 하여 딸이 둘이나 있는 한량이었는데 소문난 바람둥이였다.

이웃의 과부들은 물론이고 어리숙한 처녀들까지 손을 댔다.

주인집 딸은 좀처럼 바깥바람을 쐬지 않았는데 어쩌다 박대미의 눈에 띄게 되었다. 여자라면 사족을 못 쓰는 놈은 그날부터 몸살을 앓기 시작했다. 무슨 수를 써서라도 마음에 드는 이웃처녀를 손에 넣고자 잔머리를 굴리고 있었다. 거기에 노달의 속마음을 눈치 챈 놈이 그걸 이용하기로 마음을 먹었다.

"이보게 노달. 내 말만 잘 들으면 주인집 딸과 혼인할 수 있을 걸세."

노달은 어떻게 자기 속마음을 잘 알고 있는지 깜짝 놀랐다. 그러면서도 주인집 딸과 혼인을 할 수도 있다는 말에 솔깃했다. 방법만 있다면 무슨 일인들 못하랴 싶었다.

박달골 안쪽 깊은 곳에 용장사란 절이 있었다. 절을 지은 지가 백 년이 넘었는데 왕비의 청으로 짓게 된 절이었다. 해마다 사월 초파일이면 왕가의 여인들이 불공을 드리러 오는 곳으로 유명한 절이었다. 박달골 사람들은 사월 초파일이면 왕가의 행차를 보기 위해 용장사로 몰려갔다. 그런데 일이 벌어진 것은 사월 초파일과는 거리가 먼 가을이었다. 단풍이 울긋불긋 물들어가는 시절이라 나들이하기에는 아주 좋았다.

박대미는 노달을 불러내 주인집 딸을 꾀어낼 방도를 일러 주었다. 왕가의 여인들이 지금 용장사에 행차하고 있으니 구경을 시켜주겠다면서 불러내라는 것이었다. 주인에게 말하면 절대로 보내주지 않을 테니 몰래 데려다 주겠다고 약조를 하면 따를 것이라고 일러 주었다. 일단 밖으로 불러내기만 하면 노달의 여자로 만들어 주겠다고 약속을 했다.

"내 말을 믿어보게나. 내가 여자에 대해서는 손바닥 들여다보듯 환하게 알고 있단 말일세. 여자란 한 번 몸을 주고 나면 싫던 감정도 눈 녹듯 사라지고 가까이 오게 되어 있단 말이지. 한 번 취하기만 하면 다음부터는 여자가 더 몸이 달기 마련이네. 내가 자네에게만 특별히 알려 주는 것이니 기회를 놓치지 말게."

노달은 주인집 딸을 자신의 여자로 만들 수 있다는 말에 사리 판단을 하지 못했다. 그렇게만 할 수 있다면 무슨 일이라도 할 수 있을 것 같았다. 노달은 한량이 시키는 대로 주인집 딸을 꾀어내는데 성공했다.

"마을 처녀들은 이미 용장사로 다 몰려갔습니다요. 지금이라도 얼른 가면 될 겁니다. 소인이 모시고 가겠습니다. 주인마님 모르게 빨리 갔다 오면 될 것입니다."

용장사에 오르는 길에 범바위라는 커다란 바위가 있었다. 박대미와 약속한 곳이 바로 범바위였다. 범바위 밑에 이르자 노달은 준비해 온 자루를 주인집 딸의 머리에 씌웠다. 주인집 딸은 갑자기 당한 일에 소리도 지르지 못하고 버둥거리기만 했다. 그때 범바위 뒤에 숨어 있던 박대미가 나타났다. 놈은 아무 소리도 내지 말라고 손가락을 입에 갖다대었다. 노달은 놈이 처음부터 알려준 대로 주인집 처녀를 등에 들러메고 범바위 뒤로 돌아갔다.

"노달. 이게 무슨 짓이냐. 얼른 내려놓지 못할까."

주인집 딸이 자루 속에서 소릴 질렀다. 노달이 바위 뒤로 돌아가 자루를 바닥에 내려놓았을 때였다. 갑자기 뒤통수에서 번개가 쳤다. 노달은 그 자리에서 고꾸라져 정신을 잃었다.

그 다음에 일어난 일은 보지 않아도 뻔한 것이었다. 머리에 자루를 뒤집어 쓴 주인집 딸은 속수무책으로 박대미의 놀이갯감이 될 수밖에 없었다. 노달이 정신을 차렸을 때 놈은 이미 줄행랑을 놓고 난 뒤였다. 주인집 딸은 자루를 뒤집어 쓴 채 기진해 쓰러져 있었다. 벗겨진 아랫도리에 선혈이 낭자했다.

기막힌 현장을 본 노달은 정신이 아뜩했다. 뒷통수가 욱신거려 만져보니 상처에서 피가 흘러 머리카락이 피떡이 되어 있었다. 노달은 한참 동안 넋을 놓고 있었다. 도깨비에 홀린 것 같은 기분이 들었다. 이런 상황이 일어난 것 자체가 현실이 아닌 것 같았다. 마른하늘에 날벼락이라고 자신이 그 날벼락을 맞은 것이었다. 어찌할 바를 모른 채 넋을 놓고 있는데 정신을 차린 주인집 딸이 신음소리를 내며 몸을 꿈틀거렸다.

"아씨 괜찮습니까?"

말을 해놓고도 그 말이 우습게 들렸다. 어떻게 괜찮을 수 있겠는가. 유린당한 처녀는 노달의 목소리에 움찔 몸을 떨었다. 또 다시 당하게 될까봐 놀란 것이었다. 노달은 허둥지둥 머리에 씌운 자루를 벗겨내었다. 주인집 딸은 눈물범벅이 되어있었다. 입술을 깨물었는지 입가에서 선혈이 흘렀다. 벗겨진 자신의 아랫도리를 보고도 수습할 생각조차 하지 못했다. 노달이 벗겨진 하의를 찾아 입혀주었다. 주인집 딸은 그런 노달의 모습을 보고 부들부들 떨기만 했다. 겨우 수습을 한 노달은 아무 생각없이 주인집 딸을 들쳐 없고 집으로 돌아왔다.

"그러게 자네가 생각이 짧았던 것이야. 왜 그걸 업고 주인집으로 찾아가느냔 말일세. 이제 내 여자가 되었으면 어디 멀리로 야반도주를 했어야지. 여기로 왔어도 되지 않았겠나."

"그러게 말일세. 그때는 너무 놀란 나머지 그 생각을 하지 못했네."

노달은 박대미가 맞을 매를 혼자 다 맞고 광에 갇히게 되었다. 주인집 딸은 아직도 자신이 노달에게 당한 것이라고 믿고 있었다. 노달로서는 박대미가 자신을 어떻게 꾀어냈는지 말할 수도 없었다. 주인집 딸을 욕보인 것이 자신이 아니라고 말도 하지 못했다. 생각할수록 분통이 터지는 일이었지만 자신의 어리석음 때문에 일어난 일이라 어디에 대고 하소연할 데도 없었다. 만신창이 되도록 매질을 당하고 광에 갇혀 사흘 동안 물 한 모금 마시지 못했다. 그대로 더 있다가는 꼼짝없이 주인집 광 속에서 죽을 것 같았다.

그때 자신을 구해 준 것이 천하박색인 노비의 딸이었다. 자신이 그토록 경멸했던 여자가 자신을 구출해 준 것이었다. 일이 이렇게 꼬일 바에야 진즉에 박색이거나 말거나 그냥 혼례를 치를 걸

하고 후회의 마음도 들었다.

여종은 동구 밖까지 노달을 데려다 주고 냉정하게 돌아섰다.

"저도 서방님을 따라가고는 싶으나 저희 부모님이 당하실 수모를 생각하여 차마 그럴 수가 없습니다. 부디 멀리 떠나서서 좋은 사람을 만나 새 삶을 사시기 바랍니다."

여종은 그 말을 남기고 뒤도 돌아보지 않고 주인집으로 돌아가 버렸다. 노달은 큰 빚을 진 것 같았다. 앞으로 인연이 어떻게 돌아갈지는 몰라도 빚을 갚을 길은 없을 것 같았다. 부디 다음 생에서는 천하절색으로 태어나 많은 남자들의 사랑을 받게 되길 빌어볼 따름이었다. 자신에게 몰매를 안기고 죽일 마음까지 먹었던 주인에 대한 원망은 그래도 덜했다. 자신을 꾀어 사랑하는 사람을 욕보인 박대미란 한량놈은 이생에서 반드시 요절을 내리라 마음을 굳게 먹었다.

이야기를 듣고 난 하문은 혀를 끌끌 찼다. 사람이 어리석어도 어떻게 그렇게 어리석을 수 있는지 답답한 생각이 들었다.

"그렇게 자신을 진정으로 위해주는 사람의 말을 들어야 하오. 함부로 남의 말을 듣고 내 욕심을 채우려 하다가는 그렇게 욕을 당하게 되는 것이오."

"그 말을 진즉에 들었더라면 내가 요 모양 요 꼴이 되었겠소."

"그러게 말이오. 이제부터라도 마음을 고쳐먹고 이 산중에서 나가 사람답게 살도록 해봅시다. 도울 수 있는 것은 내가 도와주리다."

노달은 아직까지 새파랗게 젊은 낭도의 모습을 넋이 나간 듯 바라보았다. 자신과 같이 어리숙한 사람은 세상살이를 하려면 자신을 바른 길로 이끌어 줄 누군가가 필요하다는 생각을 했다. 그게 눈앞에 있는 젊은 낭도라면 나이와는 상관없이 목숨 걸고 충성할 수 있을 것 같았다.

"사람이나 짐승이나 주인을 잘 만나야 하는 것이오. 노달뿐만 아니라 여기 여러분은 내일이면 나와 함께 서라벌로 갑시다. 이제부터는 죽을 때 죽더라도 사람답게 살다 죽도록 합시다."

산채에는 하문의 등장으로 새로운 기운이 감돌았다. 22명의 장정들은 모두가 저마다 사연이 있어 세상을 등지고 산중에 들어온 것이었다. 누구나 예전으로 돌아갈 방법만 있다면 기꺼이 따라갈 마음이 있었다. 산중생활을 계속하다가는 언제 관군토벌대에게 목이 달아날지 알 수 없었다. 하루하루는 약탈한 노획물로 연명할 수는 있었지만 언제까지고 이어질 수는 없었다. 이제는 하루라도 두 다리를 쭉 뻗고 잠잘 수 있다면 바랄게 없었다.

"이제부터는 내가 두목이 아니라 여기 하문님이 우리들의 두목이시다. 모두 인사를 올리도록 하자."

노달은 장정들에게 모두 일어나 하문에게 절을 올리도록 했다. 장정들도 누구하나 거역하는 사람이 없었다. 하문이 서라벌 대장군의 아들이면 자신들의 목숨정도야 충분히 거두어 줄 것 같았다.

"새 두목님에게 인사 올립니다."

장정들이 일제히 바닥에 무릎을 꿇고 절을 했다.

"어허. 갑작스럽게 이게 무슨 일이오? 그리고 두목님이라니 날더러 산적 두목을 하란 말이요?"

"이제 우리 목숨은 두목님 마음대로입니다."

"알겠소. 그런데 두목이란 말은 고치도록 합시다. 우리가 산적 떼는 아니지 않소."

"그럼 무어라고 부르는 것이 좋겠습니까?"

"월주라고 부르시오. 하문월주요."

"알겠습니다. 하문월주님 우리 목숨을 거두어 주십시오."

하문은 졸지에 22명의 부하를 거느리는 풍월주가 되었다. 나라가 바람 앞의 등불 같은 상황에서 큰 힘이 될 것 같았다.

새의 춤

하문은 산채의 작은 집에서 아령과 함께 묵었다. 평시에는 대 장노릇을 하던 노달이 사용하던 집이었다. 통나무를 쌓아 만든 귀틀집이었는데 안에는 나무로 만든 침상도 마련되어 있었다. 맨 정신에 아령과 단둘이 방에 들고 보니 서먹한 기분이 들었다.

하문은 월천의 기생집에서 아령을 처음으로 안았던 기억을 떠 올렸다. 술에 취해 있어서 그랬는지 현실이 아닌 다른 세상에서 아령을 안았던 듯 아련했다. 태백산의 사냥터 움막에서는 좁은 공간에서 긴장한 탓이었는지 끌어안기가 바쁘게 정사를 끝내고 말았었다.

이번 산막은 산적들의 산채이기는 하지만 그런대로 분위기가 괜찮았다. 하문은 먼저 아령의 저고리 섶으로 손을 넣어 예의 어 깻죽지를 쓰다듬었다. 손 끝에 닿는 촉감 때문인지 커다란 한 마리의 새를 안고 있는 느낌이있다.

"그대가 정녕 알에서 태어났다고 했던가?"

"아아."

아령은 물음에 대답을 하지 못했다. 하문의 손길이 옷섶을 헤치고 들어오자 온몸이 달아올랐다. 하문은 아령이 정말로 알에서 태어났다면 온몸이 깃털 대신 불꽃으로 둘러싸인 불새라고 생각했다. 언제라도 보이지 않던 불꽃 날개를 펼쳐 하늘 높은 곳으로 훨훨 날아오를 것만 같았다.

그 뜨거운 불꽃이 자신을 태우고 움막까지 태우고 온 산천을 빨갛게 태워버릴 것 같았다.

"아아악."

아령의 비명소리가 움막 안을 울렸다. 움막 안 뿐만 아니라 밖에 있던 노달 일행도 그 소리를 들었다. 그런데 새의 울부짖음 같은 비명의 정체가 궁금했다. 분명 하문과 아령이 들어간 움막에서 나오는 비명소린인데 괴상한 짐승의 울부짖음 같은 소리를 들었던 것이었다. 노달은 안에서 무슨 일이 벌어지고 있는지 이해할 수 없었다. 궁금증이 일어 움막으로 찾아가 보려고 하자 일행 중의 한 사람이 만류했다. 제법 나이가 들어 남녀 간의 정사에 밝은 사람이었다.

"궁금하거든 늙은 할멈이라도 하나 마누라로 삼아 데리고 살아보게나. 어떤 여자들은 절정에 다다르면 엉엉 소리 내어 울기도 한다네."

"그게 그렇게 좋은가?"

"에구 늙은 총각이 그런 걸 해봤어야 말이지. 지금이라도 늦지 않았네. 옛 주인집에 찾아가 못생긴 종의 딸이라도 데리고 살아보게. 여자란 얼굴만 보고는 모르는 법일세. 얼굴은 못생겨도 사내를 아주 뼈까지 녹이는 옹녀가 있는 법일세."

"별 희한한 소릴 다 하시우. 그러면 당신이나 여자를 데리고 살지 뭣 하러 이 산중에서 고생이우."

"하긴 여자를 데리고 사는 것도 팔자에 있어야지."

사내들만 모여 있는 산채였다. 괴상한 비명소리에도 사내들은 마음이 싱숭생숭해 잠을 이룰 수가 없었다.

반면 아령을 세 번째 안는 하문은 구름 속을 날고 있었다. 커다란 학의 등을 타고 구름 속을 자유자재로 날아다니는 것 같았다. 앞으로는 이런 즐거움을 멀리하고는 살아갈 수 없을 것 같았다.

"오. 아령. 그대는 정녕 구름을 타고 내려온 학의 후손이 맞는 것 같소."

"잘 생각하셨습니다. 앞으로 서방님께서 하실 일은 월정교 위에 앉아있는 학을 쏘아 떨어뜨리는 일입니다. 지금까지 서라벌의 명궁들이 모두 실패한 일을 서방님께서 해내셔야 합니다. 학을 쏘는 자에게 서라벌 군의 선봉장에 임명하기로 결정했답니다. 서라벌에서는 서방님이 아니면 아무도 학을 쏘아 떨어뜨릴 자가 없다고 합니다."

"누가 그런 소리를 한 것이요?"

하문은 어이가 없다는 듯 아령을 노려보았다. 새 한 마리를 가지고 나라 전체가 불안에 휩쓸려 있다는 것도 이상한 일이었고 그 주인공으로 결정되었다는 사실도 뜬구름 같은 이야기였다.

"나라가 위급한 상황에 처하니 그런 헛소문이 떠도는 것일 게요. 나는 노달일당을 데리고 서라벌로 돌아가 훈련을 시킨 뒤 전장으로 달려갈 것이요."

"어찌 되었든 그 전에 새를 쏘아야 할 것입니다."

"새 한 마리를 쏘는 것이야 어려울 게 무엇이겠소."

"그렇지 않습니다. 그 새는 영물입니다. 서라벌의 최고 명궁도 쏘아 맞추지 못했습니다."

"그렇다면 아령이 그 방법을 알고 있다는 말이구려?"

"제가 아니라 석가치님께서 방법을 일러주실 것입니다."

"석가치라? 그자가 누구요?"

"저의 아버지십니다."

하문은 눈을 동그랗게 떴다. 지금까지 아령은 알에서 나왔다고만 했지 아버지가 있었다는 말은 처음이었다. 하기는 세상에 아버지 없는 사람이 어디에 있을까마는 아령의 아버지라는 말에는 이상한 생각이 드는 것이었다.

"그대는 알아갈수록 점점 더 신기한 여인이구려. 알에서 나왔다는 것도 그렇고 날갯죽지가 새의 피부 같은 것도 그렇고 새삼 아버지가 있다는 이야기도 그렇소."

"여인은 신비 속에 가려져 있어야 남자의 호기심을 끄는 것이

109

아니던가요?"

"그건 나도 잘 모르겠소."

하문은 다시 한번 아령을 힘차게 끌어안았다. 산채의 밤은 점점 깊어가고 있었고 커다란 새의 울음소리는 밤새 산골짜기를 울렸다.

전장의 상황은 말이 아니었다. 용덕 대장군이 서라벌에서 급하게 보낸 지원병을 대야성의 후방으로 보냈는데 문제가 많았다. 군대를 통솔하는 장수가 노련하지 못한 탓도 있었지만 경험이 없는 군사들이 대부분이어서 움직이기가 만만치 않았다. 신라군은 아막성으로 가는 길목의 높은 언덕 꼭대기를 선택했다. 어느 쪽에서 백제군이 나타날지 모르니 일단 높은 쪽에 자리 잡고 있어야 대응하기가 쉬울 것 같았다.

처음에는 군량을 실은 백제군의 보급부대가 아막성에서 대야성으로 가다가 언덕 위에 진을 치고 있는 신라군과 맞닥뜨렸다. 신라군은 언덕을 지쳐 내려가 백제군을 단숨에 쓸어버렸다. 군량미를 나르는 백제군이 변변한 대비도 없이 접근하다가 기습을 당한 것이었다. 백여 명이 넘는 보급부대는 거의 전멸을 하고 일부분만 살아서 아막성으로 돌아갔다. 신라군은 기세가 올랐다. 탈취한 군량미를 모두 불사르고 언덕을 고수해야 하는데 기분에 취한 신라의 장수는 한 수 앞을 내다보지 못했다. 군량미를 든든하게 확보하고 나니 욕심이 생겼다. 그대로 전군을 끌고 아막성으로 진격해 들어갔다.

아막성을 지키고 있던 백제군의 장수는 군량미를 운반하던 병사들이 도망쳐 온 걸 보고 크게 놀랐다. 백제의 군사들이 대야성까지 점령하고 있는데 어떻게 신라군이 중간에서 나타난 것인지 이해할 수 없었다. 곧이어 패잔병의 뒤를 따라 신라의 병사들이 아막성으로 치고 들어왔다. 아막성의 백제군은 성문을 굳게 닫아걸고 소극적으로 응전했다.

신라군을 이끄는 장수는 소극적인 백제군의 대응을 얕잡아보았다. 일시에 들이쳐 아막성을 탈취할 욕심을 냈다. 전군이 일제히 진격해 성문을 부수고 진격해 들어가기로 했다. 신라군은 가지고 온 화살을 모조리 성안으로 날려 보냈다. 화살이 비 오듯 성안으로 쏟아졌다. 그러나 몸을 숨기고 있는 백제군은 몇몇 병사들만 화살에 상해를 입었을 뿐 큰 피해를 입지 않았다.

신라군은 큰 통나무를 베어 수십 명이 들고 성문을 부수러 들어갔다. 한 번 쿵하고 통나무가 거세게 성문을 치고 난 다음이었다. 다시 통나무가 뒤로 물러나려는 순간 성문 위에서 펄펄 끓는 기름이 쏟아져 내렸다. 뜨거운 기름을 뒤집어 쓴 신라 군사들은 얼굴을 감싸 쥐고 비명을 질러댔다. 뒤이어 불을 붙인 짚단이 위에서 떨어졌다. 바닥에 쏟아진 기름 위에 짚단이 떨어지자 불꽃이 맹렬하게 타올랐다. 통나무는 불꽃 때문에 다시 앞으로 나가지 못했다. 곧 이어 하나도 보이지 않던 백제의 군사들이 성벽 위에 나타나더니 활을 쏘기 시작했다. 그것도 한꺼번에 맹렬하게 쏘아대는 것이 아니라 한발씩 정확하게 목표물을 겨냥하고 쏘아대는 것이었다. 날아오는 화살 수에 비해 쓰러지는 신라 군사의 숫자가 의외로 많았다

　신라군은 공격을 멈추지 않을 수 없었다. 이제는 화살을 다 날려버린 터라 성을 공격할 마땅한 무기도 없었다. 일단은 성에서 날아오는 화살이 미치지 않는 거리까지 후퇴해 진을 쳤다. 현재 상황을 대야성 너머의 신라 대장군 진영에 보고할 방법도 없었다. 독자적으로 전쟁을 수행해야 하는 것이었다. 풍부한 것은 백제군으로부터 탈취한 넉넉한 군량미 밖에 없었다. 탈취한 군량미는 일부만 가져오고 나머지는 고갯마루 위에 보관해 놓았다. 일단은 주리지 않고 배부르게 먹고 버틸 수는 있었다. 그러나 다시 성을 공격하려 해도 화살이 하나도 남아 있지 않았다. 이제는 백제군을 도발해 성 밖으로 끌어내는 방법밖에 없었다.

　아막성 안의 백제군 장수는 봉화를 올려 대야성으로 전갈을 보냈다. 전갈은 본 백제장군 오상치는 날랜 기병을 뽑아 아막성으로 보냈다. 되도록 움직이지 말고 기다리라고 명령을 전했다. 기병들은 단숨에 말을 달려 아막성으로 갔다. 신라군과 맞닥뜨리지 않고 먼 길로 돌아갔지만 그리 많은 시간이 걸리지 않았다.

　신라군은 며칠 동안 움직이지도 못하고 군량미만 축내며 진을 지키고 있었다. 군사들을 내보내 욕설을 퍼부으며 백제군을 도발했지만 성안에서는 일체 대꾸가 없었다.

　문제는 대야성에 있었다. 오상치 장군은 오랜 침묵을 깨고 성

문을 열었다. 김성하 장군이 전사한 후 오래 침묵의 기간을 보낸 신라군은 흔들리기 시작했다.

"여기서 뼈를 묻을 각오로 전력을 다해 싸워라."

용덕 대장군은 말 위에 올라 환두대도를 뽑아들었다. 군사들의 사기를 진작시키기 위해 자신감 있게 앞장섰다.

"모두 죽을 각오로 적을 막아라. 우리가 죽어야 서라벌의 가족이 살 것이다."

"와아! 가자!"

신라 군사들의 함성소리가 천지를 흔들었다. 대야성 밖의 너른 들판에서 양쪽진영은 불꽃튀는 접전을 벌였다. 아침부터 시작된 전투는 날이 저물도록 계속되었다. 양쪽의 병사들은 배가 고파 더 이상 움직이기 힘들 지경이 되어서야 전투를 멈추었다. 살아서 버티고 서 있는 병사보다 쓰러진 숫자가 더 많았다. 양쪽 진영은 부상당한 병사들을 수습해 각자 진영으로 철수했다.

백제군이 대야성 안으로 철수해 들어오니 성안의 마당에 양곡이 그득하게 쌓여 있었다. 싸움에 지친 병사들은 양곡더미를 보고 힘이 솟았다. 오상치 장군은 아침에 전투에 들어가기 전 비밀리에 기병 백 명을 뽑아 후방인 아막성 쪽으로 보냈다. 치밀한 계산 끝에 내린 결정이었다. 중간에서 군량미를 탈취한 신라군이 그걸 모두 가지고 아막성으로 가지는 않았을 것이라는 계산을 한 것이었다.

오상치 장군의 예상대로 고갯마루 위에는 대야성으로 운반 중이던 양곡이 그대로 쌓여 있었다. 지키는 병사는 대여섯 명에 불과했다. 백제군의 기병이 들이치자 그들은 모두가 무기를 버리고 산 속으로 줄행랑을 놓았다. 그러나 대부분은 추격하는 기병의 말발굽에 밟혀 죽었다. 기병들은 마차를 이용해 신속하게 군량미를 대야성으로 옮겼다. 이렇게 되니 아막성 앞에 대치하고 있는 신라군이 가진 것은 아무것도 없게 되었다. 공격할 화살도 없고 먹고 버틸 식량도 없으니 난감했다.

전투도 없이 이틀이 지나고 나자 신라 군사들은 맥이 빠지기 시작했다. 당장 배를 채울 군량미가 문제였다. 그 사실을 빤히 알고 있는 아막성 안에서는 일부러 소와 돼지를 잡아 불을 피우고 굽게 했다. 기름 타는 냄새가 바람에 실려 신라군 진영으로 날아왔다.

그때 성문이 열리며 백기를 든 기병이 나타났다. 신라 진영의 백여 보 앞까지 다가온 기병은 큰 소리로 외쳤다.

"무기를 버리고 성안으로 들어오는 자에게는 죄를 묻지 않고 후하게 밥과 고기를 제공할 것이요. 여기서 굶주리지 말고 나를 따라 성안으로 들어갑시다."

"이런 오라지을!"

신라군의 장수가 기병을 향해 창을 던졌다. 창은 곧장 날아가 말의 이마에 맞고 튕겨져 나갔다. 기병은 혼비백산 말머리를 돌려 성안으로 줄행랑을 놓았다. 신라 군사들은 백제기병을 따라가지 못하게 된 것이 후회스러웠다. 나라가 망하거나 말거나 일단

주린 배부디 채워야 살 것 같았다.

신라군의 장수는 하는 수 없이 철수를 감행했다. 일단은 처음에 진을 쳤던 고갯마루로 군사를 물렸다. 그곳은 처음에 신라군이 백제군의 군량미를 빼앗은 곳이었다. 신라 군사들이 고개 밑에 다다랐을 때였다. 후미에서 요란한 말발굽소리가 지축을 흔들었다. 아막성의 백제군사들이 일제히 몰려들었다. 허기가 져서 체력이 바닥에 떨어진 신라 군사들은 대적할 생각을 하지 못하고 언덕길 위로 달아나기 시작했다. 돌아서서 대적한다면 높은 지형에서 아래로 내려치니 유리한 조건인데도 무작정 달아나기에 바빴다.

언덕길을 달아나는 것은 쉬운 일이 아니었다. 언덕을 중간쯤 올랐을 때는 모두가 숨이 턱에 차 주저앉아버리고 말았다. 백제군은 주저앉은 신라 군사들에게 쉴 새 없이 화살을 퍼부었다. 신라의 장수가 돌아서서 적을 맞아 싸울 것을 독려했으나 명령이 먹히지 않았다.

대부분의 신라 군사들은 무기를 버리고 백제군에 투항하고 말았다. 끝까지 달아나던 군사들은 백제군의 신속한 추격에 모두 목숨을 잃고 말았다. 신라 지원군이 전멸하자 백제군의 보급로는 먼저처럼 원활하게 유지되었다. 대야성의 전투도 점점 신라군에 불리하게 돌아가고 있었다. 용덕 대장군은 싸움을 독려하다 날아온 백제군의 화살에 입술을 맞았다. 대수롭지 않은 상처라고 생각했는데 큰소리로 군대를 지휘하기가 점점 힘들어졌다.

신라군대는 조금씩 동쪽으로 밀리기 시작했다. 이제는 야로현이 지척이었다. 전장의 상황은 수시로 서라벌로 보고되었다. 왕은 전국의 남자들을 끌어 모았다. 움직일 수 있는 남자는 무조건 징발대상이었다. 그렇게 끌어 모은 인원이 천여 명이 넘었다.

북천의 너른 강가에 훈련장이 있었다. 이미 싸울만한 군사들은 전장에 모두 투입된 상황이라 제대로 가르칠 장수가 없었다. 그즈음 하문의 아버지인 김자경 장군은 상처가 제법 호전되어 가마를 타고 훈련장으로 나갔다. 아직 걸을 수는 없었지만 의자에 앉아 명령을 하는 것은 가능했다.

"적을 죽이는 것이 능사가 아니다. 적이 들어오지 못하게 하는 것이 중요하다. 그러려면 각자 있을 자리에서 자기 자리를 지키고 있어야 한다."

김자경 장군은 훈련병들에게 어떻게 장수의 지시에 따라야 하는지를 집중적으로 가르쳤다. 군대가 장수의 명령에 따라 전후좌우로 신속하게 움직일 수 있어야 비로소 써먹을 수가 있는 것이다. 명령에 따르지 않고 우왕좌왕할 바에는 우군에게 피해만 줄 뿐인 것이다.

천 명이 넘는 훈련병들은 열흘이 넘게 똑같은 훈련만 반복했다. 앞으로 나가고 좌우로 갈라지고 뒤로 빠지고를 반복해서 연습하다보니 슬슬 짜증을 내는 사람들도 있었다.

"이건 뭐 애들 소꿉놀이 하는 거랑 다를 게 없네. 언제 백제놈들 먹따는 연습을 할 건지. 나 원 참."

왕을 비롯한 대신들도 친히 훈련장에 나와 상황을 지켜보다 돌아가곤 했다. 전장에서는 하루가 멀다 하고 지원병 요청이 들어오고 있었다. 기다리다 못한 대신이 김자경 장군에게 언제 훈련을 마칠 것인지 물었다.

"아직 열흘은 더 있어야 될 것이오. 장수가 제대로 부릴 수 있는 군사를 만들려면 말이오."

"지금 전장에선 한시가 급하다 하오. 이제 전장이 무너지는 것도 시간 문제라 합니다."

"아무리 급해도 실을 바늘허리에 매어서는 못쓰는 법이오. 이 많은 인원을 전장에 내보내 죽일 것 같으면 그냥 이 자리에서 북천강에 쓸어 넣어 버리고 말 일이지요."

"허허. 오죽 답답하면 그러겠소. 하루라도 시간을 당겨 주시오."

하문은 아령과 함께 스물두 명의 장정들을 데리고 서라벌로 돌아왔다. 그가 처음 찾은 곳은 북천의 훈련장이었다. 집으로 가기 전에 북천의 소식을 들었던 것이다. 훈련에 여념이 없던 김자경 장군은 불쑥 나타난 아들을 보고 대뜸 소리부터 질렀다.

"너는 서라벌의 사내가 어디를 싸돌아다니다 이제 나타난 것이냐?"

아버지의 호통에 하문은 데려온 노달 일행에게도 무릎을 꿇을 것을 명령했다. 노달 일행은 하문의 지시대로 두 무릎을 바닥에 꿇었다.

"이 자들은 또 어디서 나타난 자들이냐?"

"소자 태백산에 범 사냥을 다녀오는 길입니다. 이 자들은 소자를 따라 전장으로 가려는 자들입니다."

"그래 범은 잡았느냐?"

"범은 제가 잡지는 못했습니다. 그러나 같이 간 석도랑이 대범을 잡았습니다."

"그래 너는 구경만 하고 있었더란 말이냐?"

"소자도 살을 쏘았으나 석도의 화살이 먼저였습니다."

"음. 그래 알았다. 이자들은 뭘 하던 자들이냐? 군사로 바로 부릴만한 자들이냐?"

"아닙니다. 아버님께서 가르쳐 주셔야겠습니다."

"알았다. 너도 이 자들과 함께 하도록 해라."

"소자는 그 전에 해야 할 일이 있습니다."

하문은 월정교 위에 나타나는 새 이야기를 들려주었다. 서라벌 사람이라면 누구나 일고 있는 사실이었다. 김자경 장군은 아무 말도 하지 않았다. 알아서 하라는 뜻이었다.

하문은 노달 일행을 북천에 떨구어 놓고 아령과 함께 월정교로 갔다. 월정교 건너편의 월천마을을 지나 석가치가 살고 있는 남산으로 갈 생각이었다. 월정교는 돌로 교각을 세운 다리였다. 그 위에 건물을 지어 비를 맞지 않고도 월천을 건널 수 있었다. 하문은 아령과 함께 월정교 용마루 위에 앉아있는 커다란 새를 보았다. 새는 미동도 하지 않고 서 있었다.

하문도 그 자리에 서서 움직이지 않고 오랫동안 새를 바라보았다. 새가 바라보는 방향은 월성 쪽이었다. 월성에 무슨 원한이라도 있는 것처럼 보였다. 하문은 왼손을 내밀어 활을 겨누는 시늉을 해보았다. 생각 같아선 지금 대충 살을 매겨서 날려 보내도 떨어뜨릴 수 있을 것 같았다.

"모두들 그렇게 생각했을 것입니다."

하문은 자신의 생각까지 들여다보고 있는 아령을 가만히 바라보았다. 그러자 예전에 보았을 때의 환영이 떠올랐다. 아래턱이 길고 목까지 길게 늘어뜨린 한 마리 새의 모습이 겹쳐 보이는 것이었다. 하문은 눈을 몇 번 떴다 감은 뒤 아령의 얼굴은 바라보지도 않고 손을 잡았다.

"어서 갑시다."

석가치의 집은 서라벌 시내가 한 눈에 내려다보이는 남산 기슭에 있었다. 원래는 암자가 있어야 할 커다란 바위 아래 있는 다 쓰러져가는 초가였다. 마당은 넓이가 다섯 걸음이나 될까 말까했다. 길게 늘어뜨린 백발에 수염까지 새하얀 노인이 좁은 마당에 서 있었다. 주름진 얼굴인데도 백옥처럼 맑고 깨끗했다.

"어허 이게 누군가. 우리 아령이 아니더냐."

석가치는 찾아온 아령을 반갑게 맞았다. 진짜 아령이 친딸이라도 되는 것 같았다.

"아버지 그동안 안녕하시었는지요?"

"그래그래. 안녕하고말고. 그런데 이 젊은이는 누구던가?"

"이분이 바로 아버지가 말씀하신 하문 서방님이셔요."

"어허, 그래. 이제야 자넬 만나는구만. 이게 다 오래 전에 짜여져 있던 운명일세."

석가치는 과도하다싶게 하문을 반겼다.

"아령에게 말씀은 많이 들었습니다. 월정교의 새를 떨어뜨릴 방법을 알려 주십시오."

하문은 단도직입으로 찾아 온 용건을 먼저 말했다. 석가치는 다 알고 있다는 듯 고개를 끄덕였다.

"저길 내려다보게."

석가치는 뒷짐을 진 채 하문에게 턱짓을 했다. 세 사람이 서 있기에도 마당은 좁았다. 하문이 뒤돌아서 산 아래를 내려다보니 서라벌 전경이 한눈에 들어왔다. 석가치가 무엇이 보이냐고 물었다. 하문은 눈에 띄는 대로 대답했다. 북천에 맞대어 있는 왕성을 비롯해 황룡사의 웅장한 구층 목탑과 운치 있는 월성이 쉽게 눈에 들어왔다.

"그런 것들은 앞을 못 보는 장님도 볼 수 있는 것이지."

"아버지도 참. 장님이 어떻게 그런 걸 본단 말이어요?"

아령이 대답을 가로챘다. 석가치는 개의치 않고 하문에게 말했다.

"눈을 감으면 아무것도 보이지 않을까?"

하문은 쉽게 대답을 하지 않았다. 눈을 감으면 당연히 보이지 않는 것인데 그걸 묻는 이유는 따로 있을 것 같았다. 석가치는 눈을 감고 마음으로 보라고 했다. 마음으로 사물을 보게 되면 예전에는 보이지 않던 새로운 모습들이 보이게 된다고 했다. 아주 예전에는 서라벌의 모습이 지금과는 달랐듯이 앞으로는 서라벌의 모습도 분명 바뀌게 될 것이라고 했다.

하문은 눈을 감고 앞으로 변하게 될 서라벌의 모습을 상상해 보았다. 그러나 쉽게 집중이 되지 않았다. 봄이 오면 계림의 늘어진 버드나무에 연두색 이파리가 돋아나고 여름이면 산천이 무성하게 푸르다가 가을이면 또 울긋불긋하게 단풍이 들었다가 다시 나목으로 돌아가는 겨울이 될 것이었다. 자연의 이치야 그렇다 치고 사람의 일이란 하루 앞을 내다 볼 수 없으니 눈 뜬 장님이나 마찬가지가 아닌가 싶었다.

"사람의 앞일이란 한 치 앞을 알 수가 없습니다."

"사람의 일이 농사와 다르지 않소. 씨를 뿌리면 뿌린 대로 거두는 것이 세상이 돌아가는 이치요."

하문은 서라벌의 앞날에 대해 물었다. 석가치는 한참만에 입을 열더니 뜻밖의 말을 했다.

"지금의 왕은 덕이 부족하오. 왕세자도 마찬가지요. 왕이 덕이 없으면 백성들이 고통을 당하게 되오. 지금의 국난도 왕의 덕이 부족함 때문이오."

하문으로서는 귀가 번쩍 뜨이는 말이었다. 함부로 흘렸다가는 쥐도 새도 모르게 잡혀가 명줄이 끊어질지도 모르는 말이었다.

왕에 대한 부정적인 언사는 반역이었다. 왕의 백성이라면 있을 수 없는 일이었다.

"그렇다면 백성들은 어떻게 해야 될까요?"

"그건 걱정하지 않아도 되오. 백성들은 고난을 당하면 당한 만큼 더 굳어지게 되어 있소. 이 국난도 백성들의 힘으로 극복이 될 거요. 서라벌의 앞날은 지금의 어려움이 지나면 밝게 될 것이오."

하문은 서라벌의 앞날이 밝다는 말에 적이 안심이 되었다. 지금 당장 눈 앞의 우환거리인 월정교 위의 두루미를 어떻게 해야 되는지 다시 물었다. 석가치는 두 사람을 방 안으로 이끌었다. 밖에서 보기보다 방 안은 세 사람이 들어앉기에는 넉넉했다.

방 안에는 변변한 살림도구들도 보이지 않았다. 벽에 걸어놓은 장삼 한 벌이 전부였다. 이부자리도 없이 잠 잘 때면 장삼을 덮고 자는 것 같았다. 석가치가 먼저 아랫목에 자리를 잡고 앉은 다음 그 앞에 하문과 아령이 나란히 앉았다.

"새가 왜 그곳에 날아왔다고 생각하오?"

석가치가 먼저 입을 열었다. 하문은 고개를 절레절레 저었다. 자기로서는 도저히 알 수 없는 일이었다. 사람의 일 같으면 물어보기라도 한다지만 새가 날아온 이유를 어떻게 알 수 있을까 싶었다.

"새의 전생이 사람이었다는 사실은 믿을 수가 있겠소?"

하문은 고개를 흔들었다. 사람이 죽어 새가 된다는 사실 자체를 믿을 수 없었다. 사람이 죽어 어떻게 저세상에 가는지 알 수 있는 사람이 과연 있기나 할까 싶었다.

"그 새는 그대와도 아령과도 아주 인연이 깊은 새요. 결국은 죽으려고 월정교에 나타났지만 충분한 이유가 있는 것이오."

"그럼 어떻게 새를 쏘아야 맞힐 수 있는지 일러 주시지요."

"새를 맞추려면 새의 마음을 읽어야 하오. 그 마음을 읽지 않고는 그 누구도 새를 쏘아 맞힐 수가 없소. 새를 쏘는 사람이 새가 되어야 하오. 몸은 사람이지만 마음이 새가 되어야 하오. 지금부터 새가 되려고 애를 써보시오."

하문은 석가치가 시키는 대로 눈을 감고 '나는 새다. 나는 새다'하고 끊임없이 주문을 외었다. 아령도 하문과 나란히 앉아서 주문을 외었다. 대낮부터 시작된 주문은 해거름까지 계속되었다.

해가 비슬산 너머로 자취를 감추고 어둠이 남산자락을 덮을 무렵이 되었다. 석가치가 요깃거리를 내어왔다. 솔잎을 잘게 썰어 곡식가루에 버무린 것이었다. 그것도 한 입에 모두 털어 넣을 만큼 작은 양이었다. 가루를 입안에 털어 넣은 뒤 물을 마셨다. 입안에서부터 뱃속까지 알싸한 솔잎향이 뻑뻑한 느낌을 주었다. 그런대로 허기를 잊을 만했다.

'나는 새다. 나는 새다.'

하문은 주문을 외우면서 아령을 생각했다. 잡념이라는 걸 깨닫고 떨쳐내려 해도 자꾸만 아령의 잔영이 따라 붙었다. 아령은 알에서 태어났다고 했다. 그 말이 믿어지지는 않았지만 어깻죽지에 있는 깃털이 뽑힌 듯한 피부를 생각하면 아주 황당한 말은 아닐지도 모른다고 생각했다.

아령을 처음 만나던 때를 떠올렸다. 월지에서 새처럼 긴 얼굴을 보며 웃음을 흘렸던 생각을 했다. 월천마을 아령의 기생어미 집에서 첫날밤을 치를 때도 한 마리 새를 안는 듯했던 느낌을 떠올렸다. 그날은 꿈속에서도 두루미 떼가 월성의 나무 위에서 군무 추는 모습을 보았다. 도대체 새는 무엇이란 말인가.

하문은 눈을 감고 있었지만 잠이 들지는 않았다. 끊임없이 새와 관련된 생각이 꼬리를 물고 일어났다. 이번에는 월성의 나무숲이 아닌 너른 강가의 갈대밭 위로 두루미 떼가 날아올랐다. 새들의 울음소리가 정신이 혼미할 정도로 시끄러웠다.

그 갈대 숲속에 커다란 새 두 마리가 부둥켜안고 있었다. 가만히 보니 커다란 새는 새가 아니라 사람이었다. 단지 새처럼 보였을 뿐이었다. 두 사람의 남녀가 서로 부둥켜안고 있는데 가운데에 어린 아이가 있었다. 여자의 얼굴을 자세히 보니 바로 아령이었다. 남녀는 두려운 표정으로 품에 안고 있는 아이를 내려다보는 것이었다. 남자는 초조한 표정을 지었는데 무엇인가 결연한 표정이었다.

한 무리의 군사들이 갈대숲에 나타났다. 그때 멀리 강물 위에 돛단배 한 척이 나타나 갈대숲으로 다가왔다. 놀란 듯한 아이의 울음소리가 들렸다. 군사들이 갈대숲으로 화살을 쏘았다. 어린아이 울음소리가 잦아들고 갈대숲은 조용해졌다.

하문의 눈에는 갈대숲을 벗어나 멀어지고 있는 돛단배와 아직 갈대숲에 남아 날개깃을 허우적거리고 있는 커다란 새의 모습이 보였나.

"어떤가? 새의 모습을 보았는가?"

하문은 석가치의 목소리에 눈을 번쩍 떴다. 자신이 방금 보았던 것이 꿈인지 생시였는지 구분이 가지 않았다.

"그때 태확강의 갈대숲에서 주워온 것이 바로 커다란 알이었다네. 바로 아령이 태어난 그 알일세. 그 알을 정성이 갸륵한 능지에게 가져다 준 것이 바로 나일세."

하문은 두 눈을 번쩍 뜨고 석가치를 바라보았다. 방금 꿈을 꾼 것인지 이야기를 들은 것인지 분간이 가지 않았다. 이야기를 들은 것이라 해도 눈앞에 새들이 날아다니는 갈대숲의 전경이 방금 본 것처럼 선명했다.

"능지는 신심이 돈독한 여인이야. 하늘에서 내려준 아이를 위해 보름마다 태확강 갈대숲에 나가 춤을 추었다네. 물론 지금도 추고 있겠지. 아령도 어미에게 배운 춤을 잘 춘다네. 자네도 보았겠지?"

하문은 월지의 연회에서 추었던 아령의 춤을 어렴풋이 기억해 냈다. 아령의 춤을 처음 보았던 때였다. 그때 아령의 춤은 그리 이목을 끌지 못했다. 그러나 기생어미의 집에서 단둘이 있을 때 방 안에서 추었던 춤은 선명하게 기억하고 있었다. 춤을 추는 동안에는 새인지 사람인지 구분이 안 갈 정도였다.

"어떠냐 아령아, 지금 네 서방님을 위해 춤을 추어보지 않으련?"

125

"네. 아버지께서 시키시는데 추어야지요."

아령은 석가치가 시키는 대로 자리에서 일어나 춤을 추었다. 처음에는 물가에서 한가하게 노니는 자세를 잡더니 시간이 지날수록 발이 바닥에 닿는 시간이 짧아졌다. 절정에 다다랐을 때는 거의 공중에 머물러 있는 듯했다. 하문은 진짜 한 마리의 학이 방 안에 날아와 퍼덕이고 있는 듯한 착각에 빠졌다.

"어떤가? 대단하지 않은가?"

석가치가 박수를 치면서 하문에게 물었다. 하문은 따라서 박수를 치면서도 눈앞이 몽롱했다. 방금 춤을 춘 것이 사람인지 정말 새인지 구분이 안갈 정도였다. 과연 아령이 알에서 나왔다는 말이 진짜일지도 모른다는 생각까지 드는 것이었다. 하문은 자신의 심기가 약해 쉽게 헛것에 휘말려 들어가는 것이 아닌가 의구심이 들기도 했다.

"대단합니다. 그런데 거사님께서는 어떻게 입을 열지도 않으면서 이야기를 저에게 전달해 주시는 것인가요? 마치 무엇에 홀린 듯한 기분입니다. 비법이 있으면 알려 주십시오."

"그것이 바로 불가에서 이야기하는 이심전심의 묘법이 아니겠소. 굳이 말을 하지 않아도 상대의 마음을 알게 되면 그런 것이오."

석가치는 대수롭지 않게 대답하고는 이야기를 이어갔다.

"아주 오래 전의 일이었소. 나는 국사이신 효신스님의 상좌로 황룡사에 머무르고 있었소."

새의 기원

　신라에서는 왕의 동생이나 왕비의 친정아버지를 갈문왕으로 삼아 왕을 보필하게 했다. 석가치가 갈문왕의 딸인 부용 공주를 만나게 된 것은 운명 같은 일이었다. 월성에서 황룡사까지는 먼 거리가 아니었으므로 왕가의 사람들이 수시로 드나들었다.

　하루는 부용 공주가 시녀 한 사람만 데리고 황룡사를 찾아왔다. 마침 국사이신 효신스님은 왕실의 회의에 참석하러 가고 석가치가 자리를 지키고 있었다. 부용 공주는 평소에도 석가치와 소소한 대화를 나눌 정도로 각별한 사이였다. 그날따라 부용 공주의 얼굴에는 어두운 그림자가 잔뜩 끼어 있었다.

　"공주님, 어디 편찮으신 데가 있으신지요?"

　석가치의 말에 부용 공주는 얼굴을 가리고 울기부터 했다. 한참을 울고 난 부용 공주는 석가치 앞에서 어렵게 입을 떼었다.

"요즘은 내 마음 속에 본래의 나는 사라지고 이상한 여자가 들어와 사는 듯합니다. 마음을 다잡으려 해도 스스로 할 수가 없으니 이일을 어찌해야 할지 모르겠어요."

"진정하시고 무슨 일이 일어났는지 차근히 이야기해보세요."

"이런 일을 어디에 대고 말할 수가 있겠어요. 스님이니까 믿고 말씀드리겠습니다."

"어서 말씀하십시오. 제가 들은 이야기는 부처님께 올린 말씀이나 같습니다."

"그럼 믿고 말씀 드리겠어요. 사실은 제가 아이를 가졌습니다."

석가치는 하늘이 무너지는 듯한 충격을 받았다. 몇 년 전부터 황룡사에 찾아오는 부용 공주를 보고 남몰래 연정을 품어 오던 석가치였다. 자신이 불가의 제자가 아니었다면 부용 공주와 같은 여자와 사랑을 나누고 싶었다. 어차피 불가의 몸이 아니라도 공주와 혼인하는 조건이 쉽지는 않지만 마음은 자꾸 공주에게로 갔다. 이생에서 공주와 불가의 제자로 태어난 것이 원망스러웠다. 어째서 사람에게는 신분이라는 것이 주어져 자기 마음대로 하지 못하는 것인지 원통한 마음도 들었다.

부용 공주를 향한 연정의 마음은 불꽃처럼 뜨겁게 달아올랐다가 수그러들고 수그러들었다가는 다시 불꽃처럼 이글이글 타오르기를 반복하고 있었다. 그러던 참이었는데 공주에게서 청천벽력 같은 말을 듣게 된 것이었다.

"도대체 누굽니까? 공주님의 옥체에 손을 댄 자가."

"스님 그렇게 말씀하시믄 제가 한 마디도 입을 열 수가 없답니다. 내가 일찍이 스님께서 저를 어여삐 생각해주셨다는 걸 알기 때문에 말씀드리는 것입니다."

서라벌의 왕실 법도에는 있을 수 없는 일이 벌어진 것이었다. 왕실뿐 아니라 여염집의 여인이 혼인 없이 아이를 가지면 바로 화형에 처해졌다. 지금까지 왕실의 여인이 화형에 처해진 전례는 없었다. 석가치는 하늘이 무너지는 듯한 배신감을 느꼈다. 왕실의 여인이어서가 아니었다. 다만 부용 공주이기 때문이었다. 자신의 마음을 그렇게 들끓는 지옥 속에서 단련시킨 그 장본인이 부용 공주였다.

"제가 도울 수 있는 일은 도와 드리겠습니다."

석가치는 말과 달리 마음속으로 입술을 깨물었다. 어쨌든 마음속에 품었던 여인이었다.

부용 공주는 아이의 아버지 되는 남자와 어디 먼 곳으로 떠나가겠다고 했다. 먼 곳이라야 적국인 백제가 아니면 고구려밖에 더 있겠는가. 석가치는 땅이 꺼져라 한숨을 쉬었다.

"스님 죄송합니다. 그 사람은 멀리 바다 건너 왜국으로 가자합니다. 제가 왜국으로 갈 수는 있을까요?"

"공주님은 아무 데도 가실 수가 없습니다. 서라벌의 딸이니 서라벌을 떠나서는 살 수 없습니다."

석가치는 말을 하면서도 그것이 거짓말이라는 자책감이 들었다. 부용 공주가 서라벌을 떠나서 살 수 없다는 것은 거짓이었다.

자신이 공주가 떠난 서라벌에서 살 수가 없을 것 같았다.

"천천히 방법을 찾아보도록 합시다. 그 자는 서라벌의 사내가 아닌지요?"

"네. 스스로 적국의 사람이라고 했습니다."

석가치는 적국의 남자와 어떻게 잠자리를 같이 할 수가 있느냐고 따지고 싶은 걸 억지로 참았다.

"저도 제가 왜 이런 것인지 이유를 알 수가 없습니다. 그 사람과 떨어져 있으면 이게 아닌데 이게 아닌데, 하다가도 그 사람 앞에만 가면 그런 나는 감쪽같이 사라져 버려요. 내가 그냥 아무런 존재도 아닌 그 사람의 그림자가 된 것 같아요."

부용 공주의 고백을 들은 석가치의 마음은 더욱 들끓었다. 석가치는 공주의 두 손을 덥석 잡았다. 그동안 서로를 바라본 적은 있었지만 손을 잡기는 처음이었다. 부용 공주는 석가치가 잡은 손을 빼내려 하지도 않았다.

"공주님 정신을 바짝 차리셔야 합니다. 세상 모든 일이 마음먹기에 달렸다고 했습니다. 내가 중심을 잃으면 아무것도 할 수가 없습니다."

"저는 이미 혼자서는 아무것도 할 수가 없습니다. 그래서 스님께 도와달라고 하는 것입니다. 이제 산달이 석 달밖에 남지 않았습니다. 지금 적국으로 도망을 간다 해도 무사히 갈 수 있을지 의문입니다."

석가치는 조금 더 일찍 찾아오지 않은 부용 공주가 원망스러웠다. 이제 와서 무거운 몸으로 이딜 간단 말인가. 그렇다고 궁 안에서 해산을 할 수도 없는 노릇이었다. 사실이 밝혀지는 날에는 공주의 신분뿐만 아니라 아버지 갈문왕의 신변도 온전히 보전하기가 쉽지 않을 것 같았다. 석가치는 일단 부용 공주를 황룡사에 머물게 했다. 밖에는 공주가 국태민안을 위한 오랜 기도에 들어갔다는 소문을 흘렸다.

배는 점점 불러오는데 공주의 얼굴은 날로 수척해졌다. 산달을 한 달 남겨놓고 왕비가 황룡사에 다녀갔다. 공주는 남산만큼 불러 온 배를 감추기 위해 안간힘을 썼지만 왕비의 눈을 피해갈 수는 없었다. 왕비는 지혜로운 여자였다. 공주의 안전도 안전이지만 갈문왕의 지위를 유지하는 일에 더 신경을 썼다. 사람을 비밀리에 풀어 공주의 남자를 찾아내도록 했다. 황룡사에는 공물을 핑계로 출산에 필요한 물품을 보냈다. 물론 부용 공주가 기거하는 방에는 삼엄한 경계를 붙였다. 처음에는 가끔씩 드나들던 공주의 남자도 얼씬할 수가 없게 되었다.

왕비는 공주의 남자가 적국인 백제사람이라는 사실까지 알아내었다. 그러나 신출귀몰한 남자를 잡아들이는 데는 어려움을 겪고 있었다. 어떻게든 공주의 곁에 나타날 것을 생각해 엄중하게 경호를 세웠다.

공주가 남자와 소통하는 방법은 석가치를 통하는 방법뿐이었다. 석가치는 황룡사를 나가 월정교 아래에서 공주의 남자를 만났다. 석가치로서는 연적을 만나는 것이었다. 그러나 일이 이렇게 벌어진 상황에서 그를 해코지할 수는 없었다. 그랬다가는 공주의 신변도 어떻게 될지 몰라 함부로 일을 벌일 수도 없었다.

남자는 석가치에게 공주와 같이 배를 타고 왜국으로 도망가고 싶다고 했다. 왜 백제국이 아닌 왜국이냐고 물으니 걸어서 백제 땅까지 가는 일이 쉽지 않으니 차라리 배를 타고 왜국으로 가는 게 나을 것 같다고 했다. 왜국도 백제국을 어버이처럼 섬기는 나라이니 대접을 받고 살 수 있을 것이라 했다.

"여기서 백 리 남쪽에 있는 태화강까지 가면 왜국으로 가는 배를 탈 수 있을 것입니다. 아이를 태우고 큰 바다를 건너갈 수는 없으니 아이는 스님께서 맡아 주시기 바랍니다. 아이가 좀 크고 나면 다시 기회를 보아 데리러 오겠습니다. 저는 부용 공주님만 데리고 가겠습니다."

석가치는 부용 공주에게 돌아와 남자의 이야기를 그대로 전할 수 없었다. 왜국으로 가자는 말은 전해도 아이를 버려두고 간다는 말을 그대로 전할 수는 없었다. 세 사람은 꾀를 내었다. 석가치는 공주가 비밀리에 해산을 하려면 왕궁에서 멀리 떨어진 곳으로 거처를 옮겨야 한다는 간청을 넣었다. 이왕이면 공기가 좋고 서라벌 사람들의 눈을 피하기에 좋은 태화강 옆의 함월산 백양사로 보내달라고 했다.

왕비는 세 사람의 잔꾀를 눈치채지 못하고 부용 공주를 백양사로 보냈다. 아무도 모르게 진행된 일이었다. 함월산 백양사의 스님들을 모두 서라벌의 황룡사로 불러올리고 석가치만 딸려 보냈디. 백양사에는 공주의 출산을 도울 왕비의 사람들만 골라서 채웠다. 일주문을 굳게 닫아걸고 일반 신도들의 출입도 막았다.

부용 공주가 백양사에 들고부터 함월산 일대에 두루미가 떼로 몰려들었다. 평소에는 수십 마리씩 떼를 지어 다니던 두루미가 수백 마리로 불어났다. 아이가 태어나는 날에는 아침부터 수천 마리는 됨직한 두루미 떼가 함월산을 뒤덮었다. 계변성 사람들은 기이한 광경에 눈을 휘둥그레 떴다. 서라벌의 공주가 불공을 드리러 왔다는 소식은 들었는데 두루미 떼가 날아든 것은 무슨 연유인지 알 길이 없었다.

두루미 떼는 백양사 주위를 낮게 날면서 시끄럽게 울어댔다. 그 바람에 갓 태어난 아기의 울음소리가 밖으로 새어나가지 않았다.

공주가 딸을 낳았다는 소식은 비밀리에 서라벌의 왕비에게만 전해졌다. 왕비는 호위대장을 불러 비밀지시를 내렸다. 분명 아이의 아비가 나타날 테니 잡아서 죽이라는 명령이었다. 그런 다음 태어난 아이는 공주가 모르는 곳으로 보내버리라고 했다. 공주는 한 달 쯤 산후조리를 한 다음 왕궁으로 불러들일 생각이었다.

그러나 공주의 남자는 왕비의 계략을 헤아리고 있었다. 백양사에서 세월을 보내다가는 분명 왕비의 손에 죽임을 당할 것을 예감했다. 남자는 아이가 태어난지 이틀 만에 자신을 태워갈 배를 불렀다. 새벽에 아무도 모르게 공주와 백양사를 나섰다. 아직까지 몸도 제대로 추스르지 못하는 공주였지만 절박한 상황이라 어쩔 수 없는 선택이었다. 갓난아이는 보에 싸서 대나무광주리에 넣었다.

왕비가 보낸 군사들이 들이닥쳤을 때 백양사는 이미 텅 비어 있었다. 공주의 수발을 들던 사람들도 공주의 행방을 알지 못했다. 공주를 보필하던 스님까지 함께 종적을 감춘 뒤였다. 군사들은 멀리 태화강 어귀의 염포만에 커다란 배 한 척이 들어오고 있는 것을 보았다. 백양사가 함월상 정상부에 있어 계변성 일대와 동해바다까지 내려다 보였던 것이다. 군사들은 낯선 배의 출몰에 짚이는 바가 있었다.

군사들은 태화강변으로 내달았다. 그 시간에 부용 공주 일행은 태화강변의 갈대숲에 숨어서 배를 기다리고 있었다. 두루미 떼가 갈대숲 주위를 어지럽게 날았다. 배는 갈대숲으로 점점 가까이 다가오고 있었다.

"저기 배가 들어오고 있다. 주변 갈대숲을 샅샅이 뒤져라."

일촉즉발의 위기 상황이었다. 그때 바구니 속의 갓난아이가 울기 시작했다. 두루미 울음소리가 아이의 울음소리를 묻어 주었지만 발각되는 것은 시간 문제였다. 아이의 울음소리가 점점 높아졌다.

"아이를 이리 주시오."

남자가 부용 공주가 안고 있던 아이를 받아 들었다. 남자는 바구니를 받아 들더니 뚜껑을 열었다. 그러더니 강보에 쌓인 아이의 입을 막았다. 입을 믹는다는 것이 손이 너무 컸던 탓에 얼굴 전체를 덮고 있었다. 아이의 얼굴색이 파랗게 변하기 시작하고 이내 버르덩거리던 팔다리를 축 늘어뜨렸다. 부용 공주는 깜짝 놀라 남자에게서 아이를 뺏었다. 부용 공주는 아이의 얼굴을 들여다보고 이미 숨이 멈추어 있는 아이를 흔들었다. 그러자 아이가 숨을 몰아쉬더니 으앙하고 울음을 터뜨렸다. 공주는 안도의 숨을 내쉬었지만 이번에는 남자의 표정이 파랗게 질려 있었다.

"저기 있다. 갈대숲에서 아이 울음소리가 들렸다."

곧이어 화살이 공기를 가르는 소리가 귓전을 울렸다. 공주는 아기를 품안에 꼭 안았다. 그때 화살하나가 정확하게 공주의 등으로 뚫고 들어가 박혔다. 남자는 이미 갈대숲을 헤치고 가까이 다가온 배를 향해 헤엄치고 있었다. 석가치는 공주가 놓아버린 바구니를 받아들고 강물을 따라 헤엄치기 시작했다. 군사들은 떠나가는 배를 향해 무수히 화살을 퍼부었다. 그 바람에 석가치는 아기를 안고 무사히 도망칠 수 있었다.

군사들은 화살에 맞은 부용 공주를 눕혀놓고 큰 근심에 빠졌다. 남자를 죽이라고는 했지만 공주를 죽이라는 명령은 없었다. 그대로 돌아가 보고를 했다가는 모두가 목숨을 잃을 게 뻔했다. 군사들은 저희들끼리 수군대더니 공주의 시체를 그대로 갈대숲으로 밀어 넣었다. 그런 다음 아무 일도 없었던 것처럼 자리를 떴다.

석가치는 군사들이 떠나간 다음에도 허리까지 물에 잠기는 갈대숲에서 아기가 든 바구니를 안고 있었다. 아랫도리의 감각이 무디어져 걸음도 걷지 못할 지경이 되었을 때 희미한 염불소리를 들었다. 강변에 엎디어 염불을 외고 있는 여인이 눈에 들어왔다. 석가치는 갈대숲에서 나와 여인에게로 다가갔다.

"그대는 무슨 염원이 있어 이런 강가에 나와 염불을 하는 것인가?"

여인은 계변성에서 무당으로 유명한 능지였다. 나이가 차도 좋다하는 남자를 모두 마다하고 혼자 살고 있었다. 매달 초하루와 보름에 백양사에 올라가 공양을 올렸는데 이번 달에는 그럴 수가 없었다. 서라벌에서 공주가 내려와 불공을 드린다며 절문을 굳게 닫아걸었던 것이다. 그 바람에 태화강가에 나와 염불을 외며 소원을 빌고 있던 중이었다.

능지는 흠칫 놀랐다. 갑자기 나타난 사람이 삭발을 한 스님인데다 품안에 커다란 바구니를 안고 있는 것이었다.

"쇤네가 홀몸으로 사는데 적적해서 아이 하나를 내려달라고 부처님께 빌고 있던 중이었습니다."

"아이라고 했나? 혼자 몸으로 어떻게 아이를 얻을 수 있단 말인가. 이걸 가져가서 열어보게."

"이것이 무엇입니까?"

"커다란 알일세. 집에 가져가면 알에서 예쁜 아이가 나올 것일세."

"정말입니까?"

능지는 사기의 기도가 바로 눈앞에서 이루어진 것에 기쁨을 감추지 못했다. 지성이면 감천이라더니 드디어 자신의 소원이 이루어졌구나 싶었다.

"알이라구요?"

"그렇다네. 저기 하늘을 바라보게. 커다란 새들이 있지 않은가."

"스님 정말 감사합니다. 옷이 젖었는데 저희 집으로 함께 가시지요."

석가치는 능지의 청을 마다할 이유가 없었다. 능지의 집으로 간 석가치는 승복을 벗어 던졌다. 그길로 황룡사로 돌아가는 것도 포기하고 산천 유람을 시작했다.

"그게 하마 십팔 년 전의 일이네."

"아령은 갈문왕의 외손녀였군요."

"그런 셈이지."

"왕비는 그 사실을 알고 있나요?"

"이 사실을 아는 사람은 오직 나뿐일세. 아령의 어미 능지도 아령이 새가 보내준 걸로 알고 있다네. 오늘까지 초하루와 보름날에는 태화강가에 나가 학춤을 추는 것도 그런 연유라네."

하문은 석가치에게 들은 이야기가 황당하다는 생각이 들면서도 아주 무시할 수는 없었다. 이상하게도 가보지 않은 태화강변의 갈대숲이 눈앞에 환하게 펼쳐졌다. 갈대숲 위를 선회하고 있는 두루미들의 춤도 장관이었다.

"이 이야기와 월정교 위에 나타난 두루미와는 연관이 있는 것입니까?"

"연관이 없으면 왜 지금까지 새 이야기를 했겠나. 그것보다는 내가 왜 불가를 떠났는지 먼저 물어보게나."

"왜 떠나셨습니까? 지금까지 황룡사를 지키고 있었으면 지용 스님 대신 국사님이 되셨을 텐데요."

"연모하는 여인이 눈앞에서 화살에 맞아 죽었네. 그러나 아직 까지 그녀가 죽었다는 사실을 아무도 모르고 있네. 왕비 혼자 적 국의 남자와 왜국으로 달아나 살고 있는 걸로 알고 있다네. 부처 님에게 죄를 지은 것 같아 편안하게 염불만 하고 살 수는 없었네. 그것보다 더 큰 이유는 따로 있다네. 큰일을 겪고 나니 세상의 일 이 손바닥 들여다보듯 환히 들여다보이는 걸세. 심지어는 과거의 일뿐만 아니라 앞으로 벌어질 일까지 눈앞에 선명하게 보이는 것 이었네."

"앞일을 내다 볼 수 있다는 것은 인간이 할 수 있는 일이 아닙 니다."

석가치는 자신은 반쯤은 죽어 있는 인간이라고 했다. 나이가 들어서 그런 것이 아니라 공주가 죽고부터 몸이 반쯤은 가벼워진 것 같다고 했다. 하문은 월정교 위의 두루미에 대해 물었다. 새가 무슨 인연의 끈을 따라 나타난 것이냐고 물었다.

"세상 모든 일에는 인과와 응보가 있는 법일세. 자네는 이미 새 를 쏘아 떨어뜨려야 하는 운명을 타고 난 사람일세. 내일 월정교 로 가서 그냥 새를 쏘기만 하면 될 것일세. 그러면 운명의 타래는 저절로 풀리게 될 것이네."

왕세자

왕세자 일행이 가잠성에 도착한 것은 서라벌을 떠난 지 닷새만이었다. 가잠성을 가려면 큰산을 넘어야 하는데 때맞추어 큰비가 내려 앞으로 나가기가 힘들었다. 갖은 고생 끝에 가잠성에 도착했는데 성을 지키고 있던 장수는 왕세자의 도착을 못마땅하게 생각했다. 당장 국원성의 상태가 화해를 받아줄 만큼 호락호락하지 않은 것이 이유였다. 국원성을 지키고 있는 고구려의 왕세자는 성품이 거칠고 포악하기로 소문이 나 있었다. 그냥 단순히 선물이나 바치고 물러난다면 받아줄지 몰라도 위기에 처한 신라에 구원병을 보내달라는 것은 씨도 먹히지 않을 일이었다. 오히려 위급해진 신라의 사정을 알고 나면 가잠성을 공격해올지도 몰랐다.

일이 어떻게 틀어질지 몰라 먼저 사람을 보내 서라벌의 왕세자가 방문할 것이라는 기별을 보냈다. 물론 서라벌의 금과 청옥 그리고 금방 잡은 태백산 호피를 선물로 가져왔다고 전했다. 그러나 전갈을 보낸 지 이틀이 지나도록 소식이 없었다.

"저 놈들이 우리가 답답해서 찾아온 줄을 이미 알고 있는 것 같습니다. 그렇지 않고서야 궁금해서라도 문을 열어 주었을 텐데 말이죠."

"음. 고구려의 왕세자라는 놈이 보통내기가 아닌 것 같군. 국사님 무슨 좋은 수가 없겠습니까?"

지용국사는 한참 동안 생각에 잠겼다가 무겁게 입을 열었다.

"이런 방법이 먹힐지는 모르겠습니다만 잔꾀를 내어 보는 게 어떨까 생각합니다."

"잔꾀라니요? 어떤 방도라도 취해 보아야지 가만히 앉아서 기다릴 수는 없는 일이 아닙니까."

지용국사가 꺼낸 잔꾀라는 것은 그야말로 잔꾀였다. 백제에서 신라와 손잡고 고구려를 치자는 거짓문서를 만들어 국원성에 보내는 것이었다. 신라에서는 백제와 깊은 원한 관계라 그럴 수는 없고 오히려 이 기회에 신라와 고구려가 손을 잡고 백제를 치러 가자는 것이었다.

왕세자는 즉각 실행에 옮길 것을 명했다. 지용국사가 문서를 적었다. 문서에는 마음만 먹는다면 가잠성의 일만 대군으로 바로 사비성으로 쳐들어가겠고 적었다. 그러니 국원성에서도 똑같이 일만 대군을 보내 사비성을 치는 게 어떻겠느냐고 했다. 백제를 점령하기만 하면 사비성 남쪽은 신라가 차지하고 그 북쪽은 고구려가 나누어 가지자고 했다. 그럴 듯한 이야기였다. 물론 가잠성에는 일천의 군사밖에 없었다.

국원성으로 갔던 사신이 답장을 가지고 돌아왔다. 신라의 왕세자 일행을 만나보겠다는 것이었다. 드디어 왕세자는 서라벌에서 데려온 군사들 말고도 가잠성의 날랜 군사 오십 명을 대동하고 국원성으로 갔다.

고구려의 왕세자는 때맞추어 성안의 높은 누대에 나와 앉아 있었다. 마치 상국의 군주가 속국의 사신을 맞는 모양새였다. 왕세자가 돌계단 위를 바라보니 고구려의 왕세자가 용좌에 앉아 거만한 자세로 아래를 내려다보고 있었다. 같은 왕세자의 신분이니 내려와서 맞이한 다음 같이 누대 위로 올라가야 예법에 맞는 것이었다. 신라의 왕세자가 누대 위로 오르려 하자 고구려 군사들이 막았다.

"무엄하도다. 썩 비키지 못할까. 고구려엔 예법을 모르는 오랑캐들이 많다더니 소문과 다르지 않구나."

신라 왕세자가 사자후를 내뱉자 고구려 군사들이 움찔 물러났다. 고구려의 왕세자도 용좌에서 엉덩이를 뗀 자세로 엉거주춤 몸을 구부리고 서 있었다.

"모두 돌아가자. 손님이 왔는데 무식한 놈들이 반겨주질 않는구나."

왕세자는 몸을 휙 돌려 걷기 시작했다. 신라 군사들도 몸을 돌려 왕세자를 따라갈 수밖에 없었다.

"잠깐! 멈추시오."

누대 위의 고구려 왕세자가 큰 소리로 외쳤다. 신라의 왕세자는 잠시 걸음을 멈추었다가 못들은 척 계속 걸었다. 다급해진 고구려 왕세자가 누대에서 뛰어 내려왔다.

"잠깐 멈추시오. 올 때는 그냥 왔지만 마음대로 나갈 수는 없을 것이오."

신라의 왕세자가 홱 돌아섰다. 누대 아래 내려와 마당에 서 있는 고구려 왕세자를 뚫어져라 바라보았다.

"이제는 손님을 때리기라도 할 셈이구려."

"손님으로 왔으면 인사는 하고 가야지 인사도 없이 꽁무니를 빼는 것은 어느 나라 예법이오?"

신라의 왕세자는 잘잘못을 따지고 싶었지만 아쉬워서 찾아온 입장이라 예법은 뒤로 미루기로 했다.

"나라마다 예법이 다르지만 우리 신라에서는 손님이 찾아오면 주인이 먼저 나서서 '먼 길에 얼마나 노고가 많으셨습니까' 하고 인사를 하오."

"그럼 제가 신라 예법대로 인사를 하리다. 먼 길을 오시느라 얼마나 노고가 많으셨소."

고구려의 왕세자는 인사를 하면서도 안면에 능글능글한 웃음을 지었다. 신라의 왕세자는 비위에 거슬렸지만 참기로 했다. 가져온 선물을 바치게 했다. 고구려의 왕세자는 가져온 선물에 관심을 보였다.

"예전부터 신라엔 진귀한 보물이 많다고 들었소. 가져온 선물은 무엇이요?"

신라군이 황금과 청옥에 호피까지 꺼내자 고구려 왕세자는 눈을 휘둥그레 떴다. 특히나 호피에 큰 관심을 나타냈다.

"신라에도 이런 대호가 산단 밑이오?"

"환웅이 하늘에서 내려온 신단수가 있는 곳이 태백산이 아니요. 그 영험한 산을 지키는 산호주가 왜 없겠소. 사람의 눈에 띄지 않아서 그렇지 신라엔 이보다 더 큰 범이 무수히 살고 있다오."

고구려의 왕세자는 장황한 설명은 듣지도 않고 커다란 호피의 위용에 혀를 내둘렀다. 한참을 살펴보던 왕세자의 입가에 웃음이 줄줄 흐르더니 차츰 얼굴색이 어두워졌다. 호피의 가슴 한가운데 난 구멍을 유심히 살폈다. 이렇게 큰 대호의 가슴 한 가운데를 겨냥해 살을 쏘았다는 것은 대단한 실력자가 있다는 증거였다. 대호가 무서운 것이 아니라 대호를 사냥한 사람이 무서운 것이었다.

"대단하오. 신라에 이런 대호를 쏠만한 장수가 있다는 사실이 믿어지지 않소."

고구려 왕세자는 솔직한 감정을 토로했다. 신라의 왕세자는 의기양양했다. 따라온 석도를 앞으로 불러냈다.

"대호를 쏜 사람은 장수가 아니라 여기 한창 젊은 화랑이오."

고구려의 왕세자는 앞에 나선 석도의 눈을 정면으로 바라보았다. 키는 여느 어른만큼 컸지만 눈빛이 아직 애티가 나는 청년이었다.

"그대가 정녕 이 범을 쏘았는가?"

"그렇습니다."

"그대의 이름이 무엇인가?"

"김석도라고 합니다."

"흠, 석도라. 어디서 들어본 듯도 한 이름이구나. 지금 여기서 솜씨를 보여줄 수 있겠느냐?"

"어렵지 않습니다."

고구려 왕세자는 군사 한 명을 불러내 나무기둥에 손바닥을 펼쳐 대놓게 했다.

"자. 준비가 되었으면 저기 기둥에 대놓고 있는 손가락 사이에 화살을 쏘아보게."

석도가 기둥까지의 거리를 계산해 보니 어림짐작으로 육십 보쯤 되어보였다. 거리에 바람까지 계산을 마친 석도는 거침없이 화살을 날렸다. 쉬웅, 소리를 내며 날아간 화살은 탁, 소리를 내며 기둥에 박혔다. 손바닥을 대고 있는 군사는 눈을 질끈 감았다. 탁 소리가 난 다음 눈을 떠보니 화살이 정확하게 엄지와 검지 사이에 박혀 있었다.

네 발의 화살이 모두 손가락 사이에 정확하게 박히자 고구려의 왕세자가 제일 먼저 박수를 쳤다. 그러자 둘러서 있던 모든 사람들이 박수를 쳤다.

"과연 신라엔 명궁이 많다더니 빈말이 아니었구려. 아직 나이도 어린 청년이 이 정도니 어련하겠소. 그런데 신라의 왕세자께서 이 먼 변방까지 어인 일로 오시었소?"

그제야 고구려의 왕세자는 제대로 된 손님대접에 들어갔다. 신라의 왕세자는 거짓문서에 적었던 대로 신라와 고구려가 함께 힘을 합쳐 백제의 사비성을 바로 치자고 했다. 지금 백제의 대군이 대야성으로 몰려가 있으니 사비성은 오히려 텅텅 비어 있을 것이라 했다.

그러나 고구려의 왕세자도 만만한 인물이 아니었다. 그런 중요한 일이라면 국왕과 국왕 사이에서 합의가 이루어져야 하는 사항임을 설명했다. 왕세자들끼리 합의해서 백제를 치는 큰일을 도모하기에는 무리라는 것을 강조했다. 오 년 전까지 큰 전쟁을 치렀던 나라 사이에 연합을 하려면 나라와 나라 사이의 합의가 있어야 한다고 했다.

"각자 왕성으로 사람을 보내 국왕의 승인을 받아오도록 합시다. 그렇게만 된다면 기꺼이 군사를 몰고 사비성으로 갈 것이오."

신라의 왕세자로서는 여간 답답한 일이 아니었다. 더 이상 머뭇거리다가는 백제군이 언제 신라를 집어삼키게 될지 알 수 없는 노릇이었다. 한시가 급한데 왕궁까지 다녀올 시간적 여유가 없었다.

"그리고 한 가지 더 부탁할 것이 있소. 신라에 석가치라는 고승이 있다는데 우리에게 모셔다 주실 수 있겠소? 그렇게만 해준다면 내 재량으로도 귀국에 큰 힘이 되어 드릴 수가 있겠소. 그리고 보니 아까 석도라는 이름이 석가치스님 때문에 귀에 익었던 것 같소이다."

서라벌의 왕세자는 지용국사의 의견을 물었다. 지용국사가 앞에 나서 자세한 설명을 했다.

"석가치는 속가로 돌아간 지 이미 오래되었습니다. 환속하기 전에는 소승과 함께 효신국사님 밑에서 상좌로 있었습니다. 벌써 18년이나 되었습니다. 왜 그 사람을 찾는지 모르겠습니다만 그 사람은 이미 폐인이나 마찬가지입니다."

"그자가 환속하지 않았다면 지금쯤 국사가 되었을까요?"

"아마 그랬을 것입니다."

"국사님께서는 아주 겸손하시군요."

"과분한 말씀입니다."

고구려의 왕세자는 조건을 하나 덧붙였는데 석가치라는 인물을 자기에게 데려다 달라는 것이었다. 신라 사람들은 그 의도를 짐작할 수 있었다. 오 년 전에 고구려군이 가잠성을 무너뜨리고 큰 재를 넘어 신라의 영토로 밀려들었을 때 석가치라는 사람의 예언으로 고구려군이 패퇴했던 것이다. 고구려 사람으로서는 예언의 힘을 무시할 수 없었다. 신라 땅에 그런 뛰어난 예언자가 있는 한 함부로 대할 수가 없었던 것이다. 이번 기회에 그 예언자를 제거하든가, 자기편으로 만들려는 꼼수임은 어렵지 않게 짐작할 수 있었다.

가잠성으로 돌아온 왕세자는 즉각 서라벌로 전갈을 보냈다. 협상의 절반은 성공한 것이니 국왕의 승인을 보내달라는 것이었다. 덧붙여 석가치를 함께 보내라는 것이었다.

다음 날 국원성으로 다시 전갈을 보냈다. 앞으로 양국의 군사가 함께 사비성을 치러 가려면 기본적인 군사연습을 하는 것이 어떻겠느냐고 제안을 했다. 이 기회에 양국 군사들의 능력도 시험할 겸 무료함도 달래기에 좋지 않겠느냐고 했다.

국원성에서 즉각 대답이 왔다. 양국 군사들 중에 궁수들을 뽑아 궁술대회를 열자는 것이었다. 왕세자는 뜻한 대로 일이 풀려나가자 혼자 쾌재를 불렀다. 궁술대회는 정오가 지나서 바로 진행되었다. 양국 군사들이 모두 성을 나와 서쪽에 있는 주덕평야에서 열기로 했다.

양쪽 진영에서 백 명씩의 궁수들이 모였다. 첫 시합은 한 사람씩 과녁을 쏘았는데 양 진영이 막상막하였다. 한 진영에서 열 명씩의 궁사들이 나와 활을 쏘았는데 단 한사람도 과녁을 빗나간 사람이 없었다. 다음에는 단체로 백 명의 궁사들이 2열 횡대로 섰다. 이백 보 앞에 있는 한 개의 과녁을 맞히는 방법이었다. 먼저 앞 열의 궁사들이 화살을 쏜 다음 뒤쪽에 대기해 있던 궁사들이 다음 화살을 쏘았다. 오십 개씩의 화살이 한꺼번에 한 과녁을 향해 날아갔다.

신라 진영의 화살은 여든 아홉 개가 과녁을 뚫었고, 고구려측 화살은 여든일곱 개의 화살이 과녁에 꽂혔다. 약소한 차이로 신

라궁사들이 앞섰다. 고구려의 왕세자는 얼굴색이 붉으락푸르락
했다.

"내일은 진검을 사용한 검술대회를 열기로 합시다."

"그렇게 합시다. 그리고 모레는 단체경마대회를 열도록 하지
요."

"좋소. 내일 봅시다."

활에서 패배한 분풀이를 진검을 사용한 승부로 앙갚음을 하려
는 속셈이었다. 그러나 서라벌의 왕세자는 속셈을 빤히 알면서도
승낙했다. 왕세자는 가잠성으로 돌아와 다음날 검술대회에 나갈
군사들을 모아놓고 특별 훈련을 실시했다.

"절대로 상대방에게 치명적인 공격을 하지 마라. 그 다음은 최
대한의 방어로 스스로 목숨을 보전하라."

신라 군사들은 목검으로 연습을 했는데 상대의 목을 노리면서
도 실제로는 손목을 쳐 상대방을 무력화시키는 훈련에 집중했다.

다음 날 아침부터 주덕평야에는 양쪽의 군사들이 빽빽하게 모
여 들었다. 가잠성의 신라 군사들은 남쪽에 진을 쳤고, 고구려의
군사들은 북쪽에 진을 쳤다. 모두 합쳐 천여 명의 군사들이 주덕
평야를 덮었다. 기치와 창검이 햇빛에 눈부셨다. 큰 북을 다섯 번
치자 시합이 시작되었다.

첫 번째로 나온 사람은 양쪽 진영 모두 제일가는 검객이었다.
초반부터 기선을 제압할 필요가 있기 때문이었다. 두 사람 모두

갑옷으로 중무장을 하고 환두대도를 들고 나왔다. 두 사람이 모두 팔척장신에 건장한 체구였다. 시합이 시작되자 고구려의 장수는 무서운 기세로 검을 휘두르며 달려들었다. 검 끝이 목을 향하고 들어오는데 살기가 잔뜩 서려있었다.

신라의 장수는 침착하게 자리를 옆으로 비켜서며 검을 피했다. 첫 공격에 실패한 고구려 장수는 곧바로 다음 공격을 시도했다. 역시 목을 베러 들어왔다. 신라의 장수는 자세를 한껏 낮추어 칼날을 피하는 것과 동시에 짧게 칼을 휘둘러 상대의 발목을 쳤다. 고구려 장수는 발목공격을 피하지 못하고 움찔했다. 칼등으로 공격을 했기에 망정이지 칼날로 공격했더라면 발목이 잘려 나갔을 것이다.

잠시 주춤하더니 고구려 장수는 다시 목을 노리고 들어왔다. 맹렬한 기세였다. 그러나 발목의 통증 때문에 움직임이 신속하지 못했다. 그 바람에 자세가 기우뚱했다. 자연히 공격의 속도가 떨어질 수밖에 없었다. 목 공격에 실패한 고구려 장수의 손등을 칼등이 내려쳤다. 칼을 바닥에 떨어뜨린 고구려 장수는 그 자리에 멍하니 서 있었다. 큰 북이 세 번 울렸다. 시합이 끝났음을 알리는 북소리였다.

다음번 장수들이 앞으로 나왔다. 이번에는 고구려 장수의 키가 눈에 띄게 작았다. 신라 장수의 키에 비해 머리 하나는 적은 듯했다.

"둥둥둥둥둥."

시작을 알리는 북소리가 다섯 번 울렸다. 이번에는 고구려 장수가 급하게 공격하지 않았다. 오히려 침착하게 검을 잡고 상대의 공격을 기다리는 자세였다. 예상 밖의 상황에 당황한 신라의 장수가 주춤했다. 어제 저녁에 공격은 하지 말고 방어 위주로 대응할 것을 연습했던 터라 쉽게 공격을 감행하기가 난처했다.

"뭣들 하느냐. 어서 공격하라."

보다 못한 고구려의 왕세자가 소리를 질렀다. 그런데도 고구려 장수는 요지부동이었다. 신라 장수는 점점 초조해지기 시작했다. 에라 모르겠다 하는 심정으로 먼저 공격을 시도했다. 상대를 직접 쓰러뜨릴 위협적인 공격을 하지 말라고 주문을 받았던 터라 대충 목을 노리는 척 칼을 찌르고 들어갔다.

그러나 그것이 치명적인 실수였다. 상대의 빈틈을 노리고 있던 고구려 장수는 잽싸게 자세를 돌려 칼끝을 피한 다음 칼날을 옆구리에 들이밀었다. 칼날은 갑옷 사이의 빈틈을 파고들었다.

"악!"

신라 장수의 입에서 짤막한 비명이 터졌다. 고구려 장수가 빠르게 칼을 잡아 빼자 붉은 피가 솟구쳤다. 양쪽 진영의 군사들이 모두 얼어붙었다. 이것은 어디까지나 시합일 뿐이었다. 구체적인 언급은 없었지만 시합에서 상대의 목숨을 빼앗는 것은 도리가 아니었다.

칼날을 거둔 고구려 장수는 고구려의 왕세자에게 인사를 올린 후 자기 자리로 들어갔다. 모두가 얼어붙어 있는데 고구려의 왕세자 혼자 박수를 쳤다. 신라의 왕세자는 이를 뿌드득 갈았다. 옆구리를 찔린 장수를 데려오게 한 뒤 지용국사를 옆으로 불러 귓속말로 의견을 나누었다.

"내가 저놈하고 직접 붙어보는 게 어떨까요?"

"참으셔야 합니다. 지금은 지는 게 이기는 것입니다. 지금 고구려 왕세자를 죽이게 되면 일은 걷잡을 수 없이 꼬이게 됩니다. 내일을 생각해서 참아야 합니다. 오늘은 모두 항복하는 걸로 하고 마무리를 하도록 하시지요."

왕세자는 지용국사의 충고에 고개만 무겁게 끄덕였다. 쓰러진 장수를 데려와 갑옷을 벗기고 상처를 살펴보니 잘만 하면 목숨을 살릴 수 있을 것 같았다.

왕세자는 다음 시합이 예정되어 있는 장수들을 데리고 앞으로 나갔다. 일렬로 줄을 서서 고구려의 왕세자 앞에 고개를 숙였다.

"오늘 시합은 저희들이 졌습니다. 군사들을 물리도록 하겠습니다. 내일은 마상무술을 겨루도록 합시다. 각 진영에서 기병 오십을 뽑아 백제군이 지키고 있는 상당산성까지 달려가 화살을 성루에 한 대씩 박아놓고 돌아오는 걸로 합시다. 오십 명 모두가 돌아와야 하고 한 사람이라도 돌아오지 못하거나 늦게 돌아오면 지는 겁니다."

"좋소. 그것도 재미있겠군. 백제놈들도 혼이 나겠군."

일은 신라 왕세자가 의도한 대로 돌아가고 있었다. 고구려 왕세자는 어제 대회에서 진 것에 대한 분풀이를 모두 한 셈이었다.

"오늘 시합에 승리한 장수에게 조그만 상을 내릴까하오."

신라의 왕세자는 환두대도 한 자루를 고구려 진영으로 가지고 나갔다. 자루에 금장식을 한 고급스런 칼이었다. 키가 작은 고구려 장수가 고개를 살짝 숙여 자국 왕세자의 승낙을 기다렸다. 고구려의 왕세자로서는 마다 할 이유가 없었다.

고구려 장수가 왕세자 앞으로 나와 한쪽 무릎을 꿇었다. 신라 왕세자는 칼자루를 잡고 칼끝을 고구려 장수 쪽으로 내밀었다. 정상대로라면 칼집과 자루를 동시에 잡고 칼끝이 옆으로 향하게 건네야 했다. 고구려 장수는 무언의 감정이 섞여 있는 선물인지 느낄 수 있었지만 군말 없이 받을 수밖에 없었다.

북천

　석가치의 집에서 밤을 보낸 하문은 이른 새벽 눈을 떴다. 아령
은 윗목에서 옷을 입은 채 잠들어 있었다. 석가치는 이미 자리에
서 일어나 밖으로 나가고 없었다. 밖으로 나가려던 하문은 돌아
서서 잠든 아령의 모습을 내려다보았다. 호흡도 느껴지지 않을
만큼 조용히 잠들어 있는 아령의 모습에서 이상한 기운을 느꼈
다. 가까이 다가가 이마를 살짝 짚어 보았다. 약간의 신열이 느껴
졌다. 그러나 숨소리가 들리지 않도록 평온한 잠에 빠져 있었다.
　다시 밖으로 나가려던 하문은 주춤했다. 잠든 아령의 모습이
죽어있는 새의 모습으로 보였다. 새들은 잠을 잘 때 바닥에 누워
자는 법이 없다. 앉아서 자는 새는 있어도 머리를 바닥에 대고 자
는 새는 없다. 하문은 그 자리에 서서 오랫동안 잠든 아령의 모습
을 내려다보다가 밖으로 나섰다.

좁은 툇마루 위에 석가치가 가부좌를 틀고 앉아 있었다. 어제 밤과 다르게 백발을 뒤로 넘겨 깔끔하게 묶고 있었다. 눈을 지그시 감고 있었는데 자세만으로는 서라벌의 전경을 세심하게 살피고 있는 듯한 모습이었다. 하문은 방해가 될까 싶어 가만히 석가치의 옆에 앉았다. 똑같이 가부좌를 틀고 아래로 시선을 주었다. 새벽안개 속에 살짝 가려져 있는 서라벌의 모습이 신선경같이 아름답게 보였다.

멀리 월성의 기와지붕과 숲이 한 폭의 그림처럼 어우러져 있었다. 그 월성에서 나와 월천을 건너는 월정교의 기다란 지붕도 눈에 들어왔다. 지금도 용마루 위에 한 마리 두루미가 앉아 있겠지만 너무 멀어서 눈에 들어오지는 않았다. 멀리서 바라보기에 그저 미물에 불과한 새 한 마리가 많은 사람들을 불안으로 몰고 간다는 것이 이상하게 느껴졌다.

"어떤가? 마음속의 새는 죽였는가?"

느닷없이 석가치가 물었다. 하문은 퍼뜩 정신이 들었다. 불현듯 죽인다는 말이 귀에 들어와 박혔다. 살생을 금하는 불가의 가르침이 여전히 마음에 남아있어 큰 의미를 두고 있는 것인가 생각되었다.

"한낱 미물에 불과한 새 한 마리일 뿐인데 살생에 대한 마음의 짐까지 져야 합니까?"

"하찮은 미물을 죽이는 것이 아니네. 한 마리 새 목숨이 세상 전체 중생들 목숨보다 중할 수도 있네. 이 세상에 하찮은 생명은 없네. 모두를 살리기 위해 하찮은 생명을 죽인다는 말은 세상에서 가장 무서운 말이 될 수 있지. 어떤 자는 자기가 살기 위해 사랑하는 사람과 자기 자식을 죽이기도 한다네. 이 모든 악연의 고리는 끊어야 하네. 마음의 준비는 되어 있는가?"

"예."

하문의 대답은 간단했다. 준비는 이미 오래 전에 다 되어 있었기에 덤덤한 마음이었다.

"다시 말하지만 새를 쏘려면 새가 되어야 하네. 여기서 저 아래 월정교까지 새처럼 날아서 갈 수 있겠나?"

"네. 갈 수 있겠습니다."

"그럼 되었네. 오늘 새벽부터 서라벌에 서광이 비치기 시작했네. 앞으로는 좋은 일이 있을 것이네."

하문은 석가치가 앞날을 내다보는 예언 능력이 있다는 말을 익히 들어서 알고 있는 터였다. 그의 눈에 서라벌의 밝은 모습이 보인다니 다행이었다.

"두 분께선 저만 빼놓고 무슨 이야기를 그렇게 정답게 나누십니까?"

두 사람의 소리에 잠이 깼는지 아령이 끼어들었다.

"음. 이제 일어났느냐. 오늘 아침엔 서라벌에 서광이 비치기 시작하는구나. 어서 준비를 마치고 내려가 보자."

석가치가 내온 아침은 전날 저녁과 같았다. 솔잎에 곡물가루를 섞어 물과 함께 내왔다. 하문은 석가치가 내어준 가루를 입에 넣고 물을 마셨다. 싸한 솔잎향이 입안에 가득찼다. 신기한 것은 어제저녁에도 그렇게 간단하게 요기를 했지만 배가 고프지 않은 것이었다.

"남산은 부처님의 기운이 맺혀있는 정기가 가득한 산이다. 남산의 기운이 스러지지 않는 한 서라벌은 영원할 것이다. 그 남산이 내어준 음식이니 오늘 하루는 거뜬히 버틸 수 있을 것이다. 준비가 끝났으면 이제 내려가 보자."

석가치의 말에는 힘이 있었다. 세 사람은 초막을 떠나 월정교를 향해 내려갔다. 하문은 남산을 내려가는 발걸음이 그렇게 가벼울 수가 없었다. 마치 발이 땅에 닿지 않는 것 같았다. 날개를 가진 짐승이 하늘을 나는 느낌이 이럴까 하는 생각이 들었다. 세 사람은 남산을 내려와 순식간에 월정교 앞에 다다랐다. 이른 아침이라 다리를 오가는 사람은 없었다. 용마루 위의 학은 붙박이처럼 꼼짝 않고 서 있었다.

하문은 월정교 앞에 꼿꼿한 자세로 섰다. 잠시 용마루 위의 학을 노려보다가 메고 온 활을 잡았다. 살을 메기기 전에 용마루까지의 거리를 정확하게 계산했다. 바람은 거의 멈춘 상태였다. 학은 여전히 한쪽 다리를 든 채 머리는 먼 산을 바라보는 듯한 자세였다. 손쉽게 학의 심장까지 정확하게 맞힐 수 있겠다는 자신감이 들었다.

"잠깐 멈추시오."

마음의 준비를 마치고 화살을 뽑으려는 순간, 월정교 반대편에서 급하게 말을 달려온 군사가 소리를 질렀다.

"어명이요. 하문낭도는 전하께서 오실 때까지 기다리시오."

잠시 후에 여러 대의 왕실 마차가 도착했다. 마차에서 내린 사람은 국왕의 백부인 갈문왕과 왕비였다. 두 사람은 마차에서 내려 곧장 하문이 서 있는 곳으로 왔다.

"그대가 하문이란 자인가?"

"그렇습니다."

"잠시만 기다려라. 내가 마무리할 것이 있다."

갈문왕을 호위해 온 군사가 바닥에 돗자리를 깔았다. 갈문왕과 왕비는 용마루 위의 학을 향해 합장을 한 다음 세 번 큰절을 올렸다. 그러자 용마루 위의 학이 고개를 주억거렸다. 마치 사람이 절을 받는 듯한 동작이었다.

두 사람은 절을 마친 다음 돗자리 위에 꿇어 앉아 합장을 했다. 아령도 두 사람을 따라 맨땅 위에서 절을 마친 후 바닥에 꿇어앉았다. 석가치가 목탁을 치며 염불을 외웠다. 환속한 스님이 치는 목탁소리는 목어를 치는 듯 깊게 울려나왔다.

"이제 준비가 되었으면 시작하시오."

하문은 활에 살을 메겨 힘차게 시위를 잡아당겼다. 용마루 위의 학이 화살 끝을 바라보고 있는 것이 느껴졌다. 갑자기 학의 모습이 커다랗게 변하더니 얼마 전에 죽은 누이의 모습으로 변했다. 늘 핼쑥한 모습을 보이던 평소의 모습과는 달리 생기가 도는 얼굴로 방긋방긋 웃기까지 했다.

"새를 쏘려면 새가 되어야 하네."

조금 전에 들었던 석가치의 말이 귓속에 맴돌았다. 잠시 숨을 고르는 사이 누이가 마지막 남긴 말도 생생하게 귓가에 맴돌았다.

"오라버니 다음 생에서는 부부가 되어 만나요."

하문은 팽팽하게 당긴 시위를 놓았다. 한 생에서 영원히 머물러 있는 것은 아무것도 없다. 날아가는 화살을 바라보는 하문의 마음은 덤덤했다.

학은 오랜 잠에서 깨어난 듯 날개를 활짝 펴더니 열 길 높이로 날아올랐다. 공중에서 둥글게 원을 그리더니 곧장 아래로 떨어져 내려왔다. 어느새 구경을 나와 있던 사람들이 와아, 함성을 질렀다.

함성에 놀랐는지 월성과 계림의 숲속에 앉아 있던 새들이 떼로 날아 올랐다. 대부분 백로 떼인데 거기에 머리가 붉고 검은 깃이 섞인 두루미 떼가 섞여 있었다.

군사들이 강변으로 내려가 떨어진 학을 수습해 갈문왕 앞으로 가져왔다. 화살은 정확하게 학의 가슴에 박혀 있었다. 날개를 활짝 펼쳐놓으니 그 길이가 육 척이었다.

갈문왕은 새를 수습해 마차에 싣고 왕궁으로 향했다. 하문과 석가치, 아령은 그 뒤를 따랐다. 월정교의 학을 떨어뜨렸다는 소식은 바람보다 빠르게 서라벌 전역으로 퍼졌다. 갈문왕이 북천변에 있는 본궁으로 가는 연도에는 구경꾼들로 인산인해를 이루었다. 갈문왕 일행이 왕궁으로 들어간 뒤에도 구경 나온 서라벌 사람들은 성문 앞에 모여 장사진을 이루었다.

"이제 서라벌을 구할 대장군이 나타났다."

사람들은 저마다 떠들며 희망에 부풀었다. 그러면서도 왕궁 안에서 어떤 일이 일어날지 궁금해 했다.

소식을 들은 국왕은 정전 앞의 높은 누대에 나와 갈문왕 일행을 기다리고 있었다. 국왕은 멀리에서 다가오는 갈문왕 일행을 보고 실망의 빛을 감추지 못했다. 궁수인 하문의 체격 때문이었다. 적어도 학을 쏘아 떨어뜨린 장수는 팔 척에 거구의 믿음직한 장수로 생각하고 있었다.

"그대가 학을 쏘아 떨어뜨린 하문이란 자인가?"

국왕의 목소리는 소년처럼 카랑카랑했다. 검은 눈썹 밑 두 눈에는 범처럼 광채가 흘렀다. 하문은 큰절을 올린 다음 이마가 땅에 닿도록 자세를 낮추었다. 석가치와 아령도 무릎을 꿇고 엎드렸다.

"어서 대답해보라. 그대가 김자경 대장군의 자제인가?"

"그렇사옵니다. 전하."

"이제 서라벌에 어두운 구름이 모두 걷히고 서광이 비추기 시작했도다. 약속한 대로 그대를 신라군의 선봉장으로 삼을 것이다. 속히 지원군을 이끌고 전장으로 달려가 어려움에 빠진 신라군을 일으켜 세우도록 하라."

"명심하겠습니다."

국왕은 함께 엎드려 있는 석가치를 불렀다. 가잠성의 왕세자가 보내온 사자의 말을 전하기 위해서였다. 석가치를 국원성의 고구려 진영으로 데려가야 한다는데 어찌하면 좋을지 물었다.

"이번에 어찌되었든 그대의 힘이 컸던 것은 사실이다. 그런데 그대는 지금 당장 국원성으로 가야하네. 이번에도 그대가 예언한 것처럼 학을 쏜 자가 백제군을 물리치게 될 것이 확실한가? 그대가 없어도 가능한 일인가?"

"그렇습니다. 소인이 제 손바닥을 들여다보듯 환히 알 수 있는 일입니다."

"그렇다면 되었다. 하문을 선봉장에 임명하고 바로 전장으로 보내도록 하라."

석가치는 국왕의 명령에 따르지 않을 수 없었다. 생각 같아선 끝까지 하문을 곁에서 보필을 해주고 싶었다. 그런데 당장 전장에 갈 수 없는 몸이 되어 버린 것이었다. 석가치는 담담했다. 이미 정해진 운명이었다. 석가치는 마지막으로 국왕에게 중요한 청을 넣었다.

"한 가지 더 청할 것이 있사옵니다."

"말하라."

"이번에 출전하는 서라벌의 군사들뿐 아니라 지금 전장에 있는 모든 서라벌 군사들의 이마에 하얀 새의 깃털을 꽂게 하십시오."

"하얀 새의 깃이라고? 크기가 크건 작건 상관없이 하얀 새의 깃이면 된다는 말이렷다?"

"그렇습니다."

"그대가 시키는 일이면 무엇이든 들어주도록 할 것이다. 이제부터는 하문 대장군이 명하는 대로 모든 군사가 따르도록 할 것이다."

국왕은 친히 하문에게 환두대도 한 자루를 하사했다. 국왕이 하사한 검은 모든 사람들의 생사여탈권을 결정할 수 있는 힘이 들어 있는 것이었다. 하문은 감격에 겨워 국왕이 하사하는 환두대도를 공손하게 받아들었다.

"그런데 이 처자는 누구인가?"

"소녀는 태확강변의 계변에서 자란 아령이라 합니다. 지금은 월천의 화정어미 집에서 기생으로 있습니다."

"기녀라고?"

"그렇습니다."

기생이라는 말에 국왕은 불편함을 느꼈다. 그러자 석가치가 갈문왕비 앞으로 나섰다.

"오늘 하루만 아령을 데려가 같이 지내주시옵소서. 이 모든 것이 서라벌의 안위를 위해 필요한 것입니다."

갈문왕의 왕비로서는 함부로 결정할 수 없어 갈문왕과 국왕의 눈치를 살폈다.

"그렇게 하도록 하시오."

국왕의 알현이 끝난 뒤 하문은 석가치와 함께 북천의 훈련장으로 갔다. 아령은 갈문왕 일행을 따라 월성으로 돌아갔다.

하문이 석가치와 함께 북천의 훈련장에 도착하니 김자경 장군이 반갑게 맞아주었다. 자식이긴 하나 예를 다했다. 국왕이 하사한 환두대도를 지니고 있는 하문은 엄연하게 신라군의 최고수장이었다.

"아버님 그동안 고생이 많으셨습니다. 소인 절 올리겠습니다."

"아니다. 가정에서는 내가 너의 아버지이지만 군법에 따르면 너는 엄연한 나의 상관이다. 절을 한다면 오히려 내가 해야 할 터이다. 그냥 이리 가까이 오너라."

김자경 장군은 하문을 가까이 오게 한 뒤 힘차게 두 팔로 끌어안았다. 하문은 감격에 겨워 눈물을 흘렸다. 그동안 병석에만 누워있던 아버지였다. 기운을 회복해 훈련장에 나온 것만으로도 천지신명의 도움이었다는 생각이 들었다.

"이제 네가 이곳에 와 주었으니 내가 한숨을 돌릴 수 있게 되었구나."

김자경 장군은 훈련 중인 군사들을 모두 모아놓고 새로 부임한 대장군을 소개했다. 아들을 대장군으로 소개하는 김자경 장군의 목소리는 가볍게 떨렸다. 하문은 훈련군사들에게 일장 연설을 했다.

"여러분의 몸은 천 개지만 마음은 하나다. 한마음으로 뭉치면 그 어떤 강한 적이라도 무찌를 수 있을 것이다. 다시 한번 분명히 물어보겠다. 우리들의 마음은 모두 몇 개인가?"

"하나입니다!"

천 명이 동시에 소리를 지르니 북천의 강물이 출렁거렸다.

"다시 한번 묻겠다. 우리는?"

"하나다!"

"우리는?"

"하나다!"

대답하는 천 명의 무리 중에 특히나 목청이 찢어져라 외치는 자들이 있었다. 하문이 데려온 노달을 비롯한 22명의 산적들이었다. 노달은 자신들을 데려온 하문이 대장군이 되어 나타난 것이 누구보다 감격스러웠다. 생각 같아서는 무리에서 뛰쳐나와 하문을 얼싸안고 펑펑 울고 싶었다. 하문도 노달 일행을 유심히 살펴보고 있었다.

"앞으로 우리는 열흘이 지난 다음 전장으로 나갈 것이다. 그동안 혼신을 다해 연습에 임할 것을 부탁한다."

"하문 대장군 만세!"

하문은 김자경 장군에게서 그동안의 훈련방법을 들었다. 김자경 장군은 짧은 시간에 군사들을 조련하려면 무엇보다도 진을 짜서 움직이는 연습에 중점을 두어야 함을 강조했다. 아무리 무기를 잘 다루어도 장수의 지시에 따르지 못하는 군사는 무용지물임을 재차 강조했다. 지원군들이 소지하게 될 무기는 대부분 창인데 가르쳐 주지 않아도 적을 찌르는 것은 얼마든지 하게 되어 있다는 것이었다. 중요한 것은 진을 짜고 펼치는 것이었다. 장수의 명령에 따라 기수들이 신호를 보내면 정확하게 움직여 주어야만 했다.

하문은 김자경 장군의 옆에서 훈련광경을 유심히 들여다보며 눈에 익혔다. 기본 진형으로 군사를 모으고 벌리며 앞으로 나가고 뒤로 물러나는 연습을 중점적으로 실시했다. 적이 가운데를 공격해 오면 가운데 군사들은 신속하게 뒤로 물러나고 좌우의 군사들은 밖으로 물러나 적을 감싸는 연습을 했다. 한참 동안 군사들의 연습광경을 지켜본 하문은 군사들의 모습이 수많은 새들이 군무를 추는 것 같다는 생각을 했다.

하문은 날이 어둡도록 훈련광경을 지켜보다 아버지인 김자경 장군과 함께 집으로 돌아왔다. 집에서도 저녁을 같이 마친 다음 진법에 대해 수많은 이야기를 나누었다.

"대군을 움직이는 기본이 진법이다. 진법을 잘 짜면 백의 군사로 천의 군사와 싸워서 이길 수 있는 것이다."

기생

아령은 갈문왕과 왕비가 월정교에 처음 나타났을 때부터 몸에 이상한 기운을 느꼈다. 그것은 지금까지 경험해 본 적이 없는 기운이었다. 하문과 첫 관계를 가졌을 때 맛보았던 황홀경과는 차원이 다른 것이었는데 무엇이라고 딱히 표현할 방법이 없었다. 그저 왕비가 자신을 바라보아 주었으면 하고 바랐다. 할 수만 있다면 왕비에게 가까이 다가가 품에 안기고 싶은 마음이 들었다.

그러나 왕비는 한 번도 아령을 눈여겨 바라보지 않았다. 아령은 왕비의 눈길에 서릿발 같은 싸늘한 기운이 서려 있음을 직감했다.

석가치에게 들은 바로는 왕비는 자신의 외할머니이지만 어머니를 죽게 한 장본인이기도 했다. 얼마나 얼음장 같은 심장을 가졌기에 딸을 죽음의 길로 내몰았는지 이해가 가지 않았다. 권력을 지키기 위해서라면 자신이 낳은 자식을 희생시켜도 괜찮은 것인지 궁금했다. 권력이 그렇게도 좋은 것인지도 알 수 없었다.

아령은 국왕 앞에서 석가치가 자신을 갈문왕비와 하룻밤을 머물게 해달고 청원한 이유를 알고 있었다. 왕비는 어머니를 죽게 한 장본인지만 엄연히 자신의 외할머니가 되는 사람이었다. 기회가 만들어지기만 한다면 꼭 그렇게 했어야 했는지 따져 묻고 싶었다.

왕비는 월성의 후원으로 아령을 불렀다. 주변을 모두 물린 왕비가 조용히 입을 열었다.

"아령이라고 했느냐? 그 이름은 누가 지어 준 것이냐?"

"저희 아버지께서 지어주신 걸로 알고 있습니다."

"아비가 누구더냐?"

"석가치님입니다."

"석가치가 너를 낳은 생부란 말이냐? 그는 출가했던 스님이 아니었더냐?"

"저를 낳으신 생부는 아닙니다."

"자초지종 자세히 이야기해 보아라. 아령이라는 이름은 무슨 뜻이더냐?"

"알에서 나왔다고 알영으로 지었다고 들었습니다."

"지금 그걸 묻는 게 아닌 줄을 알고 있지 않느냐? 너는 어디에서 태어났으며 누구의 딸인지 이야기 해보라는 것이다. 함부로 나를 놀리려 꾀를 부리다가는 혼이 날 줄 알아라."

"어느 면전이라고 거짓을 아뢰겠습니까."

아령은 석가치와 능지에게 들은 대로 꾸밈없이 모두 고했다. 아령의 출생에 대한 이야기를 다 듣고 난 왕비는 눈을 크게 치떴다.

"석가치가 너를 나에게 보낸 이유가 이런데 있었던 것이냐? 그가 나를 모함하기 위해 가당치도 않은 이야기를 꾸며냈구나. 그가 월정교 위의 새 이야기를 할 때 알아보았다. 네가 정말 누구인지 사실대로 고하고 여기에 나타난 이유를 바른대로 고하거라. 그렇지 않으면 따끔한 맛을 보아야할 것이다. 네 생모가 누구냐?"

"부용 공주가 저의 생모입니다."

"이런 발칙한, 한낱 기생에 불과한 미천한 것이."

"이렇게 기생으로 만든 것도 왕비마마이시고 부용 공주의 등에 화살을 박은 것도 왕비마마십니다."

"듣기 싫다. 어찌 내가 딸의 등에 살을 박았겠느냐. 정녕 네가 살기 싫은 게로구나. 여봐라. 이년을 끌고 가 감옥에 처넣어라. 내일 치도곤을 안길 것이니라."

왕비가 대노했다. 밖에서 기다리고 있던 호위병들이 아령을 끌고 나갔다. 아령은 감옥 안에 갇혀 긴 생각에 잠겼다. 석가치님은 자신이 이렇게 될 줄을 알고나 있었던 것인지 궁금했다. 이 궁궐 안에서 이슬처럼 사라진다고 해도 누구하나 아는 사람도 없을 것 같았다.

처음에 석가치가 자신을 서라벌로 데려가야 한다고 말했을 때

심하게 반대했던 능지의 모습이 떠올랐다. 능지의 따뜻한 품이 그리웠다.

"안됩니다. 아령인 나의 딸입니다. 나와 같이 태확강변에서 학과 같이 춤을 추며 살 것입니다."

그 말에 석가치는 사람에겐 저마다의 운명이 따로 있는 것이라 했다. 운명은 이미 정해져 있기 때문에 거스를 수가 없다고 했다. 아령은 석가치의 말이 믿어지지 않았다. 그냥 태확강변에서 자기를 키워 준 능지와 한 평생을 같이 하면 더 이상 부러울 것이 없을 것 같았다.

운명이라는 말에 능지는 쉽게 자신의 뜻을 접었다. 능지가 그렇게 나오는데 아령은 토를 달 수도 없었다.

"그러면 서라벌의 왕비에게 아령을 바로 데려가는 것입니까?"

"왕비가 바로 받아줄 것 같은가? 일에는 때가 있는 법일세. 나에게 맡겨 주게."

아령은 깜깜한 감옥 안에서 석가치를 떠올렸다. 자신을 서라벌로 데려와 화정기생어미의 집에 보낸 것도 석가치였고, 왕세자가 베푼 연회자리에 자신을 나가도록 주선한 것도 석가치였다. 그런데 지금 와서 월성의 감옥에 갇혀 죽게 된 사실도 알고 있는지 모를 일이었다.

아령은 능지를 생각하다가 저도 모르게 눈물을 주루룩 흘렸다. 벌써 능지를 보지 못한 채 해를 넘기고 있었다. 여기서 죽게 되더라도 능지는 한 번 보고 죽었으면 좋겠다는 생각이 들었다. 죽기 전에 하루만 말미를 준다면 능지와 함께 태확강변에 나가 학춤을 추어보고 싶었다.

아령을 옥에 가둔 왕비는 속이 편치 않았다. 먹은 음식도 없는데 명치끝에 돌덩이가 걸린 것처럼 묵직했다. 석가치의 말을 듣고 월정교에 나가 아령을 처음 본 순간 이십 년 전에 사라진 부용의 얼굴을 보는 것 같았다. 빼다 박은 딸의 얼굴이었다. 그러나 함부로 내색을 할 수 없었다. 18년 동안 딸이 죽었다고 생각한 적은 한 번도 없었다. 지금쯤 멀리 바다 건너 왜국에서 살고 있을 것이라 생각하고 있었다.

한 번씩 딸이 그리워지기는 했지만 어찌할 수 없는 일이었다. 그날로 모녀간의 인연이 다했으니 잊을 수밖에 다른 도리가 없었다. 오히려 사건이 발각되어 공주가 적국의 남자와 밀통을 했다는 사실이 알려지기라도 하는 날에는 자신의 지위만 위태로워질 판이었다.

18년 동안 잊고 있었는데 당시 딸을 맡고 있던 석가치에게 청천벽력 같은 소리를 들었다. 석가치는 그길로 승복을 벗고 야인으로 돌아가 왕비의 눈앞에서 멀어진 상태였었다. 그때 당시를 생각하면 적국의 남자에게 빠져 자신의 지위마저 위협했던 딸이 아직까지 야속하게 여겨지는 왕비였다.

그러니 느닷없이 나타난 손녀딸이 반가울 수만은 없었다. 오히려 무슨 흑심을 품고 있지는 않을까 은근히 걱정이 앞서는 것이었다. 왕비는 밤새 잠을 이루지 못하고 뒤척였다. 나이가 환갑이 넘어서도 자신의 안위만 챙기는 자신이 미워지기도 했다. 핏줄을 반갑게 덥석 안아주지 못한 일이 부끄럽기도 했다. 오만가지 생각에 엎치락뒤치락 하다 보니 밤을 꼬박 새웠다. 새벽녘에야 잠이 든 왕비는 비몽사몽간에 꿈을 꾸었다. 어느 푸르른 강가 갈대밭에 공주가 서 있었다. 등에 커다란 날개가 달려 있었는데 강물 위를 사뿐사뿐 걸어 자신에게로 다가오는 것이었다. 두려움이 엄습했는데 공주의 얼굴을 보니 생글생글 웃고 있어 안심이 되었다.

"어머니, 제 알을 받아주세요. 가져다가 따뜻하게 품어 주시면 예쁜 아이가 태어날 거예요."

공주는 품에 안고 있던 커다란 알을 왕비에게 건네주었다. 왕비는 알이 깨어질까봐 조심스럽게 받아들었다. 왕비가 알을 받아들자 공주는 날개를 번쩍 치켜들었다. 올 때와는 달리 갈 때는 하늘로 날아오르려는 것이었다. 커다란 날개가 공중을 한 번 저었다. 그러자 날갯짓에 강한 바람이 일었다.

"애야. 가면 안 된다. 알을 가져가야지."

"그건 왕비님께 드리고 갑니다."

"가면 어디로 가니? 어디로 가면 널 만날 수 있니?"

"왕비님, 땅에도 길이 있듯이 물에도 길이 있고 하늘에도 길이 있습니다. 저는 이제 땅 위의 길로 가지 않습니다. 가끔씩 하늘을 올려다보시면 제가 간 길이 눈에 보이실 것입니다. 그럼 안녕히

계십시오."

"안 된다 얘야. 나를 두고 가면 안 된다."

왕비는 팔을 내밀어 공주를 잡으려고 안간힘을 썼다. 그러나 커다란 날갯깃에서 나오는 바람이 왕비를 주저앉혔다. 공주는 날개를 힘차게 퍼덕여 공중으로 날아오르더니 하늘 멀리로 날아가 버리는 것이었다.

"애야. 공주야, 내가 잘못했다. 돌아오너라. 애야. 공주야."

"왕비마마 괜찮으십니까?"

왕비는 늙은 상궁의 목소리에 눈을 떴다. 근심어린 눈으로 자신을 내려다보는 늙은 상궁의 얼굴을 보고 정신이 들었다. 왕비는 자신이 꿈을 꾸었다는 사실을 알아챘지만 한동안 멍하니 있었다. 꿈이 너무나 실감 나는 바람에 잠시 정신을 차리기 힘들었다. 얼굴에는 눈물을 흘린 자국이 역력했다. 아직까지 눈물이 줄줄 흘러나오고 있었다.

"마마, 악몽을 꾸셨나봅니다."

"아니다. 괜찮다."

"수라상을 올릴까요?"

"아니다. 어제 밤에 옥에 가둔 아령이란 아이를 데려오너라."

아령도 밤새 한잠 자지 못하고 뒤척였다. 새벽녘에 살짝 잠이 들었는데 옥졸이 깨우는 바람에 잠이 깨었다.

"왕비마마께서 부르신다. 어서 가자."

아령은 왕비가 두고 볼 것도 없이 자신을 죽이려는 것으로 생각했다. 착잡한 생각으로 끌려가면서도 태확강변을 떠올렸다. 철마다 태확강을 찾아 군무를 추던 새들이 떠올랐다. 죽어서 다시 태어난다면 애증이 얽히고설킨 인간세상으로 태어나고 싶지는 않았다. 자유롭게 하늘을 날아다니는 새로 태어나고 싶었다. 그러나 왕비가 마지막 소원을 들어준다면 능지를 만나보고 싶었다. 자신을 키워준 능지의 춤을 한 번만 보고 죽었으면 싶었다.

"밤새 잘 잤느냐?"

왕비 앞에 끌려와 고개를 숙이고 있던 아령은 정신이 번쩍 들었다. 감옥에 보내놓고 잘 잤느냐고 묻다니 이제는 자신을 비웃기까지 하는구나 생각하니 오기가 생겼다. 고개를 반짝 쳐들고 왕비의 얼굴을 마주 바라보았다. 어제 보았던 그 왕비의 모습이 아니었다.

아령은 자신의 눈을 의심했다. 하룻밤 사이에 어떻게 사람의 모습이 이렇게 달라질 수가 있는가 싶었다. 광채가 나던 얼굴빛은 쑥빛이었고 독기마저 뿜어져 나오던 매서운 눈빛은 탁하게 흐려져 있었다.

"네가 정녕 알에서 나온 아령이란 말이냐?"

"……."

아령은 대답을 할 수 없었다. 대답을 해도 왕비가 알아듣지 못할 것 같았다.

"이리 가까이 와 보거라."

아령은 겨우 몇 걸음 앞으로 나섰다. 왕비가 양팔을 벌려 어서 달려오라는 시늉을 했다. 그래도 아령은 움직일 수가 없었다. 하룻밤 사이에 사람이 이렇게 바뀔 수는 없다고 생각했다.

"네 소원이 무엇이냐? 말해 보거라."

"……."

아령은 드디어 죽기 전에 소원 한 가지는 들어주려나 생각했다. 방금 전까지 생각하고 있었던 마지막 소원을 말했다.

"춤을 추게 해주세요. 그리고 마지막으로 나를 키워준 어머니가 보고 싶습니다. 좀 더 자비를 베풀어 주신다면 그 어머니와 학춤을 같이 추게 해주세요."

"오오오. 학춤이라고 했느냐? 정녕 네가 나의 손녀딸이 분명한 게로구나. 너를 키워준 에미를 이곳으로 불러주마."

왕비는 명을 내려 계변에 살고 있는 능지를 월성으로 데려오게 했다.

박달골

　북천에서 군사훈련을 받던 노달은 출정을 사흘 앞두고 도망을 쳤다. 아무리 바쁜 일이 있어도 해결해야 할 일이 있었다. 북천을 거꾸로 거슬러 올라 남산 쪽으로 몸을 붙였다. 오 년 전에 야반도 주를 했던 박달골로 가기 위해서였다. 전장에 나가 죽기 전에 박 대미를 꼭 죽이고 싶었다. 전장에서 살아 돌아온다면 기회가 있 을지 모르지만 허무하게 죽고 나면 이승에서 남았던 원한을 갚지 못하고 떠나는 것이 제일 원통할 것 같았다. 사실 원수를 갚고 나 면 전장에 나가서도 부담 없이 홀가분하게 목숨을 바쳐 싸울 수 있을 것 같았다.

　한나절이 걸려 박달골에 도착했다. 마을은 예전보다 쓸쓸해 보 였다. 그도 그럴 것이 나라가 전쟁에 휘말려 젊은이들이 모두 전 장에 나가 있으니 그럴 수밖에 없었다. 마을 초입에서 만난 노인은 노달을 알아보지 못했다.

"어르신, 혹시 이 마을에 박대미란 사람이 살고 있습니까?"

"그렇긴 하오만 어디서 온 뉘시오?"

"저는 서라벌에서 온 친구인데 빌려준 돈이 조금 있어서 받을까 하고 찾아왔습니다."

"저런저런. 어쩌다 그런 한량에게 돈을 다 빌려 주었소. 하마 전장에 나간 지가 꽤 되었소이다. 이놈이 아녀자들만 욕보이는 게 아니라 친구 돈도 떼먹었구려. 전장에 강제로 끌려갔으니 살아서 돌아오기는 글러먹은 거 같소. 돈은 잊어버리고 그냥 돌아가시구려."

"알겠습니다. 돈을 떼먹을 친구는 아닌데. 허."

"거참. 젊은 사람이 친구를 사귀려거든 눈을 똑바로 뜨고 사귀도록 하시오."

노인을 뒤로 한 노달은 예전 주인집을 향해 걸어갔다. 오 년 동안 한 시도 잊은 적이 없는 집이었다. 박대미를 생각하면 치가 떨리다가도 주인집 딸을 생각하면 가슴이 먹먹해지면서 저절로 눈물이 났다. 어떻게 살고 있는지 궁금했지만 영감님에게 물었다가는 자신을 알아볼지도 모른다는 생각에 직접 찾아가기로 했다.

지금은 주인이 다시 죄를 물어 잡힌다 해도 당당하게 빠져 나올 수 있었다. 이제는 노비가 아니라 나라를 위해 싸우러 나갈 예비군사이니 허락없이 함부로 해할 수 없는 입장이었다.

주인집 대문 앞에 온 노달은 자신의 눈을 몇 번이고 비벼보았다. 예전의 그 집이 분명한데 형색이 완전히 바뀌어 있었다. 예전에는 해마다 초가를 갈아 입혀 황금색으로 보기 좋은 지붕을 이고 있었는데 지금 눈 앞에 있는 집은 몇 년은 지났는지 검츰하게 변해있었다.

"안에 누가 있습니까?"

그래도 주인을 생각하니 목소리가 떨렸다. 아마 다시 잡아들이라고 호통을 칠지 모르는 일이었다. 그러나 한참을 기다려도 기척이 없었다. 그때 마을 밖에서 너댓 살쯤 된 사내아이가 쪼르르 달려와 대문 안으로 쏙 들어갔다. 노달이 얼른 불렀다.

"애야, 나 좀 보자. 너 이 집에 사니?"

대문 안으로 들어섰던 아이가 휙 돌아섰다. 아이와 눈을 마주친 노달은 움찔했다. 아이의 눈빛이 어디서 본 듯했다.

"엄마, 누가 왔어."

아이는 소리를 지르며 마당을 가로질렀다. 방문이 열리며 여인이 밖을 내다보았다. 꿈에 나타날까 겁을 냈던 박색 여종이었다. 나이가 조금 더 들어 보이기는 했지만 인상은 조금도 변하지 않았다.

"어허. 이게 누구신가? 나 노달일세. 알아보겠는가?"

여종은 노달을 알아보고 온몸이 얼어붙은 듯했다. 떡 벌어진 입을 다물지 못했다.

"어허. 이사람 뭘 그리 놀라는가. 나를 몰라보겠는가?"

여종은 그제야 방문을 나와 허둥지둥 신발을 찾아 신었다. 노달에게 안길 듯 달려들었는데 차마 품에 안기지는 못하고 앞에 와서 멈추어 섰다.

"주인은 어디에 가고 자네가 안방에서 나오는 것인가? 그리고 이 아이는 누구의 아이인가?"

"이 아이가 바로. 바로……."

"어서 이야기 해보게. 이 아이가 누구의 아이란 말인가?"

"바로. 노달님의 아……."

"지금 뭐라고 하는 것인가? 내 아이라고?"

노달의 목소리가 높아지자 아이가 여종의 품에 달려들어 치마폭에 얼굴을 감추었다. 노달은 어이가 없어 말이 나오지 않았다. 씨를 뿌려야 곡식이 자라지 씨도 뿌리지 않은 밭에 무슨 곡식이 자란단 말인가. 아직까지 여자를 한 번 안아보지도 못한 자신에게 당치도 않은 말이었다.

"그럼 이 아이의 어미는 누구란 말인가? 자네가 낳은 아이인가?"

"잠시 기다리시면 아씨마님이 오실 겁니다. 용장사에 가셨는데 돌아올 시간이 다 되었습니다. 안으로 들어가셔서 기다리시지요."

노달은 여종이 권하는 대로 안방으로 들어갔다. 예전에는 함부로 들어갈 수 없었던 안방이었다. 노달은 주인집 내외는 어디로 갔으며 그간에 무슨 일이 일어났는지 세세하게 물었다. 여종은 대답을 하기 전에 눈물부터 흘렸다.

노달이 박색녀의 도움으로 광에서 도망친 뒤 주인집에는 광풍이 몰아쳤다. 그길로 딸이 임신을 해서 배가 불러왔다. 아이를 떼어내려고 온갖 처방을 다했는데도 듣지 않았다. 결국은 혼인도 하지 않은 처녀가 아이를 낳았다. 마을에선 풍속이 무너진다하여 멀리 내쫓을 것을 종용했다. 주인은 차마 그럴 수 없어 용장사 가는 길목에 움막을 짓고 딸을 내쫓았다. 그래도 귀한 딸이라 종의 딸인 여종을 딸려 보냈다.

"아씨는 그래도 서방님을 원망하지는 않았습니다. 몰래 사람을 풀어 서방님을 찾았지요. 그리고 주인마님도 외손자를 아비 없는 자식으로 만들기 싫어 서방님을 찾으려고 온갖 방법을 다 썼습니다. 그러다가 결국은 적국으로 도망쳤을 것이라 생각하고 포기하고 말았지요. 그동안 대체 어딜 가 있었는지요?"

"허허. 주인마님도 날 찾았단 말이지?"

"그렇다니까요. 사람을 사서 서라벌 땅 구석구석을 찾았답니다."

"찾았으면 이집 사위로 받아주려고 했단 말인가?"

"찾았으면 그랬겠지요."

"그럼 그날 도망친 게 잘못이었단 이야기로군."

여종은 대답을 하지 못하고 고개를 떨어뜨렸다. 그냥 놓아두면 매질을 당해 죽을 것 같아 노달을 광에서 탈출시킨 게 여종이었다. 주인이 노달을 찾기 시작하자 여종은 안절부절못했다. 탈출시키기는 했지만 어디로 갔는지 전혀 모르고 있기는 마찬가지였다. 있는 곳을 알기만 했더라면 주인이 찾지 않아도 자신이 찾아가려고 했다.

주인집 딸은 움막에서 사내아이를 순산했다. 아이의 첫돌이 다가왔을 무렵에 마을에 전염병이 돌았다. 주인집에는 하인들을 비롯한 모든 사람이 약 한 첩 써보지 못하고 모두 황천길로 가고 말았다. 여종의 부모도 마찬가지였다. 따로 움막을 지어 나가 살던 주인집 딸과 여종, 그리고 새로 태어난 아이만 병마를 피해갈 수 있었다.

유행병이 지나간 다음 집으로 돌아왔다. 사람들이 모두 사라지고 나니 살아갈 방법이 없었다. 땅은 남아있어도 농사지을 사람이 없었다.

"전염병으로 마을사람들이 많이 죽어 일할 사람도 없었어요. 아씨와 제가 입에 풀칠할 정도만 농사를 지어 연명하고 있습니다."

잠시 후에 바깥에서 기척이 들리고 아이가 쏜살같이 뛰쳐나갔다.

"엄마, 손님이 오셨어요."

"손님이라니? 우리 집에 오실 손님이 있기나 하겠니?"

여종이 방문을 열었다. 어엿한 부녀자의 티가 나는 주인집 딸이 방안에 있는 노달을 바라보았다. 노달도 주인집 딸의 얼굴을 뚫어져라 바라보았다. 날마다 꿈에 그리던 얼굴이었다. 후다닥 일어난 노달은 방안에서 나와 신발도 신지 못하고 마당으로 달려갔다. 양팔을 벌려 아씨를 품안에 안았다.

노달의 품에 안긴 아씨는 하염없이 눈물을 흘렸다. 지금까지 사람을 풀었는데도 찾을 수가 없었다. 이제는 찾는데 지쳐 죽었을 것이라 단정을 하고 있었다. 그러던 사람이 이렇게 느닷없이 나타나게 될 줄은 꿈에도 생각하지 못하고 있었다.

"서방님!"

주인아씨의 입에서 서슴없이 서방님이란 소리가 나왔다. 노달은 울컥했다. 예전에 철이 없던 시절에는 노달이라고 함부로 이름을 부르던 주인아씨였다. 바로 그 주인아씨가 종복인 자신에게 서방님이라 부른 것이었다. 그동안에 노비의 자식으로 당했던 수모가 가슴 속 깊이 옹어리져 있었다. 그런데 서방님이란 한 마디에 눈 녹듯 녹아내렸다.

"아씨, 제가 죽을죄를 졌습니다."

"그러지 마십시오. 죄를 짓기는 누가 죄를 지었다고 그러시는 것입니까. 이렇게 살아서 돌아오셨으니 되었습니다. 이젠 어디 가지 마시고 이집에서 오래오래 같이 살아요. 참, 규용아! 이리 와서 아버지께 인사드려라."

아이는 제 어미의 치맛자락에서 나오려 하지 않았다. 손가락을 입에 물고 노달을 흘끔흘끔 훔쳐보았다.

"뭐 하니? 아버지라니까. 어서 인사드려야지."

그제야 아이는 물었던 손가락을 입에서 빼더니 고개를 꾸벅했다. 아이의 인사를 받은 노달은 난감했다. 분명히 아이는 박대미의 씨가 분명했다. 처음 아이를 보았을 때 어디선가 많이 보았던 낯익은 얼굴이라 생각했다. 그것은 바로 원수인 박대미의 얼굴이었다. 주인집 딸은 아직까지 그날 있었던 일의 진실을 알지 못하고 있었다.

그날 주인집 아씨를 덮친 것은 자신이 아니라 박대미였던 것이다. 자신은 주인아씨에게 자루를 뒤집어 씌웠을 뿐이었다. 자루를 뒤집어 쓴 상태에서 능욕을 당했으니 노달이라고만 생각했지 박대미란 인물이 거기에 나타났으리라고는 꿈에도 생각하지 못하고 있었다.

노달은 주인에게 몰매를 맞으면서도 자신의 어리석음 때문에 일어난 일이라 박대미에게 속았다는 말은 하지도 못했었다. 지금도 마찬가지였다. 이제 와서 사실을 이야기한다고 해도 믿어줄 사람은 아무도 없을 것 같았다. 설사 이야기한다 해도 자신의 어리석음이 드러나는 일이기에 함부로 말할 수도 없었다. 그저 박대미를 만나기만 하면 아무 말도 하지 않고 그대로 멱을 따버릴 생각이었다.

노달은 아이를 내버려두고 아씨의 얼굴을 유심히 들여다보았다. 그동안 마음고생을 한 탓인지 예전에 곱던 얼굴이 제법 상해 있었다.

"아씨. 혹시 박대미란 자가 어디에 가 있는지 아십니까?"

"박대미라구요? 그 사람은 역병에도 살아남았는데 전장에 불려갔습니다. 그 사람은 왜 찾으시나요?"

"아뇨. 혹시 전장에 불려나가기 전까지 아무 일도 없었습니까?"

"무슨 일을 말씀하시는 것입니까?"

"혹시 주인마님에게 해코지는 하지 않았나 해서요."

"그런 일은 없었습니다."

노달은 다행이라고 생각했다. 자신을 이용해 아씨를 욕보인 뒤에도 잔꾀를 내어 추근거리지 않았을까 은근히 염려가 되었던 터였다.

저녁을 차려 먹은 뒤 노달은 안방에서 아씨와 마주앉았다. 아이는 박색의 여종이 건넌방으로 데려갔다. 여종으로서는 가슴에 못이 박히는 일이었지만 어쩔 수 없었다. 노달이 싫어하는 줄은 알지만 자신은 영원히 사랑할 수밖에 없는 사람이었다. 오히려 부부로는 지내지 못하더라도 함께 지내게 되는 것만으로도 행복할 것 같았다. 어린 규용을 품에 안은 여종은 만감이 교차해 쉬이 잠이 들지 못했다.

노달은 아씨와 마주 앉아 두 손을 꼭 잡았다. 그동안 자신 때문에 고생한 것을 생각하면 죄책감에 죽고 싶은 생각이었다.

"아씨, 죄송합니다. 소인이 죽을죄를 저질렀구만요."

"아닙니다. 오히려 제가 처신을 바로 하지 못해 죄송할 따름이지요. 그때 몰매질을 당하고 광에 갇혔을 때는 소녀도 죽고 싶었습니다."

"아씨께서 왜 죽는단 말입니까? 모든 건 제가 어리석은 탓이었습니다."

"이제 그런 말씀은 마시어요. 저에게 아씨란 호칭도 그만 두시고요. 소녀는 이제 주인집 아씨가 아닙니다. 서방님의 계집입니다."

아씨는 가볍게 노달의 품에 안겼다. 노달은 자못 당황스러웠다. 언제나 마음속으로만 연모의 정을 품어왔지 이렇게 실제로 아씨를 안게 되리라고는 상상도 못했다. 두 사람은 이제 주인과 노비로 마주 하는 게 아니라 여자와 남자로서 함께 하는 것이었다. 두 사람은 밤이 새도록 이야기를 나누며 운무 속으로 빠져들었다.

아씨는 이제 노달이 돌아왔으니 함께 살면서 버려둔 땅을 일구어 편안하게 살 수 있으리라 생각했다. 역병으로 세상을 떠난 부모에게는 미안한 생각이 들기도 했지만 이런 상황에서는 최선의 방법이었다. 죽은 부모가 살아서 돌아온다 해도 두 사람의 결합을 말릴 이유가 없을 것 같았다. 오 년 전에 자신을 범바위 뒤로 끌고 가 거칠게 욕보였던 노달을 생각하고는 혼자 싱긋 웃었다.

"아씨, 지금 왜 혼자서 웃으십니까?"

"서방님, 제발 아씨라는 말은 거두어 주세요."

"알았소. 부인 지금 혼자 웃는 이유를 말해주시오."

"예전에 범바위 뒤에서 있었던 일을 기억하시나요? 그때 일이 생각나서 웃었습니다."

노달은 범바위에서 있었던 일이라는 바람에 움찔했다. 아씨에게는 죽을 때까지 비밀을 지켜가야 할 것 같았다.

"예, 부인. 그때는 제가 죽을죄를 지었지요."

"다 지난 일입니다. 이제는 밤마다 죽을죄를 지어도 괜찮겠습니다. 그대신 밖에 나가 죄를 지으면 절대 안 됩니다. 명심하세요."

"하하하. 알겠소. 내가 부인을 두고 밖에 나가 한눈팔 일이 뭐가 있겠소?"

노달은 품안으로 파고든 아씨를 힘주어 안았다. 노달은 새벽 녘이 다 되어 잠이 들었다. 다시 눈을 떴을 때는 해가 중천에 올라 있었다. 아씨는 아직 잠에서 깨어나지 못하고 깊게 잠들어 있었다. 노달은 입가로 흘러내린 아씨의 머리카락을 곱게 걷어 올려 주었다. 간밤에 운우의 정을 통하고도 이것이 생시인지 꿈인지 분간이 가지 않았다. 아씨가 기척을 느끼고 눈을 떴다. 노달은 아씨의 이마에 가볍게 입술을 갖다 대었다.

"아씨 마님. 조반상을 준비해 놓았습니다."

"알았다. 들이도록 해라."

노달이 급하게 일어나 문을 열었다. 박색의 여종이 조반상을 차려와 마루에서 대기하고 있었다. 여종은 애써 노달의 시선을 외면했다. 노달은 여종의 심중을 헤아려보았다. 정작 자신을 좋아하는 사람은 여종인 줄을 모르는 바는 아니었다. 그러나 마음이 내키지 않는 것은 어쩔 수가 없는 노릇이었다. 예전에 주인집의 광에 갇혀 있을 때 자신을 탈출시킨 것은 여종이었다. 마음에 없는 사람이라면 굳이 위험을 무릅쓰고 그런 일을 감행할 이유가 없었다.

노달은 울타리 너머 먼 산을 바라보았다. 아침 해는 이미 중천에 떠 있었다. 예전 같았으면 벌써 논밭에 나가 한창 일을 하고 있을 시간이었다. 옛일을 회상하니 사람팔자는 알 수 없다는 생각이 들었다. 오르지 못할 나무 같았던 아씨와 아무 거리낌 없이 운우의 정을 나누었으니 예전에는 감히 꿈도 꾸어보지 못할 일이었다.

여종이 들고 온 밥상에는 두 사람의 아침밥만 놓여 있었다. 노달이 여종에게 규용을 데리고 같이 들어와 아침 먹을 것을 권했다. 여종이 머뭇거리자 아씨가 한 마디 거들었다.

"뭐하고 있는 게야. 서방님께서 같이 오라고 하지 않나."

"네."

아씨가 당당하게 노달더러 서방님이라고 부르자 여종은 모기소리만 하게 대답했다. 노달로서는 썩 기분 좋은 소리였다. 이집의 종놈에서 당당한 주인으로 바뀌게 된 것이었다.

네 사람은 한 밥상에 둘러 앉아 조반을 들었다. 풍성한 상차림은 아니었지만 여종의 정성이 들어간 조반상이었다. 아씨의 표정은 사뭇 들뜬 듯했다. 반면에 여종의 표정은 그리 밝아 보이지 않았다. 아이는 무슨 일인지 정확하게 의미를 모르는 것 같았다.

노달은 이 조반상이 마지막이 될지도 모른다는 생각이 들자 갑자기 목이 메었다. 곧 있으면 자신은 전장으로 떠나야 하는 몸이었다. 전장이라는 것이 살아서 돌아온다는 보장이 없는 곳이기에 마음이 착잡했다. 전쟁이 아니라면 그저 평범하게 논밭이나 일구고 오순도순 살면 더 이상 바랄 게 없을 것 같았다.

조반을 마친 노달은 논밭을 둘러본다며 집을 나왔다. 곧바로 박대미의 집으로 갔다. 전장으로 끌려갔다고 했는데 남아 있는 가족들이 어떻게 살고 있나 살펴볼 생각이었다. 마을길은 눈을 감고도 찾아갈 수 있었다. 마을에는 사람도 별로 보이지 않고 을씨년스러웠다. 역병으로 많은 사람들이 죽었다더니 마을 전체가 맥이 빠진 듯한 모습이었다.

박대미의 집에 도착한 노달은 사람을 부를까하다가 가만히 사립문을 열고 들어갔다. 부엌에서 물소리가 들렸다. 발소리를 죽여 부엌 쪽으로 다가갔다. 송판으로 짠 나무문에 옹이가 빠진 자국이 하나 있었다. 눈을 가까이 갔다대니 부엌 안이 다 들여다보였다.

박대미의 마누라가 아궁이 앞에서 커다란 나무통에 더운물을 담아놓고 목욕을 하고 있었다. 아랫도리는 물에 잠겨 있어 보이지 않았다. 적당하게 부풀어 오른 가슴이 실하게 매달려 있었다. 그런데 이상한 것은 왼쪽 젖에 꼭지가 보이지 않는 것이었다. 오른쪽 젖꼭지는 도드라지게 튀어나와 있는 반면에 왼쪽 젖꼭지는 보이지 않았다.

그때 박대미의 마누라가 물통 안에서 벌떡 일어섰다. 풍만한 여인의 하반신이 고스란히 드러났다. 노달은 눈을 크게 떴다. 거웃이 장난이 아니었다. 사타구니 전체에 검은 수건을 덮어 놓은 것처럼 숲이 무성했다. 노달은 회심의 미소를 지었다. 박대미의 마누라는 물통에서 나와 가마솥 안의 물을 바가지로 퍼서 물통 안으로 옮겨 담았다. 그런 다음 다시 물통 안으로 들어갔다.

"흐음. 험. 안에 계시는가?"

노달은 일부러 헛기침을 하며 박대미의 마누라를 불렀다. 안에서 후다닥거리는 소리가 들렸다.

"잠깐만 기다리세요. 아직 들어오시면 안 됩니다."

"허허. 안 될 게 무에 있는가. 이미 볼 건 다 보았는걸. 나 노달일세. 자네가 혼자서 적적할 것 같아 찾아보았네. 문을 열고 들어가겠네."

노달은 힘을 주어 문고리를 잡아 당겼다. 우지끈 소리가 나며 고리가 문짝에서 떨어져 나갔다. 당황한 박대미의 마누라는 양팔로 젖가슴만 가리고 움츠렸다.

"여자 혼자 있는 집에 이게 무슨 짓입니까?"

"자네 혼자 있으니 내가 왔지, 그렇지 않으면 뭐 하러 왔겠는가. 부끄러워하지 말게. 전장에 나간 놈은 벌써 죽었을 텐데 이제 몸을 사려 뭘 하겠는가."

노달은 느글느글한 웃음을 흘리며 박대비의 마누라 옆으로 다가갔다. 양팔로 가리고 있는 젖가슴은 놓아두고 손을 물속에 담가 사타구니로 가져갔다.

"헉! 이게 무슨 짓이에요! 박달골에는 언제 나타난 거예요?"

"자네 생각이 나서 이렇게 찾아온 것이 아닌가. 나로 말할 것 같으면 신라군의 대장군 바로 밑에 있는 좌장군일세. 내가 장수가 되었단 말일세. 자네 하나쯤 먹여 살리는 건 문제가 아닐세. 내가 시키는 대로 말이나 잘 듣게."

무슨 뚱딴지같은 소린지 박대미의 마누라로서는 이해할 수가 없었다. 그러나 노달이 주인집에서 도망나간 뒤 뭔가 큰 권세를 얻어 돌아온 것은 틀림없어 보였다. 게다가 오랜만에 자신의 몸을 만지고 들어오는 사내의 손길이 싫지도 않았다. 노달의 손이 몸속 깊은 곳을 휘젓고 들어오자 깊은 신음소리를 토해내었다.

"아훙. 노달님께서 이번에 으훙. 워낙 힘이 좋으시니까. 으응. 높은 자리에 오르셨나봅니다. 아훙."

"그렇다네. 이번에 자네 서방을 만나면 자네 소식을 잘 전해주겠네."

노달은 사타구니에 넣었던 손을 빼내 왼쪽 젖가슴을 만졌다. 자세히 보니 젖꼭지가 없는 게 아니라 안으로 움푹 들어가 있었다. 노달이 젖가슴을 계속 주무르자 안으로 쏙 들어갔던 젖꼭지가 밖으로 살짝 빠져나왔다. 노달은 빠져나온 젖꼭지를 쪼물딱쪼물딱 한참을 가지고 놀았다.

"이제 나는 가보겠네. 자네 소식은 내 분명히 전해주겠네."

노달은 손을 거두고 미련없이 일어섰다. 이번에는 오히려 박대미의 마누라가 노달의 팔을 잡았다.

"이게 무슨 변고입니까? 남자가 칼을 뽑았으면 썩은 무라도 베어야 하지 않겠습니까. 이대로 그냥 보내드릴 수는 없습니다."

"아이구. 안 될 말일세. 나는 칼을 뽑지도 않았다네. 이러면 내 그대로 사실을 전하겠네.”

노달은 박대미 마누라의 손을 뿌리치고 부엌 밖으로 나왔다. 약이 바짝 오른 박대미의 마누라가 노달의 뒤통수를 향해 바가지를 던졌다. 머리를 맞히지 못한 바가지는 문짝에 맞아 와자작 부서졌다.

“이 나쁜 놈. 사내구실도 못하는 등신 같은 놈아.”

노달은 속으로 히죽히죽 웃으며 박대미의 집에서 나왔다. 돌아오는 길에 예전의 주인집 논밭을 살펴보니 몇 년을 묵힌 것인지 잡초가 무성했다. 전장에 나갔다 살아 돌아오기만 한다면 뼈가 부서져라 농사를 지어 오붓한 가정을 이루고 싶었다.

주인집으로 돌아와 자신이 처한 상황을 자세히 설명하자 주인집 아씨는 바닥에 털썩 주저앉았다. 낙담을 하기는 여종도 마찬가지였다. 돌아서서 코를 훌쩍거리며 울었다. 영문을 모르는 규용만 제 어미의 치맛자락 속에 숨어 노달을 훔쳐보았다.

“내 부인을 보아서라도 꼭 살아서 돌아오겠소. 그래야 우리가 대명천지에 낯을 들고 살 수 있을 것이 아니겠소.”

노달은 동구 밖까지 마중 나온 주인아씨와 여종을 뒤로 하고 북천으로 돌아갔다.

국원성

주덕평야에는 아침부터 양쪽의 기병들이 모여들었다. 고구려의 기병들은 모두 홍색깃발 아래 모였고 신라의 기병들은 황색깃발 아래 도열했다. 각 진영에 50기씩 정확히 숫자를 맞춘 도열이었다. 양쪽 기병들은 모두 등에 활을 메고 있었다. 이곳에서 똑같이 출발해 오십 리 떨어진 상당산성까지 단숨에 달려가 화살을 날린 후 되돌아오는 시합이었다.

모두 준비가 끝나자 고구려의 왕세자가 오른손을 번쩍 들었다. 그것을 신호로 신호수가 출발 깃발을 힘차게 흔들었다. 100기의 말이 한꺼번에 앞으로 내달렸다. 말발굽 소리가 지축을 울렸다. 처음에는 홍색은 홍색끼리 황색은 황색끼리 모여서 가다가 나중에는 마구 뒤섞여 선두다툼을 했다.

선두를 선점하고 나간 것은 대부분이 홍색기였다. 황색기들은 가운데에 포진해 고른 속도로 앞으로 내달렸다. 처음부터 너무 무리하게 달리다가는 목적지에 닿기도 전에 말이 지쳐 쓰러질지도 모르는 일이었다.

"꼭 이길 생각을 하지 마라. 우리는 이기려고 시합을 하는 것이 아니라는 것만 명심해라."

시합에 나서기 전 신라의 왕세자는 지용국사와 의논한 끝에 그렇게 결론을 지었다. 시합에 이기려는 것보다는 백제의 산성까지 달려가는 것이 노리는 꼼수였다. 그래서 고구려의 기병들은 화살통에 화살을 두어 개만 넣어왔지만, 신라의 기수들은 화살통이 가득 차도록 화살을 담아왔다.

고구려의 기병들은 선두를 빼앗기지 않으려고 전속력으로 내달았다. 반면에 신라의 기병들은 고구려기병들의 꽁무니를 놓치지 않으려고 안간힘을 다했다. 당연히 상당산성에 먼저 도착한 것은 고구려의 기병들이었다. 고구려 기병들은 느긋하게 말을 세우고 상당산성 안으로 화살을 날려 보냈다. 화살은 성곽 위의 지휘소가 있는 누각으로 날아가 기둥에 박혔다.

백제의 상당산성 안에서는 소요가 일었다. 갑자기 동쪽하늘에서 뽀얀 먼지가 피어오르더니 말발굽소리가 천지를 울렸다. 백제군은 기겁을 하고 성문을 꽁꽁 닫아걸었다. 그리고는 성벽 뒤에 숨어 지켜보고만 있었다. 먼저 달려온 홍색깃발의 기병들이 화살을 쏘아대자 성벽 뒤에서 꼼짝도 하지 않았다.

다음에는 황색깃발의 기병들이 달려와 화살을 쏘아댔다. 이미 화살을 쏘고 난 홍색깃발들은 기수를 돌려 되돌아가는데 황색깃발은 계속 화살을 쏘았다.

산성을 지키는 백제의 장수는 성벽 뒤에서 황색기병들을 향해 마주 활을 쏠 것을 명령했다. 느닷없이 당하는 일이라 경황이 없었지만 사정거리 안에 든 적의 기병을 쏘는 일이 어렵지 않았다. 성 밖에서 위로 올려다보고 쏘는 것보다는 훨씬 유리한 조건이었다. 아무런 저항 없이 성안으로 활을 쏘아대던 신라 기병들에게 화살이 날아왔다.

"이제 후퇴하라. 사정거리 밖으로 물러나라."

신라 기병들은 허겁지겁 기수를 돌려 달아나기 시작했다. 그 와중에 서너 필의 말이 화살에 맞아 곤두박질쳤다. 땅에 떨어진 기수는 말을 버려두고 맨몸으로 달려서 사정거리를 벗어났다. 그러나 한 명의 기수는 등에 화살을 맞고 그 자리에서 즉사하고 말았다.

고구려의 기병들은 신라 기병들이 당한 일에는 신경도 쓰지 않고 그대로 출발점으로 돌아왔다. 고구려 기병 50기가 모두 돌아올 때까지 신라 기병은 단 한 명도 돌아오지 못했다.

고구려의 기병들이 모두 말에서 내려 휴식을 취하고 있을 때 신라 기병들이 지친 몰골로 나타나기 시작했다. 그나마 몇 필은 돌아오지도 못하고 두 명씩 짝을 지어 타고 들어왔다. 한 명은 영영 돌아오지 못하고 말았다. 승부는 따져 볼 것도 없이 고구려 군의 승리였다.

애초에 신라의 왕세자가 노린 것은 시합에 이기는 것이 아니었다. 백제의 변방에서 고구려군과 신라군이 연합해서 움직이고 있다는 것을 인지시키는 것이 목적이었다. 신라의 왕세자는 시합에서 진 벌로 황금 오십 냥을 고구려측에 건네었다. 고구려의 왕세자는 의기양양해서 국원성으로 돌아갔다.

가잠성으로 돌아온 신라의 왕세자는 석도 일행을 모아 놓고 특별 지령을 내렸다.

"오늘은 푹 쉬도록 하고 내일은 너희들 모두 상당산성으로 가거라. 산성 입구 숲속에서 지키고 있다가 밖으로 나오는 놈이 있으면 따라가서 쥐도 새도 모르게 처분을 하라. 그런 다음에는 지니고 있는 문서를 빼앗아 오도록 하라."

"알겠습니다. 명령대로 따르겠습니다."

"놈들은 분명히 내일 국원성으로 전갈을 보낼 것이다. 그걸 가로채 와야 한다."

"명심하겠습니다."

왕세자는 흡족한 미소를 지었다. 석도 일행이 물러난 뒤 지용 국사와 마주 앉았다.

"어떻습니까? 이만하면 대야성에 있는 오상치란 놈도 함부로 서라벌로 밀고 들어오지 못하겠지요?"

"아주 잘하셨습니다. 제 놈들도 너무 멀리 갔다가는 사비성에 문제가 생길 테니까요."

"그건 그렇고 고구려의 왕세자란 자는 어떻습니까?"

"성질은 포악한데 생각만큼 지혜로운 것 같지는 않습니다."

"잘 보셨습니다. 그런데 고구려에서는 왜 왕세자를 변방이랄 수 있는 국원성에 보낸 것일까요?"

"그만큼 국원성이 중요하다는 것 아니겠습니까? 이곳은 이 땅의 제일 가운데에 있어 아주 중요한 곳입니다. 백제가 강성하던 시절엔 백제땅이었고 지금은 고구려땅입니다. 언젠가는 우리 신라가 반드시 차지해야 할 땅입니다."

"명심하고 있겠습니다."

다음 날 석도 일행은 새벽달이 지기도 전에 길을 나섰다. 전날처럼 말을 타기는 했지만 지축을 울리며 전속력으로 달릴 수는 없었다. 마을 앞을 지날 때는 개가 짖어 사람들이 깨어날까 조심하며 걸었다.

상당산성이 빤히 바라다 보이는 숲속까지 닿았을 때는 해가 제법 높이 떠올라 있었다. 타고 온 말은 숲속에 잘 숨겨 놓고 몇 사람이 나무 위에 올라가 성안의 동태를 살폈다.

진시가 되자 굳게 닫혀있던 성문이 열리고 단기의 말이 달려 나왔다. 등에 흰색 깃대를 짊어진 것으로 보아 전령이 분명했다. 석도 일행은 숲속에서 기다리고 있다가 전령을 덮쳤다. 왕세자가 일러 준대로 품을 뒤졌다. 국원성으로 전하는 문서가 나왔다. 전령은 그 자리에서 목을 잘라 시신을 땅에 대충 묻었다. 품안에서 탈취한 문서는 즉각 가잠성으로 보냈다. 그런 다음 날이 저물도록 성안의 동태를 살피다가 돌아왔다.

　가잠성에서 왕세자는 지용국사를 불러 백제군에게서 탈취한
문서를 펼쳐보았다.

　　고구려는 예전부터 우리 백제국과 형제의 나라로 친하게 지
　　내왔습니다. 일전에도 두 나라가 힘을 합쳐 서라벌을 치자
　　고 약조까지 했습니다. 그런데 어제 귀국에서 신라의 흉
　　측한 놈들과 같이 손을 잡고 이곳을 치시니 무슨 일이 있었
　　던 것인지 궁금합니다. 내일이라도 나라간의 신의를 버리지
　　마시고 함께 힘을 합쳐 가잠성을 치는 게 합당하리라 사료됩
　　니다. 허락하신다면 우리군사 만 명을 가잠성으로 보내도록
　　하겠습니다. 답신을 바랍니다.

　다 읽고 난 왕세자는 그 자리에서 문서를 박박 찢어버렸다.

　"이것들 사이에 이런 내용이 오가서는 절대 안 됩니다."

　"안 되고말고요. 상당산성뿐만 아니라 국원성에서 일어나는
일도 모두 지켜보고 있어야 합니다."

　"국원성에도 첩자를 보내도록 하지요."

　왕세자는 날랜 군사 한 명을 국원성으로 잠입시키도록 했다.
지용국사가 고구려군에서 백제군으로 보내는 허위문서를 작성했
다. 백제군의 사신이 발목을 다쳐 움직이지 못하는 관계로 치료
를 해주고 있으며, 곧 만나서 이야기를 나누자는 내용이었다.

　"자, 이걸 우리군사를 감쪽같이 고구려 군사로 변장시킨 다음

백제산성으로 보내는 것이요."

계획은 착착 진행되었다. 아무 전갈을 받지 못한 국원성에서는 신라와 연합하여 백제를 칠 것인지 말 것인지 국왕의 명령만 기다리고 있었다. 가잠성에서는 심심찮게 선물을 보내와 긴장을 늦추게 했다. 신라의 힘을 빌려 백제를 치고 나서 사비성 이북의 땅을 차지하게 된다면 고구려로서는 손해 볼 게 없었다.

믿을 수 없는 것은 백제였다. 오 년 전에도 함께 신라를 치자 약속해 놓고 정작 때가 되어도 군사를 움직이지 않아 낭패를 당한 적이 있었다. 자신들이 신라 땅에서 오래 머물다가는 오히려 백제군이 한강유역을 되찾으려 공격해 올지도 모른다는 불안감이 들었다. 거기다가 군사들이 설사병을 만나 철수할 수밖에 없었다.

국원성의 왕세자는 자신의 눈앞에서 비위를 맞추어 주고 있는 신라의 왕세자에게 마음이 끌리기도 했다. 이 기회에 밉상이었던 백제를 혼내줄 필요도 있다고 생각했다.

"여봐라. 가잠성에 사신을 보내 양쪽 군사들이 진법 연습을 하자고 전하라."

고구려의 왕세자는 자신이 나서서 신라군과 어울릴 것을 제안했다. 고구려 사신에게 전갈을 받은 신라의 왕세자는 입이 귀에 걸리도록 기뻐했다. 자신의 작전이 착착 먹혀들어가고 있는 것이었다.

"다른 것은 몰라도 진법에서는 밀리면 안 됩니다."

지용국사가 왕세자에게 단단히 일렀다. 왕세자도 똑같은 생각을 하고 있었다. 무능한 군사들은 훈련으로 극복할 수도 있지만 진법을 모르는 장수는 이미 싸움에서 진 것이나 마찬가지였다. 고구려군에게 너무 만만하게 보이다가는 오히려 역효과를 보게 될지도 모르는 일이었다. 이쪽의 실력을 결코 만만하게 보여서는 안 되는 이유였다.

　다음 날 주덕평야에는 오천 명의 군대가 모여들었다.

출정

석가치는 국왕의 부름을 받고 본궁으로 입궁했다. 용상에 앉아 있는 국왕의 안면에는 수심이 깊었다. 석가치는 조용하게 절을 올리고 읍하고 대령했다. 국왕이 근엄한 목소리로 입을 열었다.

"그대는 앞일을 미리 보는 재주가 있다는데 사실인가?"

"사실이옵니다."

"어떻게 귀신이 아니고서 앞에 일어날 일을 미리 알 수 있단 말인가? 조금이라도 거짓을 말하지 말고 사실대로 말하라."

"생명이 있는 것들은 모두 예지력이라는 것이 있사옵니다. 개미가 떼로 크게 움직이면 큰 비가 온다는 징조요, 까치가 집 앞에서 울면 반가운 손님이 온다 하였습니다. 미물들도 앞일을 예견하는데 하물며 사람이 예지력이 없다 할 수 있겠습니까. 단지 활용하지 않을 뿐이지요."

"그렇다면 그대는 이곳에 오게 될 것을 이미 알고 있었느냐?"

"그렇지는 않사옵니다. 등잔 밑이 어둡고 발밑이 어둡다 하였습니다. 바로 앞의 일은 점쟁이들에게 물어보아야 하지요."

"그대는 점쟁이가 아니란 말인가?"

"송구스럽습니다만 소인은 환속한 일개잡인에 불과합니다."

국왕은 하는 수 없이 석가치를 부른 이유를 말했다. 국원성에서 석가치를 부르는 이유를 국왕으로서도 알 듯하다가도 모를 일이었다.

"국원성에서 왜 그대를 부르는 것인지 이유를 알 수 있겠나?"

아까부터 국왕의 입에서 국원성이라는 말이 나오는 순간 석가치의 몸이 가볍게 흔들렸다. 석가치가 얼른 대답을 하지 못하자 국왕은 재촉했다.

"그대와 국원성과 무슨 연관이라도 있는 것인가?"

"황송하옵게도 그곳이 제가 죽을 자리인 줄 아옵니다."

"뭐라?"

국왕은 깜짝 놀라 벌린 입을 다물지 못했다. 국원성에서 부른 이유도 모르겠거니와 그곳이 자신이 죽을 곳이라고 대답하는 것은 또 무엇이란 말인지 이해할 수 없었다. 한치 앞의 일은 모르지만 먼 앞일은 예견하고 있는 듯했다. 석가치가 조용히 입을 열었다.

"국원성이 제가 죽을 자리인 줄은 알고 있으나 피하지는 않겠습니다. 아무리 앞일을 예견한다고 해도 운명을 피해갈 수는 없습니다. 그러나 당장 오늘 떠나기보다는 말미를 주시옵소서."

"그건 왜인가?"

석가치는 지금 북천에서 훈련을 하고 있는 군대가 출정을 한 후에 자신도 국원성으로 떠나겠다고 했다. 그 군대를 이끌고 갈 하문 대장에게 일러줄 말이 있다는 것이었다.

"그대가 원하는 대로 하도록 하게. 북천의 군대는 내일 출정하기로 하지 않았나?"

"그렇습니다. 내일입니다. 일전에 부탁드린 물건은 모두 준비하셨는지요?"

"모두 준비했으니 걱정 말게. 내일은 친히 북천에 나가도록 할 것이네. 내일 그곳에서 보겠네."

출정을 하루 앞둔 날 저녁 하문은 자신의 집으로 석가치와 아령을 불렀다. 노달 일행도 따로 불러내 집으로 데려왔다. 아령은 월성에서 갈문왕의 왕비와 함께 있다가 급히 하문의 집으로 왔다.

노달 일행은 누구보다 훈련에 열심이었다. 자신의 한 목숨을 나라에 바침으로써 사람답게 대접받으며 살 수 있는 길이 열리기를 바랐다. 특히 박달골에 다녀 온 노달은 누구보다 열심이었다. 지켜야할 집과 여인이 생긴 까닭이었다. 비록 전장에서 이슬로 사라진다 해도 나라가 지켜진다면 의미 있는 죽음이 될 것 같았다. 그리고 전장에 나가면 먼저 가 있는 박대미를 만날 수도 있을 것 같았다. 워낙 꾀가 많고 약삭빠른 자라 아직까지 죽지는 않았을 것 같았다.

"노달!"

"네에. 넷!"

"무슨 생각을 하고 있느냐? 또 도망칠 생각을 하는 건 아니겠지?"

"아. 아닙니다. 절대로 아닙니다!"

"너희들 모두 단단히 듣거라. 너희들은 알을 품고 있는 스물두 마리의 새다. 알겠느냐?"

"……."

무슨 말인지 몰라 아무도 대답을 하지 못했다.

"여기 있는 하문 대장군님과 아령 공주님이 너희들이 보호하고 지켜줘야 할 알이란 말이다. 알을 지키지 못하면 어떻게 되겠나? 깨어지겠지? 깨어지지 않도록 여러분이 지켜내야 한단 말이다 알겠느냐?"

"네. 알겠습니다. 명심하겠습니다."

노달은 자신들이 하문 대장군의 옆에서 호위를 한다는 사실에 우쭐했다. 모두들 목숨을 바쳐 호위할 것을 굳게 다짐했다.

"그런데 공주님이라니오?"

김자경 장군이 석가치에게 물었다.

"이분은 틀림없는 서라벌의 공주님이십니다. 이번 출정에 함께 하실 것입니다."

하문은 놀랐다. 함께 있는 이들도 술렁거렸다. 아령 자신도 놀라기는 마찬가지였다. 다른 사람들은 아령이 공주라는 사실에 놀라고, 아령은 자신이 출정한다는 말에 놀랐다. 하문이 석가치에게 따지듯 물었다.

"아령이 출정하다니요? 여자가 아닙니까. 더구나 공주라 하지 않았습니까?"

"이번 전쟁은 아령의 전쟁입니다. 아령 공주가 그 중심에 서 있어야 합니다. 그것이 피할 수 없는 운명입니다."

"대사님께서도 함께 출정하시지요?"

아령이 묻자 석가치는 깊은 한숨을 내쉬었다. 여기까지가 자신과 아령이 얽힌 일은 끝이며 자신은 국원성으로 떠나야 하는 사실을 알렸다. 그런 다음 전장에 임하는 방법을 구체적으로 일러 주었다. 아령은 흰 갑옷을 입고 하문의 옆에 항상 붙어 있어야 하며, 하문이 활을 쏠 때면 화살촉에 반드시 아령의 타액을 묻혀 쏠 것을 당부했다.

"자, 이제부터 여러분은 내가 가르쳐 주는 노래를 따라 부르도록 하시오. 여러분이 이 노래를 배워서 내일은 서라벌군의 대군이 모두 한 목소리로 불러야 합니다."

[두루미야 두루미야, 네 알은 어디다 두고 여기 와서 우느냐]

"모두 따라 불러보시오."

[두루미야 두루미야, 네 알은 어디다 두고 여기 와서 우느냐]

노달 일행은 석가치가 가르쳐 주는 대로 노래를 따라 불렀다.

몇 번 연습을 반복하자 가사와 노래가 입에 붙었다. 석가치는 하문과 아령에게도 노래를 따라 부르라고 했다. 불러보니 가사가 슬프면서도 노래의 운율이 특이했다.

"신라 군사들은 앞으로 나갈 때나 적과 마주칠 때 반드시 이 노래를 부르도록 하십시오."

하문의 집에서는 밤이 이슥하도록 준비한 음식들을 먹으며 대화가 그치지 않았다. 다음날 북천의 천 명 군사가 일사불란하게 대오를 지어 출정 준비를 마쳤다. 국왕이 친히 나와 군사들을 격려했다. 왕궁에서 가져온 커다란 상자 안에는 하얀 새의 깃털이 가득 들어있었다. 그리고 아담한 크기의 흰 갑옷 한 벌이 들어 있었다. 아령의 몸에 맞게 특별히 맞춘 갑옷이었다.

아령은 군사가 가져온 흰 갑옷을 갈아입었다. 투구도 흰색이었다. 투구 위에는 두루미의 흰 깃이 양쪽에 세 개씩 꽂혀 있었다. 투구까지 쓰고 나니 커다란 새가 무장을 한 것처럼 보였다. 등에 활을 메기는 했지만 한 번도 쏘아본 적이 없었다. 그 대신에 화살이 가득 담긴 화살통을 어깨에 메었다.

흰 갑옷을 입고 나오는 아령을 본 하문은 입을 다물지 못했다. 흰 갑옷 때문인지 아령의 얼굴빛은 백랍처럼 희었다. 흰 얼굴에 눈빛은 더욱 초롱초롱 빛이 나고 입술은 앵두처럼 붉게 도드라져 보였다.

"오! 그대는 서라벌에서 누구와도 견줄 수 없는 미인이오."

"아무리 대장군이라도 공주를 놀리면 못쓰는 법이랍니다."

"하하. 알겠습니다. 공주님."

하문과 아령은 서로 농을 주고받았다. 그러는 사이 천 명의 군사들은 국왕이 가져온 흰 새의 깃을 머리띠에 하나씩 꽂았다. 모든 군사들이 머리에 새의 깃을 꽂고 나자 한결 다른 분위기였다. 군사들은 하문의 선창에 따라 국왕만세 신라만세를 외쳤다. 군사들의 외침소리가 서라벌 전체를 울렸다. 국왕은 대단한 군사들의 기세를 보고 적이 마음이 놓였다. 김자경 대장군도 천 명의 군사들을 호령하는 하문의 모습에 가슴이 뭉클했다.

하문이 국왕 앞에 엎드려 절을 올렸다. 국왕은 친히 하문의 투구 위에 커다란 학의 날개깃을 꽂아 주었다.

"가서 서라벌 남아의 기상을 유감없이 보여주고 오라."

"명심하겠습니다. 소장 목숨 바쳐 적을 물리치고 돌아오겠습니다."

천 명의 군사들은 일사불란하게 북천을 떠나 전장을 향해 나아갔다. 노달 일행은 하문의 주위를 에워싸고 행진하면서 석가치가 가르쳐 준 노래를 부르기 시작했다. 처음에는 노달 일행만 부르다가 차츰 옆에 군사도 따라 부르게 되었다. 부르기가 쉬워서 저녁 때가 되어서는 거의 전군이 따라 부르게 되었다.

[두루미야 두루미야, 네 알은 어디다 두고 여기 와서 우느냐]

머리에 새의 깃털을 꽂은 천 명의 군사가 함께 부르는 노래는 수천 마리의 새떼가 우는 소리로 들렸다.

전장의 상황은 교착상태였다. 용덕 대장군은 입술을 다쳐 지휘를 할 수 없어 수하장수인 길흠장군이 전군을 지휘하고 있었다. 신라군은 대야성 앞에서 밀려 야로현까지 쫓겨와 있었다. 용덕 대장군은 중간에 가야산 줄기의 미숭산에 있는 미숭산성으로 들어가 성문을 굳게 닫아걸었다. 본진은 그대로 밀려 야로현으로 밀려나고 용덕 대장군의 군대는 미숭산성에 갇힌 꼴이 되었다. 그러나 백제군도 미숭산성을 내버려두고 무조건 앞으로 나갈 수도 없는 처지였다. 전장이 자꾸 멀어지다보면 보급선이 길어져 고립될 수도 있는 형편이었다. 더군다나 미숭산성에 들어가 꼼짝 않고 있는 신라군이 언제 성문을 열고 나와 후방을 치게 될지 알 수 없는 노릇이었다.

백제군의 오상치는 일부군사를 떼어 미숭산성 앞을 지키게 하고 야로현으로 밀고 들어갔다. 신라군은 많은 희생을 감내하면서도 끝까지 성을 사수했다. 오상치는 전력을 다해 야로현을 치지 못했다. 조금만 더 밀어붙이면 신라군을 전멸시킬 것 같았는데 번번이 승리를 코앞에 두고 퇴각했다. 오상치가 주춤거리는 데는 그만한 이유가 있었다. 사비성에서 날아오는 불길한 소식 때문이었다. 북에서 신라군과 고구려군이 연합해서 사비성을 치러 올지 모른다는 소식에 심란했다.

"상당성에서는 고구려와 신라 연합군이 쳐들어와 일전을 벌이고 갔다 합니다."

"고구려와 신라의 대군이 함께 모여 진법연습을 하고 있다 합니다. 곧 사비성으로 쳐들어 올 것이라는 소문이 돌고 있습니다."

"아마 곧 국왕께서 회군명령을 내리실지 모른다 합니다."

모두가 오상치를 심란하게 하는 소식들이었다. 그런데 이번에는 더 좋지 않은 소식이 들렸다. 서라벌의 별동대가 전장에 투입된다는 것이었다. 별동대는 왕궁을 지키던 정예군사들로 훈련을 제대로 받은 대군이라고 했다.

연달아 들려오는 나쁜 소식에 오상치는 군대를 대야성으로 물린 뒤 성문을 굳게 닫아걸었다. 그런 결정을 내린 것은 첩자가 보내온 서라벌 지원군의 소식 때문이었다. 천 명의 대군이라면 만만히 볼 상대가 아니었다. 더구나 대군을 지휘하는 장군은 예전에 아막성에서 용맹을 떨쳤던 김자경 대장군의 아들이라고 했다. 거기다 하얀 갑옷을 입은 장군이 그의 옆에서 호위를 하고 오는데 신기를 내뿜고 있다고 했다.

"전군이 새의 깃을 머리에 꽂고 노래를 부르면서 오는데 마치 수천 마리의 새 떼가 춤을 추며 오는 듯합니다."

오상치는 처음에 서라벌을 무너뜨리겠다고 출발했던 때의 기세가 여지없이 무너지고 근심만 안고 있는 자신의 모습을 되돌아보았다.

"이대로 물러설 수는 없다. 끝장을 보아야겠다. 서라벌은 몰라도 대야성은 내줄 수 없다."

오상치는 머리를 세게 흔들며 이를 갈았다. 다음 전투를 대비해 정신을 차려야 했다.

미숭산성에 들어가 성문을 닫아걸었던 용덕 대장군은 다시 산성에서 나와 길흠장군과 합세했다. 대야성 앞에 다시 진을 치고 성을 공략할 준비를 했다.

"지금 서라벌에서 천 명의 지원군이 오고 있습니다. 그들이 도착한 다음에 공략하는 것이 좋을 것 같습니다."

길흠장군의 제안에 용덕 대장군도 수긍했다. 그만큼 어려운 전쟁을 겪어온 탓이었다.

"이번에 선봉장으로 나선 장수는 아직 어린 화랑이라 합니다."

"알고 있소. 어리긴 하지만 믿을 만하니 국왕께서 보내는 것이 아니겠소. 믿고 기다려 봅시다."

하문의 지원군이 대야성에 도착한 것은 어스름 저녁 무렵이었다. 오상치는 대야성 성루 위에서 서라벌의 지원군이 다가오는 모습을 지켜보고 있었다. 천여 명의 군사가 대오를 지어 다가오는데 움직임이 예사롭지 않았다. 멀리에서 보기에는 하얀 새떼가 무리지어 하늘을 날아오는 느낌이 들었다. 소문대로였다. 범상치 않는 기운에 오상치는 굳게 쥔 주먹을 부르르 떨었다.

'신라놈이라면 누구든 상대해주마.'

오상치는 다음날 벌어질 전투에 대비해 일찍 잠자리에 들었다. 그러나 마음처럼 쉽게 잠이 오지 않았다. 멀리서 웅얼거리는 듯한 노랫가락이 귀에 거슬렸다. 노랫가락은 쉬지 않고 들려왔다.

한참 귀를 기울이고 있던 오상치는 자리에서 벌떡 일어났다. 분명 귀에 익은 노래였다.

'저 노래는? 세상에 이럴 수가.'

오상치는 자리에서 일어나 어쩔 줄 모르고 방안을 왔다 갔다 했다. 그러다가 환두대도를 빼어 공중 높이 치켜들었다.

"오너라. 신라의 원수 놈들아. 어떤 놈이든지 상대해주마!"

문밖에서 보초를 서고 있던 초병이 안에서 들리는 수상한 기척에 살며시 안을 들여다보았다. 잠들어 있을 줄 알았던 오상치가 칼을 빼어 들고 허공을 찌르며 뭐라고 혼자 중얼거리고 있었다. 오상치가 미친 것이 아닌가 하는 생각에 소스라쳐 놀랐다. 대장군이 미쳤다면 이 일을 어찌해야 한단 말인가. 초병은 부관에게 달려가 사실을 알렸다. 소식을 들고 부관이 달려왔을 때까지 오상치는 계속 허공에 칼을 휘두르며 헛소리를 하고 있었다.

"대장군님 주무십니까?"

오상치는 부관이 부르는 소리에 황급히 칼을 거두었다.

"웬일인가? 들어오너라."

부관이 안으로 들어가 보니 잠옷차림의 오상치가 환두대도를 들고 있었다. 여느 환두대도보다 한 자는 더 기다란 칼을 빼어 들고 있는 오상치의 모습은 흡사 마을을 지키는 천하대장군상 같았다.

"이 밤중에 무슨 일인가?"

"대장군님이 걱정이 되어 왔습니다. 웬만하면 내일 전투는 안에서 쉬도록 하시지요. 제가 대신 신라놈들과 붙어보겠습니다. 오늘 새로 지원군이 왔다고는 하나 모두 광대들 같았습니다. 저 혼자 힘으로도 충분히 물리칠 수 있을 것입니다.”

“아니다. 이 싸움은 나와 신라 사이의 싸움이다. 내가 나서지 않으면 아무 의미가 없다.”

“무슨 좋은 방책이라도 가지고 계시는 겁니까?”

“방책이라? 방책이라는 게 따로 있을 수 있겠나. 내일은 무조 건 지원병을 끌고 온 장수를 노려라. 그래야 믿었던 신라군의 사 기가 꺾일 것이다.”

“과연 일리가 있는 말씀입니다. 내일 새로 온 적장을 잡는데 전 력을 기울이겠습니다.”

오상치는 부관이 돌아간 뒤에도 잠자리에서 뒤척이다가 축시 가 넘어 겨우 잠이 들었다. 이상하게도 밤새도록 적진에서 노랫 소리가 들려왔다. 오상치가 잠에서 깨어났을 때는 해가 중천에 떠 있었다. 적진에서 별다른 움직임이 없었으므로 부하들은 오상 치를 깨우지 않았다.

오상치는 잠에서 깨자마자 갑옷을 입고 성루 위로 올라갔다. 아침식사도 하기 전이었다. 해는 이미 높이 떠서 신라 진영을 밝 게 비추고 있었다. 오상치는 적진을 바라보다가 몇 번이고 눈을 비벼보았다. 밝은 대낮인데 적진에 모여 있는 적병들이 사람으로 보이지 않았다. 몇 번을 다시 보아도 두루미 떼로 보였다.

“아직 적이 움직이지 않고 있는 것이냐?”

"그렇습니다. 우리가 나가기를 기다리고 있는 것 같습니다."

"흠. 이번에 온 놈은 만만한 놈이 아닌 것 같다."

아령

　능지가 갈문왕비의 전갈을 받고 서라벌에 도착한 것은 하문과 아령이 북천을 떠나간 다음 날이었다. 왕비는 그동안 아령을 키우느라 노고가 많았다며 치하했다.

　"그래. 아령을 처음 얻었을 때 이야기를 해 보아라. 어째서 알에서 태어났다고 생각하는 것이냐?"

　"왕비마마, 태확강변에는 갈대가 무성하고 그곳에서 노는 것은 두루미 떼 뿐이옵니다. 사람의 아이라면 어찌 갈대숲에서 나오겠습니까. 갈대숲에서 얻었으니 분명 새의 자손이 아니겠습니까?"

　"아! 고약한지고. 그때 군사들이 돌아와 내게 고했지. 부용 공주는 아이를 데리고 배를 탔다고. 으흐흐흐흑. 공주가 그때 거기서 죽다니."

　늙은 왕비가 흐느껴 울자 능지는 어찌해야 할 바를 알지 못해

쩔쩔맸다. 왕비는 능지에게 부용 공주가 죽은 자리에 꼭 가보고 싶다고 했다. 시신마저 찾지 못하고 갈대숲에 버려졌다니 원통하기 그지없었다.

석가치가 자신을 찾아와 월정교 위에 나타난 새가 부용 공주의 환생이라는 말을 들었을 때는 믿어지지 않았다. 석가치는 새가 공주의 환생이지만 죽이지 않으면 얽힌 악연의 고리를 끊을 수 없다고 했다.

"죽어야만 모두를 살리는 겁니다."

"세상에 그런 말이 어디에 있단 말인가? 죽어야 살리다니."

"죽어야 살린다는 것이 세상에서 가장 무서운 말일수도 있는데, 인연의 매듭을 푸는 일이 간단한 것이 아닙니다."

석가치의 설명을 들은 탓인지도 몰랐다. 왕비는 월정교 위의 학이 화살을 맞는 순간 자기 가슴이 뚫리는 듯한 충격을 받았다. 그러나 악연의 고리를 끊는다는 말에 슬픔을 겉으로 드러내지 못했다. 아령이 갑옷을 입고 전장으로 나가는데도 말릴 수가 없었다. 모든 일이 잘 풀리기만을 마음속으로 빌 뿐이었다.

"이제 아령이란 아이가 어떻게 자랐는지 말해 보거라. 왕가의 아이가 초야에서 보통 아이들처럼 흙을 밟고 자랐더냐?"

"그렇지 않사옵니다. 아령은 내 딸이지만 하늘에서 내려온 아이 같았습니다."

능지는 아령이 자기 딸이라는 점을 일부러 강조했다. 아니나 다를까. 왕비의 안색을 살펴보니 별로 유쾌한 표정이 아니었다.

능지는 짐짓 모른 체 시침을 떼고 이야기를 계속 이어갔다.

아령을 얻은 능지의 삶은 완전히 바뀌었다. 바구니에 든 아이의 눈과 처음 마주치는 순간에 온몸이 공중으로 붕 떠오르는 느낌이 들었다. 아이의 눈 안에는 세상 모든 아름다운 것들이 녹아 들어가 있는 듯했다.

"세상에 이렇게 이쁠 수가? 세상에."

능지는 혼잣말을 지껄이며 아이의 눈 속에 풍덩 빠져 들어갔다. 그 안에 자신의 모습이 섞여 있다는 것이 너무나 행복했다. 아이를 위해서라면 기꺼이 자신의 몸을 내어 주리라 다짐했다.

아이를 안아 올려 품안에 안자 젖꼭지가 짜르르 아파왔다. 처녀의 몸으로 아이에게 젖을 물릴 수 없다는 생각이 들자 젖꼭지로 반응이 온 것 같았다. 능지는 가슴을 풀어 아이의 입에 젖꼭지를 물렸다. 처녀의 몸이라 아직까지 아무에게도 내보인 적이 없는 앵두알 같은 젖꼭지였다.

아이의 입이 보드라운 젖꼭지를 힘차게 빨았다. 그 순간 능지는 가벼운 신음소리를 내뱉었다. 젖꼭지에서 시작된 짜릿한 느낌이 순식간에 온몸으로 번졌다.

'아아. 이 맛에 아이를 키우는 것이구나.'

능지가 황홀경에 빠져든 것도 잠시였다. 악착같이 젖을 빨아대어도 소용이 없자 아이는 젖꼭지를 뱉어내고 힘차게 울어대기 시작했다. 능지는 다급한 마음에 가슴을 제대로 추스르지도 못하고 아이를 안고 뛰었다. 마을에서 아이를 키우고 있는 젖어미가 어느 집인지 훤하게 알고 있었다.

"아령이 일반백성들의 젖을 얻어먹고 자랐단 말이냐?"

왕비의 물음에 능지는 은근히 화가 났다.

"왕비마마, 이 나라 만백성을 키운 게 여염집 여인들의 젖입니다.

"누가 뭐라더냐? 젖을 떼고는 어떻게 자랐는지 말해 보거라."

능지는 매달 보름이면 태확강 계변에 나가 춤을 추었다. 아령이 젖먹이 때는 바구니에 담아 데리고 나갔다. 그러니 아령은 젖먹이 때부터 능지의 학춤을 보고 자란 것이었다. 아장아장 걷기 시작하자 어미의 흉내를 내기 시작했다. 처음 발뒤꿈치를 들며 공중으로 날아오르는 시늉을 하자 몸이 앞으로 넘어졌다. 춤을 추고 있던 능지는 넘어진 아령을 번쩍 안아 올렸다.

세상에 그렇게 즐거울 수가 없었다. 아령의 모습은 어린 새가 날아오르는 연습을 하는 것 같았다. 아령을 공중으로 높이 번쩍 들어 올려 한 바퀴 빙글 돌았다. 여느 아이 같으면 울음을 터뜨릴 만도 했는데 아령이 까르르하고 웃어댔다.

능지는 세상에 자기보다 행복한 여인을 없을 것이란 생각이 들었다. 아령에게 쏟는 정성이 이만저만이 아니었다. 아령이 생기고부터는 자신의 모든 생활이 달라졌다. 삶의 중심이 자신이 아니라 아령에게 맞추어졌다. 자신처럼 무당이 되는 게 싫어 굿판에는 얼씬도 하지 못하게 했다. 능지에게는 아령이 하늘에서 내려 온 아이라는 믿음이 굳게 자리 잡고 있었다.

아령이 걸음마를 배우면서 어미의 춤동작을 따라하려고 애를 썼다. 제대로 걷지도 못하면서 한쪽 다리를 들어 날아오르는 시늉을 하려고 했다. 그러다가 넘어지면 깜짝 놀란 능지가 달려들어 아이를 일으켜 세웠다.

능지는 시간이 지나면 아령이 한 마리의 학처럼 하늘을 마음대로 날아다닐 수 있을 거라는 생각이 들었다.

아령이 예닐곱 살이 되자 자신의 학춤을 훨씬 능가했다. 능지의 눈에 춤추는 아령의 모습이 진짜 학을 보고 있는 듯했다.

'으음. 알에서 태어난 아이는 뭐가 달라도 달라.'

능지는 아령과 함께 춤을 추면서 삶의 정점에 살고 있었다. 춤을 출 때는 인간이 아닌 한 마리 학이 되었다. 자신의 몸은 인간이지만 학의 자손으로 알에서 태어난 아령이 자신을 학의 세계로 끌어올리고 있다는 생각이 들었다.

능지는 이야기를 하다 잠시 멈추고 왕비의 얼굴을 올려다보았다. 가만히 듣고 있는 왕비의 양 볼에 눈물이 흐르고 있었다. 능지는 깜짝 놀라 머리를 조아렸다.

"왕비마마, 죽을죄를 졌습니다. 쓸데없는 사사로운 이야기로 마마의 심기를 불편하게 해드렸습니다."

"됐다. 아령이 보고 싶구나. 무사히 돌아와야 할 텐데."

왕비의 눈물 속에는 아령을 향한 그리움만 들어 있는 게 아니었다. 능지의 이야기를 듣다 보니 그 옛날 아령의 어미인 부용 공주를 낳고 기르던 생각에 가슴이 미어졌던 것이었다. 세상에 자신의 안위만을 생각해 딸을 죽음으로 몰아넣은 비정한 어미가 어디에 있단 말인가? 왕비는 능지가 보는 앞에서 흐르는 눈물을 주체하지 못했다.

왕비는 능지에게 월정교에 가서 아령의 무사귀환을 비는 제를 올리게 했다. 더불어 부용 공주의 넋을 달래기 위한 진혼무를 출 것을 명했다. 능지로서는 바라고 있던 바였다. 아령을 만나지 못한 한을 월정교에서 풀어낼 작정이었다. 왕비는 성대한 진혼무를 준비하도록 했다.

능지가 월정교에서 제를 올리고 학춤을 춘다는 이야기에 서라벌 사람들이 구름 떼처럼 몰려들었다. 갈문왕과 왕비는 친히 나와 진혼제를 주도했다. 왕비는 자신의 안위를 위해 부용 공주의 길을 가로막은 것을 후회했다. 그 마음의 짐을 이렇게라도 벗고 싶었다.

'이 못난 에미를 용서하고 다음 생에는 좋은 인연으로 태어나거라.'

왕비는 마음속으로 수도 없이 빌고 또 빌었다. 그러나 능지의 마음은 달랐다. 전장으로 나간 아령이 무사하기를 비는 마음뿐이었다. 제를 지내고 능지의 진혼무가 시작되었다. 능지는 능숙한 솜씨로 춤을 추기 시작했다. 18년 동안 매월 보름이면 태화강 갈대숲에 가서 추던 춤이었다.

서라벌 사람들은 처음 보는 능지의 춤에 눈이 휘둥그레졌다. 지금까지 어디에서도 본적이 없는 신기한 춤사위였다. 춤을 추는 것은 사람이 아니라 커다란 새가 너울너울 나는 듯했다.

어떤 때는 강변에서 먹이를 찾아 사뿐거리는 모습이었다. 무리들과 어울려 장난을 치며 노는가 하면 공중 높이 날아올라 마음껏 공중을 활공하기도 했다.

구경꾼들은 숨소리조차 참아가며 능지의 학춤에 빠져 들었다. 왕비는 능지의 학춤이 시작되자 뜬금없이 눈물을 흘렸다. 왜국으로 멀리 가버렸다고 생각하고 원망 가득한 마음으로 살았던 자신이 후회스러웠다. 어미로서 좀 더 다정하게 챙겨주지 못했던 것이 못이 되어 가슴을 찔렀다.

"아가야, 미안하구나. 미안해!"

흐르는 눈물을 주체하지 못한 왕비는 끝내 울음을 터뜨렸다. 구경꾼들은 왕비가 눈물을 흘리며 우는 이유를 몰라 어리둥절했다.

춤이 끝나자 구경꾼들은 일제히 박수를 쳤다. 그러나 왕비의 울음은 그칠 줄 몰랐다. 왕비는 월성에 돌아와서도 계속 눈물을 흘렸다. 능지에게는 아령이 전쟁터에서 돌아올 때까지 진혼무를 추도록 했다. 능지로서는 바라는 바였다. 진정으로 아령이 무사 귀환하기를 빌고 또 빌었다. 능지는 왕비에게 청을 하나 넣었다.

"아령 공주가 전장에서 무사히 돌아오면 매월 보름달이 뜨는 날에는 태화강 계변에서 함께 춤을 추도록 허락해 주십시오."

능지의 생각에 아령은 자신이 딸로 키웠지만 돌아오면 왕비가 놓아주지 않을 것 같았다. 그렇게 되면 자신이 아령을 볼 수가 없게 될 것이므로 청을 넣었던 것이다.

"그렇게 하마. 매달 보름이면 궁녀 오십 명을 보내 함께 군무를 추게 할 것이다. 함월산 백양사에는 매월 행사를 지원하기 위해 공양미 오십 석을 보낼 것이다."

"황공하옵니다. 은혜가 하늘에 닿을 것 같습니다."

능지는 세상을 다 얻은 것처럼 기뻤다. 자신은 한 평생 계변의 무녀로 살아왔지만 근본이 일국의 공주인 아령과 만나 모녀의 인연을 맺고 살아 온 것이 감격스럽기만 했다. 능지는 왕비에게 충심에서 우러나오는 절을 올렸다.

월정교에서는 매일같이 능지의 진혼무가 펼쳐졌다. 서라벌 사람들은 날마다 월정교로 나가 능지의 학춤을 구경했다.

"아. 정말 학이 한 마리 내려와 춤을 추는 것 같다니까."

소문은 계속 퍼져나갔다. 며칠이 지나지 않아 월정교 주변은 학춤을 보러 나온 사람들로 발 디딜 틈이 없었다.

중원

석가치는 국왕의 사자와 함께 가잠성에 도착했다. 떠나기 전에 남산에 있는 자신의 거처를 모두 허물었다. 간단하게 지은 초가라 허무는 것도 어렵지 않았다. 자신이 살았던 흔적을 말끔하게 지웠다. 그런 다음 황룡사에 찾아가 대웅전 마당에서 백팔 배를 올렸다. 환속을 하고 속가에서 살았으니 법당 안에 들어가는 것도 염치없는 짓이라며 마당에서 그냥 절을 올렸다. 그런 다음 북천을 건넜다. 몸에 지닌 것이라곤 손에 든 장죽과 옆구리에 찬 짚신 한 켤레가 전부였다. 품속엔 종이에 싼 학의 꽁지깃 하나가 들어 있었다. 석가치는 가지를 떠난 새처럼 뒤돌아보지 않고 가잠성으로 떠났다.

가잠성의 상황은 별로 좋지 않았다. 고구려군과 신라군이 주덕평야에서 몇 번이나 진법대결을 벌였지만 갑자기 고구려의 왕세자가 연습을 중단시켰다. 고구려 국왕이 절대 신라군과 연합하지 말라는 전갈을 보내왔기 때문이었다. 백제와 신라가 싸우는데 어느 한 쪽을 편들어봐야 좋을 게 하나도 없다는 판단에서였다. 두 나라가 싸우다보면 어느 한 쪽은 승리할지 몰라도 어차피 양쪽에 손실이 있을 것이므로 고구려로서는 어부지리로 이득을 취할 수 있다는 계산이었다.

석가치는 가잠성에서 지용국사를 만났다. 두 사람은 어려서부터 효신국사 밑에서 동문수학한 사이였다.

"어서 오시오. 스님."

"속가의 잡인에게 스님이라니 가당치 않습니다."

"무슨 말씀이오? 외양은 속인이나 서라벌의 운명을 좌지우지할 큰 스님이 아니오."

"국사님께서 무슨 외람된 말씀이십니까."

"적국 사람들도 코앞에 있는 나를 두고 멀리 있는 스님을 부르는 걸 보면 모르겠습니까. 어쨌든 이 먼 곳까지 와서 만나게 되니 기쁩니다."

두 사람은 날이 저물어 함께 숙소에 들어서도 도란도란 이야기를 나누었다. 예전 동자승 시절의 즐거웠던 추억까지 더듬어 올라가니 밤이 새는 줄도 몰랐다.

석가치는 짧은 새벽잠을 자고 일어났다. 이른 새벽 밖에 나가 세수를 하고 남쪽을 향해 꿇어앉았다. 한참 동안 마음속으로 염을 한 후 일어나 세 번 큰 절을 올렸다.

신라 국왕의 서찰을 받아든 고구려 왕세자는 대충 읽는 시늉만 하고 덮어 버렸다. 읽어보나 마나한 내용이었다. 사실 서찰에 적힌 내용은 일전에 신라의 왕세자가 제안한 것과 대동소이한 것이었다. 함께 백제를 쳐서 땅을 나누자는 내용이었다. 말이 쉽지 수백 년 동안 이어온 나라를 일순간에 쳐서 무너뜨린다는 것이 쉬운 일이 아니었다. 지금 백제군의 공격을 받고 있는 신라가 임기응변 조치로 고구려를 끌어들이려 한다는 사실을 모르는 바가 아니었다.

고구려의 왕세자는 서찰 내용에 대해서는 일언반구도 없이 앞에 엎드려 있는 석가치에게 물었다.

"그대가 서라벌의 예언자 석가치인가?"

"소신 석가치, 고구려의 왕세자님께 인사드리옵니다."

"그대는 앞으로 일어날 일을 손바닥 들여다보듯 한다는데 사실인가?"

"그렇지 않사옵니다. 귀신이 아니고서야 어찌 앞날을 훤히 내다볼 수가 있겠습니까."

고구려의 왕세자는 석가치의 말을 그대로 믿지 않았다. 오 년 전에 고구려가 신라를 치러 갔을 때 어떻게 패할 것을 미리 알았는지 추궁했다. 석가치로서는 신통력으로 고구려의 패배를 알아맞힌 것이 아니었다. 때가 장마철이어서 갑자기 신라의 영토로 밀고 내려온 고구려 군사의 보급은 엉망이었다. 아침에 지은 밥은 한나절이 지나면 쉬어 터졌다. 군사들은 빠른 속도로 이동하다보니 한 번 밥을 지어 여러 끼로 나눠 먹을 수밖에 없었다.

석가치가 알아맞힌 것은 예언이라기보다는 적의 사정을 잘 알았기 때문에 예측 가능한 일일 뿐이었다. 그러나 패퇴한 고구려로서는 석가치의 능력에 과대평가를 하지 않을 수가 없었다.

"그대가 아무리 발뺌을 해도 어쩔 수 없다. 앞으로 삼국 간에 일어날 일에 대해 아는 것이 있으면 말해 보거라. 지금 대야성을 빼앗은 백제군은 어떻게 될 것이며 삼국 중에서 제일 끝까지 살아남을 나라는 어디인가?"

"대야성의 백제군은 곧 물러날 것입니다. 그러나 그 후의 일은 알 수 없습니다."

"거짓말이다. 백제군이 물러날 것을 알고 있는데 삼국의 앞일을 모른다는 것이 말이 되느냐? 어서 대답하라. 알고도 대답하지 않는다면 살아서 돌아가지 못할 것이다."

석가치는 한참 동안 대답을 하지 못한 채 읍하고 있었다. 답답함을 느낀 왕세자가 분을 참지 못하고 버럭 소리를 질렀다.

"어서 대답하지 못할까? 형틀에 묶여 매질을 당한 다음에 대답을 할 것이냐?"

석가치는 마지못해 입을 열었다. 어차피 자신의 앞날이 순탄치 못할 것이라 예상하고 있었던 일이기에 당황스럽지는 않았다. 길길이 날뛰는 왕세자와는 다르게 차분한 목소리로 되물었다.

"세자께서는 정확히 무엇을 알고 싶으신 것입니까?"

"흠. 이제야 말이 통하는구나. 고구려와 신라 백제 중에서 어느 나라가 제일 먼저 멸망하겠느냐?"

"그야 백제가 아니겠습니까?"

"그럼 백제 다음은?"

"백제도 멸망하지 않는 방법이 있습니다. 백제가 멸망하지 않는다면 다음 나라도 멸망하지 않겠지요."

"그 방법이 무엇이냐?"

"세 나라가 전쟁을 피하고 평화롭게 지내는 방법입니다. 전쟁을 좋아하는 나라는 먼저 멸망하게 되어 있습니다."

"그러면 지금 백제가 전쟁을 멈추고 평화롭게 지낼 수 있다고 생각하느냐?"

"그럴 수가 없을 것입니다."

"그렇다면 백제가 멸망하는 것은 기정사실이겠구나. 다음은 어느 나라냐?"

"지금부터라도 고구려와 신라가 사이좋게 지낸다면 서로 멸망하는 일은 없을 것입니다."

석가치의 대답에 왕세자는 얼굴이 붉으락푸르락했다. 대답을 들어볼 것도 없이 지금 고구려가 신라를 돕지 않는다면 백제 다음으로 멸망할 것이라는 말이었다.

"대답을 더 들어볼 필요도 없겠구나. 소문에 들은 대로 요사스럽기가 불여우보다 더한 놈이로구나. 여봐라. 저 요사스런 요물을 형틀에 묶어라. 아니 묶을 필요도 없겠다. 바로 목을 치도록 하라.”

왕세자의 명령에 옆에 있던 군사가 칼을 뽑아 들었다. 바로 명령을 수행할 참이었다. 석가치는 당장 목이 날아갈 순간에도 전혀 당황하는 기색이 없었다.

“소신은 서라벌을 떠나올 때 이런 일을 예상하고 있었습니다. 마지막 부탁을 들어주십시오. 소신의 목을 여기서 치지 말고 중앙탑 앞에서 치도록 해 주십시오. 그러면 고구려는 물론이고 신라에도 좋은 일이 생길 것입니다. 제가 죽은 다음 탑 위에 새가 한 마리 날아와 울고 가면 제 말이 사실임을 아실 것입니다.”

고구려의 왕세자는 실제로 그런 일이 일어나면 재미있겠다는 생각이 들었다. 사람이 어떻게 앞날을 내다 볼 수 있는 것인지 궁금하기도 하고 예언이 정말 적중할지 궁금하기도 했다.

“그렇게 하도록 하라. 지금 당장 중앙탑으로 끌고 가서 참수하라.”

국왕의 사신을 참수한다는 것은 전쟁을 선포하는 것이나 마찬가지였다. 그럼에도 고구려 왕세자의 주변에는 말리고 나서는 사람도 없었다. 그만큼 성격이 포악하고 즉흥적이라는 증거였다. 석가치는 서라벌을 떠나오기 전부터 고구려 왕세자의 성품에 대해 들은 바가 있었다.

석가치는 어렴풋이나마 앞날의 상황을 짐작할 수 있었다. 군주가 포악하면 나라는 망하게 되는 것이 이치였다. 포악한 것과 용맹한 것은 달랐다. 석가치는 이미 자신의 운명에 대해서도 예감

하는 바가 있었다.

군사들의 호송을 받아 중앙탑에 도착한 석가치는 탑을 향해 큰 절을 올렸다. 절을 올리는 모습이 괴이해 고구려 군사들은 두 눈을 크게 뜨고 바라보았다. 자신이 입은 장삼 끝자락을 붙들고 머리에 뒤집어쓰며 바닥에 엎드려 절을 했다. 한 번 바닥에 엎드린 다음에는 한참 시간이 지난 다음 일어나 똑같은 동작으로 절을 올렸다. 고구려 군사들은 신라의 절하는 방법이 이상하기도 하다며 싱글싱글 웃기까지 했다.

석가치는 절을 하며 장삼으로 머리를 뒤집어 쓴 뒤 품안에 품고 있는 종이에 싼 학의 깃털을 꺼내어 땅을 파고 묻었다. 땅을 판 자리는 표시가 나지 않게 곱게 다듬어놓았다. 세 번 절을 마치고 난 석가치는 한 걸음 물러나 목을 내밀었다. 그런 다음 마지막 말을 했다.

"내가 지은 죄가 있다면 한 여인을 마음에 담고 있었던 것과 서라벌을 사랑한 죄밖에 없다. 내가 죽은 다음 새가 날아오지 않는다면 할 수 없지만 새가 날아와 운다면 이곳은 신라의 영토가 될 것이다."

고구려 군사의 칼날이 허공을 갈랐다. 석가치의 목이 땅에 떨어져 바닥에 굴렀다. 갑자기 먼 곳에서 바위돌이 구르는 듯한 천둥소리가 구르르르하고 울렸다.

함께 석가치의 죽음을 목도한 신라의 사신들은 가잠성에 돌아와 비보를 전했다.

"고구려와의 연합은 물 건너갔다. 이 원수를 꼭 갚아줄 것이다."

신라의 왕세자는 석도를 포함한 화랑들에게 맹세를 하게했다.

"석가치의 죽음을 헛되게 하지 않을 것이다. 석가치의 유언은 우리에게 내린 명령이나 다름없다. 국원성을 신라의 영토로 만들자. 자 모두 칼을 뽑아라."

스무 명의 화랑들이 환두대도를 뽑아 하늘 높이 치켜들었다. 햇빛이 칼날에 반사되어 찬란한 검광을 만들어냈다.

"국원성을!"

"신라에!"

왕세자를 포함한 스무 명의 화랑들은 매서운 눈길로 북쪽하늘을 바라보았다. 당장 국원성을 치러갈 수 없는 자신들의 입장이 원통했다. 이곳에서 고구려군과 맞붙는다면 남쪽의 전장이 불리해지기 때문이었다.

석가치의 주검은 사흘 후에 중앙탑에 가까운 산비탈에 묻혔다. 가시덩쿨과 무성한 들풀을 걷어 내고 땅을 파니 뽀얀 황토흙이 나왔다. 일꾼들은 비명에 죽은 사람이지만 묏자리 하나는 명당자리를 찾아간다고 한마디씩 했다.

석가치를 묻은 바로 다음 날이었다. 중앙탑의 꼭대기에 커다란 장끼 한 마리가 날아와 앉았다. 석탑을 지키던 군사가 즉시 고구려의 왕세자에게 보고했다.

"뭐라구? 탑 위에 새가 날아와 앉아 있다고?"

왕세자는 화들짝 놀라 자리에서 벌떡 일어났다. 서라벌에서 유명하다는 예언자의 목을 치고 나서 마음이 께름칙하던 참이었다. 석가치의 목을 친 것도 사실은 마음속에 감추어 놓은 불만을 은근히 터뜨리기 위해 한 짓이었다. 신라와 연합해서 백제를 치든지 아니면 단독으로 신라를 치든지 자신의 실력을 마음껏 발휘해보고 싶었던 왕세자는 국왕의 명령에 은근히 불만을 품고 있었다. 그 불만이 애꿎은 석가치에게로 향한 것이었다. 왕세자는 보고를 받고 바로 말을 달려 중앙탑으로 갔다. 가면서도 죽음 앞에 한 점 흐트러짐이 없었던 석가치의 모습을 떠올렸다. 그리고 그가 남긴 마지막 말이 귀청을 울렸다.

'이곳은 신라의 영토가 될 것이다. 이곳은 신라의 영토가 될 것이다.'

"어림없는 소리. 내가 살아있는 한 어림도 없는 일이다."

왕세자는 말을 달리면서 혼자 소리를 질렀다. 중앙탑에 도착하니 여러 사람이 탑 꼭대기에 앉아 있는 장끼를 바라보고 있었다. 왕세자가 도착하자 구경꾼들은 자리를 비켜섰다. 장끼는 사람들이 소란을 피우거나 말거나 꼼짝 않고 앉아 있었다. 그 자태가 사람을 무시하는 듯했다. 계속 한 곳을 바라보고 있었는데 바로 석가치가 묻혀 있는 산비탈 쪽이었다. 사실은 석가치의 무덤을 만드느라 없어진 수풀 속에 둥지를 틀고 있었던 장끼였다.

"고약한 놈!"

왕세자는 말에서 내려 활을 뽑아 들었다. 망설임 없이 화살을 시위에 메겨 장끼에게 날렸다. 화살은 정확하게 장끼의 몸통을 꿰뚫었다. 바로 바닥에 떨어질 줄 알았던 장끼는 요란한 소리와 함께 산비탈로 날아갔다. 화살을 꽁무니에 매단 채였다. 곧장 석가치의 무덤으로 날아가 봉분에 머리를 처박았다.

군사 한 명이 쫓아가 화살이 박힌 장끼를 주워왔다. 장끼는 이미 숨이 멎어 있었다. 왕세자는 장끼가 날아갔던 산비탈의 무덤을 바라보았다. 멀리서 보아도 금방 조성한 무덤이란 걸 알 수 있었다.

"저곳이 석가치의 무덤인가?"

"그렇습니다."

왕세자는 무덤에 묻힌 석가치의 시신을 다시 파내도록 했다. 그런 다음 화장을 시켜 유골을 탑 옆을 흐르고 있는 강물에 띄워 보내도록 했다. 석가치는 국원성의 중앙탑 아래 깃털 하나를 묻어놓고 홀홀 떠나가 버렸다. 석가치가 죽은 다음부터 중앙탑 주변의 산야엔 이상하게 꿩들이 모여들었다.

대야성

대야성 앞의 신라군 진영에 도착한 하문은 먼저 용덕 대장군에게 인사를 올렸다. 용덕 대장군은 함께 전장을 누볐던 김자경 장군의 아들이라는 사실에 친아들이 찾아온 것처럼 반가워했다.

"오. 그대가 자경 대장군의 자제란 말이지?"

"네 그렇습니다. 하문이라 합니다."

"하문! 그대가 요구하는 것이라면 무조건 들어 줄 것이다. 필요한 것이 있으면 무엇이든 말하라."

하문은 먼저 국왕이 내린 상자를 가져오게 했다. 상자를 열자 하얀 새의 깃털이 가득 담겨 있었다. 하문은 국왕의 명을 전했다. 용덕 대장군의 명에 따라 신라 군사들은 모두 머리에 새의 깃을 꽂았다. 지원군들이 부르고 있는 노래를 전군이 함께 불렀다. 다음 날이 되자 신라군의 진영은 수만 마리의 새떼가 내려 앉아 있는 듯했다. 전군이 노래를 함께 부르자 수만 마리의 두루미 떼가 끼익끼익, 시끄럽게 울어대는 것 같았다.

하문의 지원군은 신라군의 맨 앞에 섰다. 전장의 경험이 전혀 없는 군사들이었으나 하문의 용단을 믿고 따랐다. 하문의 옆에는 흰 갑옷을 입은 아령이 항상 붙어 있고 앞에는 덩치가 산만 한 노달이 버티고 섰다. 그 주위를 노달 일행이 둘러쌌다.

하문은 쉽게 공격을 시작하지 않았다. 적의 화살이 미치는 거리 밖에서 각궁진을 펼치고 기다리고 있었다. 그런데 진이 가만히 멈추어 있는 것이 아니라 쉴 새 없이 움직였다. 뒷줄에 있는 군사가 재빠른 걸음으로 맨 앞줄로 오면 전체 줄이 조금 뒤로 물러나고 또 그다음 뒷줄이 재빨리 앞줄로 오면 전체가 뒤로 물러나기를 반복했다. 그 모습을 멀리서 보았을 때 거대한 새 한 마리가 앞으로 날아오는 것 같았다. 거기다 신라군은 끊임없이 노래를 불렀다.

[두루미야 두루미야 네 알은 어디다 두고 여기 와서 우느냐]

수천 명의 군사들이 한꺼번에 가락에 맞추어 부르는 노래는 괴이하게 들렸다. 마치 수만 마리의 두루미 떼가 끼익끼익하고 우는 소리로도 들리고, 가야산이 무너져 천지가 둘로 갈라지는 소리로도 들렸다.

노달은 신라군의 진영에 합류하자 매의 눈으로 사방을 살피기 시작했다. 전쟁이 시작되기 전에 박대미를 만나 요절 낼 생각이었다. 첫날부터 부지런히 살펴보았는데 찾을 수가 없었다. 다음 날은 전장의 맨 앞에 서 있었으므로 놈을 찾을 수가 없었다. 신라 군의 최선봉에 노달이 서 있었다.

신라의 전군은 쉬지 않고 계속 움직이는데 하문과 아령을 호위하고 있는 노달 일행은 계속 한 자리에 머물러 있었다. 노달 일행은 거대한 새의 머리부분 같기도 하고 새가 물고 있는 알과 같은 느낌을 주기도 했다. 노달은 뒤에 있는 군사들을 살펴볼 수 없으므로 찾는 걸 포기했다. 오로지 대야성에서 어떻게 움직이는가 눈이 뚫어져라 바라보았다.

오히려 노달을 먼저 알아본 것은 박대미였다. 박대미는 처음에는 커다란 덩치를 보고 긴가민가하고 바라보다가 가까운 곳으로 위치가 바뀌자 노달의 얼굴을 알아보았다.

박대미는 옛일은 까맣게 잊고 반가운 마음에 멀리에서 노달을 불렀다.

"이보게. 노달! 자네가 이곳에 웬일인가? 날세. 박달골 박대미."

노달은 자신을 부르는 소리에 고개를 돌려 박대미를 바라보았다. 철천지 원수가 스스로 눈앞에 나타난 것이었다. 그러나 자리를 이탈하여 놈에게 달려갈 수는 없었다. 아직 전투가 벌어지지는 않았지만 자리를 이탈한다면 심각한 문제가 발생할 수 있는 상황이었다.

"날이 저물면 찾아오게."

"알겠네."

박대미는 스스럼없이 반갑게 대답했다. 물어보지 않아도 노달이 서 있는 위치로 보아 대장군의 처소로 찾아가면 만날 수 있을 것 같았다. 노달은 너무 쉽게 놈을 찾게 된 것은 하늘이 기회를 준 것이라 생각했다. 더구나 박대미는 아무런 낌새도 채지 못하고 있는 듯했다. 그날 주인집 아씨를 겁탈하고 노달에게 뒤집어 씌워놓고는 자신의 잘못을 까맣게 잊고 있는 듯했다. 더구나 주인 아씨가 놈의 씨를 받아 아이까지 낳게 해놓고는 자신과는 아무 상관도 없는 일로 여기는 듯했다.

오상치는 심란한 마음으로 적진을 내려다보다가 활을 꺼내 시위에 살을 메겼다. 잘하면 적의 선봉장이 서 있는 곳까지 화살을 날려 보낼 수도 있을 것 같았다. 오상치는 흰 갑옷을 입고 선봉에 서 있는 장수가 눈에 거슬렸다. 바로 앞에 서 있는 덩치가 산만 한 병사는 별로 신경이 쓰이지도 않았다. 유독 눈에 거슬리는 것은 흰 갑옷이었다.

심호흡을 마치고 난 다음 힘차게 시위를 잡아당겼다. 눈의 초점을 흰 갑옷의 가슴팍에 맞추었다. 시위를 놓자 화살이 포물선을 그리며 하늘 높이 날아갔다. 노달은 성 위에서 키가 헌칠한 장수가 활을 쏘는 걸 보았다. 설마하니 자신에게까지 날아오랴 싶었지만 긴장하지 않을 수 없었다. 공중 높이 솟아올랐던 화살은 급하게 내리꽂히며 노달에게로 날아왔다. 노달은 자신의 몸을 던져서라도 화살을 막아내야 했다. 그것이 자신의 임무라는 것을 잘 알고 있었다. 방패를 높이 치켜들어 화살이 뒤로 넘어가지 않도록 하문과 아령을 보호할 준비를 했다.

화살은 노달의 발 앞에도 미치지 못하고 바닥에 떨어졌다. 처음 진을 칠 때 충분한 거리계산을 해놓았기 때문에 적의 화살이 아군을 상하게 하는 것은 쉽지 않았다. 노달은 바닥에 떨어진 화살을 주워 하문에게 바쳤다.

하문은 날아오는 화살을 보고 이상한 생각이 들었다. 화살이 그리는 포물선의 각도로 보아 이곳에서 활을 쏘면 성루 위까지 갈 수 있을 거라는 생각이 들었다.

노달이 주워온 적장의 화살을 유심히 살펴보았다. 보통의 화살보다 길이가 한 뼘은 길었다. 화살이 길다는 것은 그만큼 활도 크다는 것이었다. 큰 활을 다루려면 그만큼 키도 크고 힘도 세어야 가능했다.

하문은 등에 메고 있는 활을 꺼내들었다. 적장의 화살을 시위에 걸다가 문득 석가치의 당부가 생각났다.

'활을 쏘려거든 화살촉에 아령의 타액을 묻히게. 칼을 쓸 때도 칼날에 타액을 묻혀서 사용하게.'

하문은 화살을 아령에게 건네었다. 아령은 아무 말 없이 화살을 받아 촉 끝에 침을 발라 되돌려주었다. 하문은 화살을 받아 곧장 시위에 걸어 성루 위의 적장을 향해 쏘았다. 이상하게도 화살이 너끈하게 성루 위까지 날아갈 것이라는 자신감이 들었다. 하늘 높이 솟구쳐 오른 화살은 곧장 성루 위로 날아갔다. 생각보다는 화살의 방향이 조금 낮은 것 같았다. 아마 성루 위까지 올라가지 못하고 성벽에 맞아 떨어질 것 같았다. 성루 위의 오상치도 하문이 활을 되쏘는 걸 똑똑히 보고 있었다. 높이가 더 높은 성루 위에서 쏜 화살도 거리에 미치지 못했는데 아래쪽에서 쏜 화살이 성루 위까지 올라오는 것은 어림도 없는 일이었다. 오상치는 날아오는 화살을 보고 싱긋 웃었다. 화살의 각도로 보아 성벽에 부딪쳐 떨어질 것이 분명했다.

태만하고 있던 오상치는 눈을 점점 동그랗게 떴다. 머리를 점점 바닥으로 처박아야할 화살이 곧장 자신을 향해 날아왔다. 마치 새가 화살을 물고 공중을 날아오는 듯했다. 오상치는 다급하게 성루의 기둥 뒤로 몸을 숨겼다.

"탁!"

화살은 성루 기둥에 박힌 뒤 부르르 떨었다.

"와아!"

신라 군사들이 일제히 함성을 질렀다. 오상치는 기둥 뒤에서 나와 박힌 화살을 바라보았다. 분명 자신이 쏜 화살이었다. 어떻게 이런 일이 가능한지 믿어지지가 않았다. 멀리에서 보기에도 적장이 자신보다 덩치가 커 보이지는 않았다. 그런데 어떻게 자신보다 화살을 멀리 보낼 수 있는 것인지 의아했다.

하문 역시 마찬가지였다. 바닥으로 떨어질 것 같았던 화살이 누군가의 도움을 받아 자꾸 날아가는 것 같았다. 적장이 숨어 있는 기둥을 정확히 맞혔을 때는 짜릿한 쾌감이 느껴졌다. 하문은 자신이 차고 있는 화살통에서 살을 하나 뽑았다. 다시 한번 사거리를 실험해 볼 요량이었다.

이번에는 아령의 타액을 묻히는 걸 잊고 그냥 화살을 쏘았다. 화살은 아까처럼 곧장 하늘로 치솟아 오르더니 성루를 향해 날아갔다. 성루 위의 오상치는 다시 활을 쏘는 것을 보고 미리 기둥 뒤로 숨을 준비를 했다. 그러나 화살은 그대로 성벽 아래로 맥없이 떨어지고 말았다. 오상치는 도대체 영문을 알 수가 없었다.

아령이 보기에도 신기한 일이었다. 아령은 재빨리 자신의 화살통에 있는 살을 하나 뽑아 촉을 입에 넣어 침을 묻힌 뒤 하문에게 건네었다. 하문도 의미를 알아채고 건네준 화살을 받아 활시위에 걸었다. 시위를 힘껏 잡아당기면서 월정교 위의 학을 떠올렸다.

'화살보다 마음이 먼저 목표물에 가 있어야 한다.'

하문은 힘차게 화살을 날려 보냈다. 화살은 먼저와 같은 각도로 하늘을 날았다. 성루 위의 오상치는 긴가민가 하는 표정으로 날아오는 화살을 주시했다. 이번에는 처음과 마찬가지로 화살이 자신을 향해 거의 수평으로 날아왔다. 다급한 오상치는 먼저와 마찬가지로 기둥 뒤로 황급히 몸을 숨겼다.

"타악."

"와아아아."

화살이 성루의 기둥에 박히자 신라군들의 함성이 가야산을 울렸다. 그동안 위축되어 있었던 신라군의 사기가 되살아 난 듯했다. 첫째 날은 그것으로 끝이었다. 두 번이나 화살에 혼이 난 오상치는 성루에서 내려와 자신의 숙소로 돌아갔다. 하문은 저녁 무렵에 진을 거두었다. 후진에 있던 용덕 대장군은 하문을 찾아와 칭찬을 아끼지 않았다.

"자네를 보고 있으니 김자경 대장군을 보고 있는 것 같네. 이제 기선을 잡았으니 놈들을 대야성에서 몰아내고 아막성까지 되찾아야 하네."

"소장 반드시 이 땅에서 적들을 물리치겠습니다."

"아무렴 그래야지."

용덕 대장군은 오랜만에 얼굴의 수심을 거두고 활짝 웃었다.

박대미는 저녁취사를 마치고 노달을 찾아갔다. 선봉장인 하문과 아령이 있는 곳은 진영의 한가운데 있어 찾기가 수월했다. 노달은 일행과 함께 하문의 막사 주변을 지키고 있었다.

"어이 노달, 날세. 여기서 자넬 만나다니 반갑기 그지없네."

박대미는 정말로 반가운 사람마냥 노달을 끌어안았다. 노달은 그대로 놈의 숨통을 졸라 요절을 낼까하다가 간신히 참았다.

"용케도 전쟁터에서 죽지 않고 살아있었네."

"그럼 무슨 수를 써서라도 살아남아야지. 이렇게 만난 김에 내가 전쟁터에서 살아남는 법을 알려 주겠네. 자네처럼 힘만 믿고 맨 앞에 버티고 섰다가는 제일 먼저 황천길로 가게 되네."

"그럼 어찌해야 안 죽고 살아남겠는가?"

박대미는 갑자기 간사한 웃음을 지었다. 그러더니 목소리를 낮추고 노달의 귀에 가만가만 속삭였다.

"절대 앞에 나서지 말게. 내가 죽고 난 다음에 누가 날 알아주겠는가. 살아남으려면 적을 죽일 생각일랑 아예 하지를 말게. 공격을 할 때는 남들보다 늦게 하고 물러날 때는 남들보다 먼저 물러나는 것이지. 이게 말은 쉬워보여도 막상 닥치면 쉽지 않네. 우리 편이 죽게 생겼다고 섣불리 대들면 같이 죽게 되네. 죽을 놈은 죽고 살 놈은 살아야 하지 않겠나. 막상 내가 죽게 되면 같이 죽어줄 놈이 있을 것 같은가? 천만의 말씀이네. 내 목숨은 내가 지켜야지."

"참 머리 굴리는 것은 예전이나 지금이나 하나도 변한 게 없구만."

"자넨 그동안 어디에 갔다 온 것인가? 마을 사람들은 자네가 적국으로 도망갔을 거라고 말했었는데."

"내가 왜 적국으로 가겠나. 자넬 놔두고 갈 수는 없지."

박대미는 아직까지 노달의 적개심을 눈치 채지 못하고 있었다. 워낙 여자를 밝히는 난봉꾼이다 보니 여자 하나쯤 건드리는 것을 대수롭지 않게 생각하는 탓이었다.

"그래 어떻게 대장군의 호위를 하게 된 것인가?"

"내가 공을 좀 세웠지."

노달은 그럴 듯하게 이야기를 꾸며대었다. 사실대로 어설픈 산적질이나 하고 있었다고 밝힐 필요는 없었다. 박대미는 한낱 박달골의 머슴이 선봉장의 호위무사가 된 것이 시샘이 났다.

“사람이 성공을 했으면 고향엘 한 번 오질 않구.”

“바로 며칠 전에 갔었네.”

“박달골에 갔었다구?”

“가다마다. 자네 마누라한테 편지도 받아왔는걸.”

“엥? 이 사람아. 편지가 있으면 그것부터 내놓아야지.”

노달은 품안에서 몇 겹으로 접은 종이를 내놓았다. 종이를 받아든 박대미는 엉거주춤 서 있었다. 자신이 글을 읽을 줄 모를 뿐아니라 마누라도 까막눈이기는 마찬가지라는 걸 알기 때문이었다.

“어서 열어보게. 뭘 망설이는가.”

“내가 글씨를…….”

“글씨는 무슨 글씨를. 자네 마누라는 글씨를 아는가? 서로 알아보게 썼겠지.”

노달의 말에 박대미는 주섬주섬 종이를 펼쳤다. 종이 안에는 글씨는 적혀 있지 않고 새까만 음모가 들어 있었다. 박대미는 음모를 보고 흠칫 놀라더니 노달을 빤히 바라보았다.

“이, 이걸 우리 마누라가 자네에게 주었단 말이지?”

“아, 이 사람아. 주긴 뭘 주었다고 그러나. 내가 보니까 너무 무성하길래 좀 뽑았지.”

“뭐라고? 자네가 뽑았다고?”

박대미의 눈이 황소눈깔만큼 커졌다. 금방이라도 노달의 멱살을 움켜잡을 기세였다. 그러나 노달은 눈도 한 번 꿈쩍하지 않고 느글거리며 약을 올렸다.

"아. 걱정은 하지 말게. 자네가 전쟁에 나가 벌써 죽었을 거라면서 나에게 울며 매달리지 뭔가. 젖꼭지 하나가 쑥 들어가 있더만. 내가 벌떡 튀어나오도록 해주었지 뭔가. 참 그동안에는 어떻게 참고 살았는지 모르겠네. 뭐 참기야 했겠나. 할 짓은 다했겠지. 자네도 알겠지만 여자란 믿을게 못되지 않나."

박대미가 눈을 까뒤집었다. 곧바로 달려들어 노달의 멱살을 움켜쥐었다. 노달은 그런 박대미를 잠시 놓아두었다. 그래봤자 고목나무에 매미가 붙어 있는 꼴이었다. 가까운 곳에 있던 노달 일행이 사태를 알아채고 몰려왔다. 그러자 노달은 박대미의 부샅을 걸어찼다. 박대미의 몸이 공중으로 붕 떠오르더니 바닥으로 털썩 떨어졌다. 그 자리에서 사지를 부르르 떨더니 그대로 숨이 끊어지고 말았다.

"밖이 왜 이리 소란스러운가."

막사 안에 있던 하문이 밖으로 나왔다. 막사 앞에 신라 군사 한 명이 큰 대자로 뻗어 있고 그 앞에 노달이 버티고 서 있었다.

"어찌된 영문인가?"

"이자는 박대미란 자인데 적의 첩자입니다. 나에게 접근해 같이 도망가자고 했습니다. 내가 그럴 수 없다고 하자 나를 죽이려고 달려들었습니다."

"그게 사실인가?"

노달 일행은 멱살을 잡고 대들던 모습을 분명히 보았다고 말했

다. 그러자 하문도 어쩔 수가 없었다. 박대미는 노달의 발길질 한
번에 이승을 하직하고 말았다.

결전

오상치는 저녁도 드는 둥 마는 둥하고 머리를 싸매고 드러누웠다. 이마에 신열이 올랐다. 도대체 알 수 없는 노릇이었다. 커다란 새가 백제군을 향해 날아오는 것 같이 진을 펼치는 신라군의 기세도 기이했다. 그런데다 군사들이 부르고 있는 노래는 수만 마리의 두루미 떼가 우는 듯했다. 기가 막힌 것은 그 가락이 너무나 귀에 익은 것이었다. 아무리 시간이 지났다고 해도 자신이 사랑하는 여인을 불러낼 때 부르던 노랫가락을 잊어버릴 수는 없었다.

머리에 하얀 새의 깃을 꽂은 신라 군사들이 펼치는 각궁진을 바라보고 있으면 수만 마리의 두루미 떼가 날아오르는 것 같았다. 그 모습을 보면 갈대숲에서 어지럽게 날아오르던 두루미 떼가 떠올랐다.

잠이 들기만 하면 두루미 떼가 날아다니는 꿈을 꾸었다. 꿈에서 깨어나도 끼익끼익하며 학이 우는 소리가 들렸다. 잤다 깨고, 깨어났다 잠들기를 반복하다 날이 밝았다. 오상치는 머리가 지끈 거려 자리에서 일어날 수 없었다. 부관을 불러 성문을 굳게 닫고 대응하지 말라 단단히 일렀다. 자신은 아침밥도 거르고 다시 잠 을 청했다. 그러나 잠은 쉽게 오지 않았다. 잠이 들려하면 밖에서 들리는 노랫소리가 신경을 건드렸다. 미시가 되어서야 자리에서 일어난 오상치는 대충 식사를 마치고 성루 위로 올라갔다.

상황은 어제와 마찬가지였다. 적장의 꿍꿍이속을 짐작할 수 없 었다. 성을 되찾으러 왔으면 사다리를 들고 활을 쏘며 성벽으로 달려드는 게 정상이었다. 그러나 하루도 모자라 다음날까지 진법 만 펼쳐보였다. 생각 같아선 성문을 열고 나가 전면전을 벌이고 싶은데, 신라군의 노림수인 것 같아 꺼려졌다.

오상치는 다시 한번 적진의 한가운데 버티고 있는 장수를 노려 보았다. 어제 화살을 주고받았지만 도저히 결과가 믿어지지 않았 다. 어떻게 성 아래쪽에서 화살이 날아올 수 있었던 것인지 이해 할 수 없었다. 오상치는 다시 한번 화살 하나를 뽑아 혼신의 힘을 다해 적장을 향해 날려 보냈다. 불과 열 보만 더 날아가면 적장을 맞힐 수 있다는 생각에서였다.

결과는 어제와 마찬가지였다. 힘껏 쏘았지만 화살은 노달의 발 앞에 떨어졌다. 어제와 같이 노달이 화살을 주워 하문에게 주었 다. 하문은 이번에도 화살촉에 아령의 타액을 묻혀 되쏘았다. 화 살은 정확하게 오상치의 가슴을 향해 날아갔다. 오상치는 다급하게 몸을 돌려 화살을 피했다. 화살은 기둥에 소리를 내며 박혔다.

오상치는 기둥에 박힌 화살을 뽑아내려고 잡아당겼다. 얼마나 힘 있게 박혔는지 화살대만 빠져 나오고 화살촉은 나무기둥에 그대로 박혀 있었다. 먼 거리를 날아와 깊게 박힌다는 것은 그보다 더 먼 거리도 날아갈 수 있다는 것이었다. 오상치는 눈앞의 현실이 믿어지지 않았다. 다시 한번 화살 하나를 뽑아 혼신의 힘을 다해 힘껏 날려 보냈다.

그러나 마찬가지였다. 노달이 발치에 떨어진 화살을 주워 하문에게 가져갔다. 하문은 말없이 화살을 아령에게 건네주었다. 이번에는 화살을 받아든 아령이 타액을 묻히지 않고 자신의 뒷머리에 비녀처럼 가로로 꽂았다.

화살이 되돌아오기를 기다리던 오상치는 한참을 기다리다가 막사로 돌아갔다. 막사에 돌아와 수하장수들을 모두 불러 모았다.

"이번에 나온 신라군들은 예사롭지가 않소. 대야성을 버리고 아막성으로 물러날까 하는데 어떻게 생각하오?"

"그건 안 됩니다. 여기가 적을 방어하기에 최적의 장소입니다. 신라놈들은 겁을 먹어 공격을 하지 못하는 것입니다. 성을 버린다면 놈들에게 칼을 쥐어 주는 것과 같습니다. 소장이 성문을 열고 나가 신라놈들을 혼 좀 내주고 오겠습니다. 그런 다음에 성을 내주어도 늦지 않을 것입니다."

반대를 하고 나선 것은 창술에 뛰어난 금백 장군이었다. 백제 군에서는 오상치 다음으로 무예에 출중한 장수였다. 싸워보지도 않고 성을 내준다는 말에 속이 뒤집힐 것 같았다. 아무래도 오상치 장군이 뭔가에 씌었다는 생각이 들었다. 성을 하나 점령하기가 얼마나 어려운 일인데 싸워보지도 않고 내준다는 말인지 도저히 용납할 수 없었다.

오상치는 금백 장군에게 대야성을 포기해야 하는 이유를 설명해 주었다. 첫째는 보급선이 멀어져 언제라도 차단당하면 고립이 될 수 있다는 점이었다. 둘째는 북쪽에서 신라가 고구려와 손잡고 사비성을 치러 온다면 방어하기가 쉽지 않다는 것이었다.

"북쪽에서 왕성이 공격당하면 우리가 급히 달려가야 하오. 그런데 거리가 멀어질수록 힘들어지는 것이오."

"제 생각은 그와 반대입니다. 이곳에서 놈들을 서라벌까지 밀어붙이면 북쪽에서는 힘을 쓸 수가 없습니다. 북쪽에 있는 신라군들이 서라벌을 지키러 내려와야 할 테니까요."

금백 장군의 주장에 오상치도 깊은 생각에 잠겼다. 딴은 틀린 말도 아니었다. 적군과 마주쳐 싸워보지도 않고 물러난다면 두고두고 후세에 졸렬한 장수로 이름을 남기게 될지도 몰랐다. 물러나는 것도 쉬운 일이 아니었다.

"그렇다면 금백 장군께서 성문을 열고 나가 실력을 보여주도록 하시오."

"알겠습니다. 신라놈들 혼쭐을 빼놓고 오겠습니다."

금백 장군은 막사에서 물러나와 군사들을 준비시켰다. 궁수들은 빼고 검술과 창술에 뛰어난 군사들로 대오를 지었다.

"성문을 열어라."

금백 장군은 마상에서 장창을 꼬나 잡고 성문을 빠져 나왔다. 금백 장군을 선두로 백 여기의 기마병이 뒤따르고 그 뒤에 창칼로 무장한 오백 보병들이 따라 나왔다.

하문은 대야성의 성문이 열리는 것을 보고 궁수를 전면에 배치했다. 성문까지는 화살이 미치지 않는 거리였기 때문에 궁수들은 여유 있게 대기하고 있었다. 백제군의 기병은 천천히 말을 몰아 신라군의 진영으로 다가왔다. 그 뒤로 보병이 창검을 들고 뒤따라 나왔다.

금백 장군은 신라군이 궁수를 배치시키는 것을 보고 사정거리를 계산했다. 양쪽에 팽팽한 긴장감이 돌았다. 금백 장군이 장창을 높이 들어 신호를 보내자 백제의 기병들이 말에 박차를 가했다. 일순간에 지축을 울리는 말발굽소리가 천지를 흔들었다.

하문이 궁수들에게 신호를 보냈다. 궁수들이 쏘아올린 화살이 까맣게 하늘을 덮었다. 그런데 횡렬로 돌진하던 백제의 기병이 급격히 종렬로 바뀌었다. 두 줄로 짝을 맞춘 기병이 무서운 속도로 신라군의 정면으로 달려들었다. 넓은 범위로 쏘아올린 신라군의 화살은 대부분 땅에 떨어지고 중간부분의 기병 몇이 말에서 떨어졌다. 신라의 궁수들이 두 번째 화살을 시위에 걸었을 때는 어느 방향으로 화살을 날려야 할지 가늠할 수 없었다. 궁수들이 잠시 주춤 하는 사이 선두의 백제기병은 하문이 서 있는 정면을 파고들었다.

"이얍!"

금백 장군의 장창이 하문의 목을 노리고 들어왔다. 하문이 잽싸게 몸을 틀어 창끝을 피한 뒤 환두대도를 휘둘렀다. 금백 장군은 창을 거둔 뒤 하문을 내버려둔 채 곧장 신라군의 한가운데로 들어갔다. 하문이 신호를 하자 신라군 진영이 두 갈래로 쫘악 갈라졌다.

금백 장군은 신라군 진영이 두 갈래로 갈라지는 대로 앞으로 내달렸다. 아무도 나서서 가로막는 자가 없었다. 금백 장군은 신라군이 겁쟁이라 맞서 싸우는 걸 피하는 걸로 생각했다. 두 갈래로 갈라진 신라군의 사이로 기병이 모두 들어선 다음 보병도 따라 들어왔다.

다시 하문이 전군에 신호를 보냈다. 백제군이 모두 신라군의 가운데로 들어선 다음이었다. 신라군은 백제군을 사이에 두고 서로 마주보게 되었다. 그 사이가 불과 이십 보에 불과했다. 신라군의 왼쪽은 방패가 두 겹으로 겹쳐져 있었다. 방패에 가려 사람의 모습이 보이지 않았다. 반면에 오른쪽에는 방패는 보이지 않고 궁수들이 겹으로 도열해 있었다. 궁수들은 이미 화살을 시위에 걸고 대기하고 있는 상태였다.

금백 장군은 그제야 오판을 깨달았다. 순식간에 변해버린 진에 어떻게 대처해야 할지 판단이 서지 않았다. 양쪽으로 나누어 공격을 해야 할지 한쪽 방향으로 집중해야 할지 결정하기가 쉽지 않았다. 금백 장군은 방패 쪽은 놔두고 오른쪽의 궁수들을 치기로 했다. 백제군들이 오른쪽으로 말머리를 돌린 순간 신라군의 화살이 쏟아졌다. 가까운 거리에서 쏘는 화살이라 빠르게 날아와 기병들을 쓰러뜨렸다. 미처 피할 수 없었다. 몸에 화살이 박힌 말들은 앞발을 공중에 치켜들고 울부짖었다. 적을 맞히지 못하고 빗나간 화살은 반대편 신라군의 방패에 꽂혔다.

금백 장군은 자신이 적진에 너무 깊숙이 들어온 것을 후회했지만 이미 엎질러진 물이었다. 백제군은 제대로 공격다운 공격도 해보지 못하고 모두 화살받이가 되고 말았다. 육백 명에 이르는 백제군은 거의 전멸하고 살아서 성안으로 도망친 자는 백여 명이 되지 않았다. 금백 장군도 어깨에 화살을 맞고 간신히 성안으로 도망쳤다.

성루 위에서 싸움을 지켜본 오상치는 깊은 한숨을 내쉬었다. 새로 온 신라 장수의 무예를 지켜보려 했던 바람은 이루어지지 못했다. 처음 금백 장군과 일합을 겨룬 것 외에는 이렇다 할 움직임을 볼 수 없었다. 그러나 신라군들이 일사불란하게 지휘에 따르는 걸 보고 보통내기가 아닌 걸 느낄 수 있었다.

다시 성문을 굳게 닫아 건 오상치는 깊은 생각에 빠져 들었다. 성 밖에서는 신라군들의 노랫소리가 끊이지 않고 들려왔다.

[두루미야 두루미야, 네 알은 어디다 두고 여기 와서 우느냐]

노랫소리는 날이 저물 때까지 멈추지 않았다. 오상치는 두 귀를 틀어막고 소리를 듣지 않으려고 안간힘을 썼다. 노래가 끝난 다음에도 여운이 남아 귓속을 울렸다.

오상치는 밤새 잠을 설치며 지나온 날들을 되짚어 보았다. 신라를 칠 것을 주장한 것은 자신이었다. 명분은 백제를 위한 거사였지만 자신의 감정이 다분한 출정이었다. 몇몇 대신들의 반대에도 대군을 이끌고 나온 것은 이참에 서라벌까지 밀고 들어가 신라왕의 항복을 받아내겠다는 야심찬 계획도 있었다.

새삼 오늘 떠나보낸 오백의 목숨에게 죄책감이 일었다. 나라를 위한다는 것은 명분일 뿐 자신의 야심 때문에 시작한 전쟁이었다. 오상치는 생각을 고쳐먹었다. 도망친다고 해결될 일이 아니었다. 자신이 시작한 일은 자신이 마무리 지어야 한다는 생각을 했다.

다음 날, 하문이 대야성에 도착한 지 사흘째 되는 날이었다. 아침 일찍 굳게 닫혔던 대야성의 성문이 열렸다. 신라군들의 시선이 모두 성문 앞으로 집중되었다. 잠시 후 말을 탄 거구의 장수가 백기를 들고 나타났다. 오상치였다. 백 보 정도 앞으로 나온 오상치는 신라 진영을 향해 소리쳤다.

"신라군의 장수는 앞으로 나오시오. 담판을 지읍시다."

오상치의 말에 신라군이 웅성거리기 시작했다. 백기를 들고 나온 걸로 보아 싸움을 걸기 위해 나온 것은 아니었다. 그런데도 신라 진영은 모두 긴장했다. 지금까지 신라군들이 당한 걸 생각하면 만만히 볼 적장이 아니었다. 하문은 잠시 주춤하다가 아령을 쳐다보았다. 아령의 의견을 묻는 것이었다.

아령은 말없이 고개를 끄덕였다. 하문이 아령의 표정을 살피니 입술을 굳게 앙다물고 있었다. 하문은 결심을 굳혔다.

"노달! 앞장서라."

하문의 명령에 노달이 백기를 높이 치켜들고 앞장섰다. 노달의 뒤로 하문과 아령이 나란히 섰다. 그 옆으로 노달 일행이 둘러쌌다. 하문은 적장과의 거리가 가까워질수록 긴장이 되었다. 멀리서 보기에도 적장의 키는 보통사람보다 머리 하나는 커보였다.

"장군님 긴장을 푸세요. 어차피 만나야 할 사람을 만나러 가는 것입니다. 전에 태백산에서 범과 맞닥뜨리던 때를 기억하시지요?"

오히려 하문이 아령에게 해주어야할 말이었다. 하문은 고개를 돌려 아령의 표정을 살폈다. 시선은 흐트러짐 없이 정면을 응시하고 있었고 입술은 굳게 다물어져 있었다. 오상치와의 거리가 점점 좁혀졌다. 거리가 가까워질수록 긴장감은 점점 고조되었다. 하문이 일행을 멈춰 세운 것은 적장과의 거리가 이십 보 남짓한 지점이었다. 오상치의 모습이 뚜렷하게 보였다.

보통사람보다 머리 하나는 더 크지만 큰 키 비해 몸은 말라보였다. 하문은 전에 아령을 처음 만났던 때가 떠올랐다. 그때 왜 아령의 모습에서 새가 떠올랐는지 알 수 없었다. 그런데 지금 적장을 앞에서 보니 새의 모습이 다시 떠올랐다. 목이 길고 머리와 부리가 긴 새의 모습이 자꾸 겹쳐보였다. 하문은 힐끔 아령의 모습을 훔쳐보았다. 그야말로 흰 갑옷에 흰 새의 깃을 머리에 꽂은 한 마리 새였다.

"그대의 이름이 하문인가?"

"그렇다. 이름을 묻기 전에 자신의 이름부터 말하는 게 예의가 아닌가. 백제 놈들은 예의가 없구나."

"흐흐. 나는 백제 대장군 오상치다. 보아하니 이마에 쇠똥도 마르지 않은 어린애구나. 죽는 게 두렵지 않느냐?"

"너야말로 죽을 자리를 찾아왔다는 걸 모르는 것이냐?"

오상치는 아들 뻘로 밖에 보이지 않는 새파란 장수와 말장난을 해보아야 자신만 손해라는 생각에 입을 다물었다. 이번에는 아령을 의아한 눈초리로 바라보았다.

"그대는 누구인가. 전쟁을 하러 나온 놈 같지는 않구나. 어미 옆에 가서 젖이나 더 먹고 노는 게 낫지 않겠느냐?"

오상치는 아령에게도 비아냥거리듯 말했다. 하문은 아령의 눈썹이 심하게 흔들리는 걸 지켜보았다. 동시에 아령의 발뒤꿈치가 말 옆구리를 걷어차는 것까지 보았다. 그러나 미처 말릴 틈이 없었다.

"이얏! 죽어랏!"

아령의 말이 급하게 앞으로 뛰어 나갔다. 동시에 환두대도를 치켜들고 오상치를 향해 달려들었다. 그러나 아무리 날쌔어도 칼을 들어 본 적이 없는 나약한 여인이었다. 마음만 앞서 오상치의 목을 겨누고 달려들었지만 칼날이 비켜가고 말았다. 오상치는 칼날을 피하자마자 칼집으로 아령의 옆구리를 밀었다. 중심을 잃은 아령은 그대로 말에서 떨어졌다.

"쳐랏!"

하문이 다급하게 소리를 질렀다. 제일 먼저 칼을 뽑아들고 오상치에게 달려든 것은 노달이었다. 하문도 박차를 가해 오상치에게 달려갔다.

"잠깐! 멈추어라."

오상치가 말 등에서 급하게 뛰어내렸다. 오상치를 호위하던 군사들도 칼을 뽑으려다 말고 가만히 서 있었다. 오상치가 급하게 쓰러진 아령에게로 다가가 팔을 잡고 일으켜 세우려했다. 아령이 거칠게 오상치의 손을 뿌리쳤다.

"치워라. 어디다 더러운 손을 대는 것이냐?"

오상치는 아령이 외치는 소리를 듣고 주춤했다. 처음부터 아령을 보고 이상한 생각을 했던 터였다. 갑옷을 입어 남자인지 여자인지 구분할 수 없었는데 목소리를 들으니 여인이 분명했다. 여인이라는 사실을 알아차리자 머릿속으로 번개가 번쩍치는 것이었다. 세상에 닮아도 어쩌면 이렇게 닮을 수 있단 말인가.

아령은 간신히 바닥에서 일어나 말을 붙잡았다. 바로 올라타려고 등자에 발을 걸고 반대쪽 다리에 힘을 주니 그대로 주저앉아버렸다. 낙마할 때 무릎을 다친 것 같았다. 노달이 얼른 달려들어 아령을 번쩍 들어 말안장에 올려놓았다. 다시 공격을 하려니 놓친 칼이 바닥에 떨어져 있었다.

오상치와 백제의 호위군사들은 아령이 말에 올라타는 순간까지 아무런 공격도 하지 않았다. 오히려 바닥에 떨어져 있는 아령의 칼을 집어 주었다.

"그대의 이름이 무엇이냐? 신라엔 사내가 없는 모양이구나. 너 같은 계집애가 전쟁터에 나오는 걸 보면. 여기가 애들 장난터로 보이느냐?"

아령은 생각 같아선 다시 칼을 뽑아 대들고 싶은데 몸이 말을 듣지 않았다. 아령이 씩씩거리고 있자 하문이 대답했다.

"그대는 신라땅이 장난질이나 하는 곳으로 보이느냐? 왜 남의 땅에 들어와 분탕질이냐? 살고 싶거든 오늘 당장 군사를 거두어 돌아가거라."

"어린놈이 기개는 살아있구나. 내 돌아갈 마음이 있어 이곳에 오지 않았느냐."

"무슨 소리. 너를 살려서 돌려보내지 않을 것이다."

아령이 둘 사이로 끼어들었다.

"흠. 어린 계집아이가 당돌하구나. 네 이름이 무엇인지나 물어 보자꾸나."

"내 이름은 아령이다. 내 손에 죽을 놈이니 이름은 알아둘 필요가 있겠구나."

"아령이라. 네 어머니는 누구냐?"

"네놈이 왜 내 어머니를 묻는 것이냐? 저길 보아라. 저기 가야산 기슭에 두루미들이 보이지 않느냐. 내 어머니가 저 두루미다. 알겠느냐? 내가 바로 계변성 태화강변에서 두루미의 알로 태어난 알영이다."

오상치의 눈이 크게 벌어졌다. 자기가 짐작했던 일이 현실로 일어난 것이었다.

"그러면 혹시 너의 어머니가 서라벌의 부용 공주였더냐?"

"더러운 입으로 서라벌 사람의 이름을 부르지 마라."

오상치는 말고삐를 잡은 채 어쩔 줄 몰라 당황하기 시작했다. 꿈같은 일이 현실이 되어 나타난 것이었다. 사실은 굳이 서라벌을 정복할 필요가 있어 나온 것은 아니었다. 단지 사랑하는 사람의 등에 화살을 꽂은 신라 군사들에 대한 원망의 마음만 가득 담고 있었던 것이었다.

"한 가지만 물어보자꾸나. 지금 신라 군사들이 부르는 노래는 누가 가르쳐 준 것이냐?"

"석가치라는 남산의 부처님께서 일러 준 것이오."

"석가치라고? 그분이 아직 살아 계시느냐? 그분이 지금 여기에 와 계시느냐?"

"그분은 지금 국원성으로 가시었소. 아마 며칠 내로 고구려 군사들과 함께 백제의 왕성을 치러 갈 것이오. 당신이 그때까지 살아 있다면 사비성에서 만날 수 있을 것이오."

오상치는 혼이 나간 사람처럼 말고삐를 잡은 채 허공을 바라보았다. 눈앞에는 머리에 하얀 깃을 꽂은 신라 군사들이 들판을 메우고 있고 멀리 가야산 위엔 천년 노송 위에 두루미 떼들이 무리를 지어 날고 있었다. 잠시 후 정신을 가다듬은 오상치가 입을 열었다.

"내가 내일 대야성을 넘기기로 하마."

"대야성으로는 안 되지요. 이번에 빼앗은 아막성과 여섯 개 지성까지 모두 넘겨주어야 할 것이오."

"그렇게 하마. 그 대신 저 아령이란 아이는 내가 데려가겠다."

"어림없는 소리!"

아령이 갑자기 소리를 지르며 환두대도를 빼어 들고 곧장 오상치에게 달려들었다.

"이얏! 내가 죽여주마."

아령이 환두대도를 높이 치켜들어 오상치를 내려치려 할 때였다. 대야성의 성루 위에서 날아온 화살 하나가 아령의 흰 갑옷을 뚫고 가슴 한가운데 퍽 소리를 내며 박혔다. 성루 위의 금백 장군이 사태가 심각함을 알아차리고 날린 화살이었다.

누구보다도 놀란 것은 오상치였다. 아령의 하얀 갑옷 위에 화살이 날아와 박히는 것을 가장 가까이에서 보았던 것이다. 나무토막처럼 쓰러지는 아령의 몸을 받아 안은 것도 오상치였다. 거구의 몸이 아령을 받아 안자 아이를 품에 안은 것 같았다. 아령의 목은 이미 뒤로 꺾이어 늘어져 있었다. 하문도 말에서 내려 아령에게로 다가갔다.

"애야. 정신차려라. 내 앞에서 쓰러지면 어쩌란 말이냐. 우와아악!"

오상치의 고함소리가 가야산의 두루미를 놀라게 했다. 놀란 두루미 떼가 한꺼번에 날아올라 하늘을 덮었다. 오상치는 아령의 가슴에 박힌 화살을 꺾은 뒤 품에 안고 대야성 성문으로 달리기 시작했다. 성루 위에서 백제군사들이 하문을 향해 일제히 활을 쏘아댔다. 노달 일행이 하문에게 날아오는 화살을 몸으로 막아냈다. 노달의 어깨에도 화살이 날아와 박혔다.

오상치가 아령을 품에 안고 성문 안으로 들어서자 백제군사들은 활쏘기를 멈추었다. 하문은 순식간에 벌어진 일이라 어떻게 대처해볼 틈이 없었다. 성루 위에 금백 장군의 모습이 눈에 띄었다. 아령에게 화살을 날려 보낸 장본인이었다.

하문은 바닥에 흘린 아령의 화살 하나를 집어 들고 성루 위를 겨누었다. 정확하게 금백 장군의 이마를 향해 화살을 날려 보냈다. 월정교 용마루 위의 학을 맞추는 것과는 비교가 되지 않을 만큼 수월한 과녁이었다. 화살은 정확하게 금백 장군의 양 눈썹 사이를 뚫었다.

금백 장군이 쓰러지자 성 위의 백제군사들은 모두 몸을 감추었다. 성문은 굳게 닫힌 뒤라 더 이상 공격을 하기에는 마땅치 않았다. 하문은 넋이 나간 듯 대야성의 굳게 닫힌 성문을 바라보았다. 가슴에 화살을 맞은 아령의 모습을 떠올리니 미칠 것 같았다. 당장 성문을 쳐부수고 들어가 아령을 찾아오고 싶었다.

하문은 하는 수 없이 부상당한 군사들을 데리고 뒤로 물러날 수밖에 없었다. 노달 일행 중 다섯 명이 성 위에서 날아온 화살에 맞아 그 자리에서 숨이 끊어지고 말았다. 노달의 어깨에 박힌 화살도 화살촉이 앞으로 들어가 어깨 뒤로 빠져나온 상황이었다.

하문은 경황이 없는 중에도 노달의 상처를 살폈다. 어깨를 관통하고 있는 화살을 손수 뽑아내기 위해 거추장스런 갑옷을 벗었다.

"이런 장난감 같은 화살로 우리 노 장군을 잡을 수 있나. 자 잠깐만 참도록 하게."

하문은 노달의 긴장을 덜어주려고 일부러 농을 걸었다. 화살의 날개가 달린 꼬리부분은 칼로 조심스럽게 잘라내었다. 그런 다음 어깨 뒤로 빠져나온 화살촉을 잡아 당겼다. 거구인 노달의 입에서 신음소리가 터져 니왔다.

"으으윽!"

"이제 되었네. 고인 피를 뽑아내고 소독을 하면 끝이네."

하문은 손수 상처에 입을 대고 피를 빨았다. 고통을 참아내느라 노달의 이마에 푸른 핏줄이 부풀어 올랐다. 빨아낸 피를 바닥에 뱉어낸 하문은 손등으로 입가에 묻은 피를 닦았다.

"자. 이제 소독을 시작해보게."

하문은 노달에게 가까이 다가가 얼굴을 품안에 안았다. 노달도 자연스럽게 하문을 끌어 안은 자세였다. 병사 하나가 숯불에 벌겋게 단 인두를 노달의 어깨에 가져갔다.

"으으윽!"

노달이 하문의 허리를 억세게 끌어안았다. 하문은 노달의 힘에 입이 떡 벌어졌다. 뒤이어 생살이 타는 냄새가 막사 안에 가득 찼다.

"자, 이제 되었네. 자네가 장사는 장사일세. 이 손을 놓게."

노달은 하문을 안았던 팔을 맥없이 아래로 늘어뜨렸다. 잠시 넋을 놓고 있던 노달은 갑자기 닭똥 같은 눈물을 흘리기 시작하더니 꺼이꺼이 목을 놓아 울기 시작했다. 주위에 있던 군사들이 노달의 느닷없는 울음소리에 눈을 휘둥그레 떴다. 분명 아파서 우는 것은 아니었다.

"아니, 천하장사 노달 장군이 무슨 어린애 울음이오?"

하문의 놀리는 듯한 말투에 노달은 더 소리 높여 울었다. 한참을 그렇게 울고 난 노달은 콧물을 훌쩍이며 하문 앞에 무릎을 덥석 꿇었다.

"소신 이제는 무슨 일이 있더라도 장군님을 위해 목숨을 바치겠습니다. 이 미천한 몸을 위해 손수 입으로 피를 빨아주시니 이 몸은 이 순간부터 장군님을 위해 새로 태어난 것입니다."

"뭘 그만한 일로 그러나. 내가 다쳤더라면 당연히 자네가 구해주지 않았겠나. 이제 좀 누워서 쉬도록 하게."

쌍학무

아령이 금백 장군이 쏜 화살에 맞는 날이었다. 그날도 능지는 월정교에서 학무를 추고 있었다. 왕비의 명령으로 하문과 아령이 출전한 다음날부터 하루도 빠짐없이 추는 춤이었다. 능지의 학춤을 보기 위해 서라벌 사람들이 구름처럼 몰려들었다. 가족을 전장으로 떠나보낸 사람들은 진심을 담아 학춤을 응원했다.

처음에 유유자적하는 학의 걸음새를 닮은 춤사위가 이어질 때는 모두가 숨소리조차 참아가며 집중했다. 우아한 학의 움직임에는 평화를 갈구하는 염원이 담겨 있었다. 한가하게 물가를 노니는 학의 움직임은 평온 그 자체였다. 능지의 춤사위에는 아령과 만나 함께 지내던 시절의 평온과 행복이 고스란히 묻어났다.

그러나 세상의 모든 일이 그러하듯 갠 날이 있으면 흐린 날이 찾아오듯 풍파가 일게 마련이었다. 능지가 아령과 만나는 순간부터는 평온한 날의 연속이었는지 몰라도 이미 폭풍우는 이전에 감추어져 있었다. 아령의 탄생이 그러했고, 부모의 만남이 그러했다.

평온을 유지하던 호수에 파문이 일듯 춤사위의 움직임이 점점 커져갔다. 아령이 어린아이로 자라던 시기는 그야말로 따뜻한 봄날과도 같았다. 능지는 그런 봄날 같은 시간들이 영원히 이어질 것으로 생각했다. 그러나 한여름의 폭풍처럼 먹구름이 몰려온 건 한 순간이었다. 아령이 열다섯이 되던 해에 석가치가 능지를 찾아왔다.

능지는 처음에 자신을 찾아온 석가치를 알아보지 못했다. 그런데도 석가치와 시선이 맞닿은 순간 아랫도리에 힘이 모두 빠져나가는 듯했다. 그 자리에 주저앉을 듯 휘청거렸다. 석가치가 찾아온 용건을 말하기도 전에 이미 운명의 때가 다가왔다는 걸 눈치챘다. 명색이 그래도 무당인데 그런 기운을 감지할 수 있었다.

춤사위가 점점 빨라졌다. 우아한 날갯짓으로 공중으로 날아오르는 학의 모습이 잘 나타났다. 구경꾼들은 점점 가슴의 박동이 뛰고 있음을 느꼈다. 새의 날개는 하늘을 날기 위해 존재하는 것이다. 알에서 태어난 이상 날기를 거부해서는 안 되는 것이다. 전장에 나간 서방님이, 아들이, 오라비가 어떻게든 적군과 맞닥뜨리게 될 운명이었다. 높은 하늘을 나는 새들처럼 그들이 두려움을 견디고 싸워서 이기고 돌아오기를 빌었다.

춤을 추는 사람이나 구경을 하는 사람들이나 모두가 한마음이었다. 능지의 심장박동이 빨라지는 만큼 구경꾼들도 똑같이 자신의 몸이 저절로 달아오르는 걸 느꼈다.

'아령은 여기서 자네와 함께 있을 운명이 아닐세.'

석가치가 차마 듣기 힘든 말을 했을 때, 능지는 절망했다. 운명이라는 건 자신도 어떻게 바꾸어 놓을 수 없다는 걸 누구보다 잘 알고 있는 능지였기에 절망의 깊이가 더했다. 운명을 받아들이기로 결정하고 난 뒤에 아령을 데리고 계변에 나가 쌍학무를 추었다. 나이는 어리지만 이미 여인의 몸으로 성장한 아령을 보면 기분이 좋았다. 춤사위에서도 성숙한 여인의 자세가 나왔다. 지난 시간들이 주마등처럼 머릿속을 지나갔다.

이 땅 위에 영원한 것은 없다. 봄에 태어난 새싹들도 가을이 오면 홀연히 땅으로 돌아가지 않던가. 아령과의 운명이 여기서 끝난다 해도 어쩔 수 없는 노릇이다. 언젠가는 자신도 떠나고 또 다른 어느 날에는 아령도 결국 떠날 것이다. 인생은 떠나가도 춤은 남아서 후대에 전해질지 아무도 모르는 일이었다.

공중을 날아오르는 듯했던 춤사위가 좀 더 커지면서 보폭이 넓어졌다. 높은 창공을 너울너울 날고 있는 동작이었다. 능지는 자신의 몸이 하늘 높은 곳에 올라 있는 듯했다. 아래를 내려다보니 월정교 옆에 늘어선 사람들이 보였다. 너무 멀어서 누가 누군지 알아볼 수 없을 정도로 작게 보였다. 능지는 서라벌 사람들에게서 눈길을 거두고 멀리 비슬산 넘어 전장이 있는 대야성 쪽으로 시선을 돌렸다. 아직은 산 너머에 있는 대야성을 알아볼 수 없었다. 좀 더 공중 높이 날아올라 서쪽으로 홰를 쳤다.

얼마 지나지 않아 산세가 수려한 가야산이 나타났다. 대야성을 찾아 사방을 둘러보았다. 그러나 사방 백 리 안에 성의 모습은 보이지 않았다. 그때 어디선가 학의 무리가 나타나 능지의 옆으로 다가왔다.

'너는 처음 보는 학이구나. 이곳에는 처음인 것 같은데 그렇지?'

능지는 그렇다고 대답을 했는데 사람의 말이 아닌 꺼억꺼억하는 새의 말이 되어 나왔다. 그런데도 신기하게 서로 소통이 되는 것이었다.

'저 아래 어디에 대야성이 있을 텐데 혹시 알고 있는가?'

'대야성이라고? 그건 천 년 전의 이야기인데 너는 아마 시간을 앞 당겨 왔는가 보구나.'

'천 년을 당겨서 오다니?'

'인간들은 학이 천 년을 산다는 걸 알지만 시간을 마음대로 늘이고 당긴다는 사실은 알지 못하지. 인간들처럼 지난 일들을 망각하고 산다면 천 년을 산들 무슨 의미가 있겠어.'

능지는 동료들의 이야기를 다 알아듣지는 못했지만 어렴풋이 의미를 알아차릴 수 있었다.

'얘들아 혹시 천 년 전에 저 아래 대야성에서 전쟁을 하러 왔던 아령이란 아이를 기억하니?'

'호호호호. 아령이라고? 그걸 뭐하러 기억을 해. 지금 네가 아령이고 우리들 모두가 아령인데. 깔깔깔깔.'

능지는 퍼뜩 정신이 들었다. 양쪽 날개를 힘주어 쫘악 펼친 순간이었다. 가슴 한 쪽에 불같이 뜨거운 것이 훅하고 들어왔다. 온몸에 불이 붙어 활활 타오르는 것 같았다. 급하게 날개를 접으려 해도 말을 듣지 않았다. 능지는 요란한 비명을 내질렀다. 월정교의 용마루 기왓장이 들썩일 만큼 큰 소리였다.

구경을 하러 모여든 서라벌 사람들은 능지의 춤사위에 빠져 들었다가 갑자기 내지르는 고함소리에 정신이 퍼뜩 돌아왔다. 방금까지 자신들도 공중을 훨훨 날아다니는 한 마리의 학이 되어 있었는데 모두가 꿈에서 깨어났다. 그때 왕비는 혼잡한 군중들을 피해 멀찌감치에서 마차를 세우고 능지의 학춤을 바라보고 있었다. 갑자기 고함을 지르며 바닥에 쓰러지는 능지를 보고 가슴이 뜨끔했다. 뭔가 일이 크게 잘못된 것 같았다. 시종들을 시켜 능지가 쓰러져 있는 월정교까지 길을 냈다.

왕비는 바닥에 쓰러져 있는 능지의 모습을 보는 순간 가슴이 철렁 내려앉았다. 얼마 전에 월정교 용마루 위에 앉아 있던 두루미를 떨어뜨렸을 때가 생각났다. 그때 하문이 쏜 화살을 맞고 바닥에 떨어진 두루미의 모습이 퍼뜩 떠올랐다. 능지는 화살을 맞은 두루미처럼 그 자리에 엎드린 채 꼼짝을 하지 않았다.

"가까이 가서 살펴보거라."

시종들도 어쩔 줄 몰라 가만히 서 있자 왕비가 명령을 내렸다. 그제서야 시종이 쓰러진 능지에게 다가가 머리를 일으켰다.

"이보게 정신을 차리시게. 왕비마마께서 납시었네."

능지는 감았던 눈을 뜨더니 왕비의 모습을 바라보았다. 왕비가 능지의 눈을 바라보니 초점이 흐려져 있었다. 능지는 입술을 달싹거려 무슨 말을 하려고 하는 것 같았다. 그러나 알아들을 수 있는 말이 되어 나오지는 않았다. 그러더니 다시 두 눈을 감아버리고 말았다.

"안 되겠구나. 어서 왕궁으로 데리고 가라."

시종들이 왕비의 명으로 쓰러져 있는 능지를 일으켜 세웠다. 능지는 의식이 있으면서 조금도 힘을 쓸 수 없었다. 왕궁으로 돌아가 정신을 차리면 왕비에게 자초지종을 설명해야 할 텐데 난감했다. 왕궁에 들어온 능지는 식음을 전폐했다. 전장에 나가 있는 아령에게 큰 변고가 생긴 것이 분명한데 어미로서 꾸역꾸역 목구멍에 밥을 퍼 넣을 수가 없었다.

능지가 왕궁으로 들어가고 나서부터 서라벌에 이상한 일이 일어나기 시작했다. 매일 저녁 해거름에 저녁놀이 서라벌 하늘의 절반을 뒤덮었다. 특히 해가 지는 비슬산에는 산불이 타오르는 것처럼 붉은 불꽃이 나타났다. 붉은 저녁놀은 서쪽에서부터 남산 너머 계변이 있는 방향으로 무지개처럼 펼쳤다. 며칠 동안 똑같은 현상이 일어나자 서라벌 사람들이 술렁거렸다.

왕비는 능지가 진혼무를 멈추었기에 일어난 일이라고 믿었다. 능지를 찾아가 어떻게든 자초지종을 듣기로 작정했다. 왕비가 마악 능지가 머무는 처소에 도착했을 때였다 시종 한 명이 가쁘게 숨을 헐떡이며 왕비를 찾아왔다.

"왕비마마, 큰일 났사옵니다. 지금 나정에 붉은 핏물이 넘친답니다."

"뭐라. 신성한 나정의 우물이 넘치다니 그게 무슨 말이냐?"

"나정의 우물이 넘치는데 붉은 저녁놀이 비쳐 꼭 핏물이 흐르는 것으로 보인답니다."

"어허. 이 무슨 괴이한 일이란 말이냐. 수백 년을 이어온 신성한 우물이 넘치다니."

능지는 시종과 왕비가 나누는 이야기를 듣고 심상치 않음을 느꼈다. 자리에서 벌떡 일어나 왕비 앞에 머리를 조아렸다.

"왕비마마! 소인이 죽을죄를 지었습니다. 소인이 마마의 명을 무시하고 진혼무를 멈추었기에 일어난 일이옵니다. 소인을 벌해 주옵소서."

왕비는 능지의 말을 듣고 땅이 꺼져라 한숨을 쉬었다. 지금 나라에 닥친 위기가 일개 무녀를 벌한다고 해결될 일이 아니었다. 전장에서 들려오는 소식은 매일 위태롭기만 했다. 왕세자가 국원성에서 내려와 전장에 합류했다는 소식을 받았는데 더욱 걱정이 앞섰다.

"이제 몸을 좀 추스르고 월정교에 진혼무를 추러 가야 하지 않겠나?"

"마마. 지금 서라벌에 비치는 붉은 빛은 크게 걱정하지 않아도 될 듯합니다. 더구나 나정의 물이 넘치는 것도 서라벌엔 흉조가 아니라 오히려 길조입니다."

왕비는 능지의 말에 적이 안심이 되었다.

"그렇다면 다행이구나. 이제 다시 월정교에 나가 진혼무를 출수 있겠느냐?"

"마마께 감히 청을 올립니다. 지금 붉은 저녁놀이 남쪽으로 뻗쳐 있다 하니 이는 필시 태화강의 계변을 지목하는 것으로 사료되옵니다. 제가 계변에 내려가 큰 제를 올리고 학무를 추었으면 합니다. 계변은 부용 공주의 한이 서려 있는 곳이며 아령 공주와도 무관한 곳이 아닙니다."

다음날 일곱 대의 마차가 월성을 떠나 계변으로 향했다. 능지의 청을 왕비가 받아들인 것이었다. 왕비는 손수 마차에 타고 능지와 함께 계변으로 향했다.

학의 전쟁

　노달의 치료가 끝나고 나니 용덕 대장군이 손수 하문을 찾아왔다. 그제야 하문은 꼬여버린 전장의 상황에 난감했다. 용덕 대장군은 적장이 대야성을 내어준다고 했는데 왜 받아들이지 않았는지 이유를 물었다.

　하문은 그간의 사정을 낱낱이 고할 수밖에 없었다. 아령이 18년 전에 사라진 부용 공주의 딸이며 지금 적장인 오상치가 아령의 아버지임을 고했다.

　"흐음. 이것은 나라와 나라 사이의 일이 아니라는 것이구만. 적장이 빼앗은 땅을 모두 돌려주고 물러난다는데 받아들이지 않을 이유가 없지 않은가?"

　"그게 그렇게 간단하지가 않습니다. 아령은 지금 강제로 잡혀간 상황입니다. 적의 화살을 맞아 생사를 알 수도 없는 상황입니다."

"그게 무슨 위중한 상황이란 말인가. 아령은 일개 기생에 불과한 여인이 아닌가?"

하문은 일개 기생이라는 말에 속에서 불덩이 같은 게 치밀어 오르는 걸 느꼈다. 왠지 모르게 자신이 모욕당한 느낌이 들었다. 그러나 대장군 앞에서 함부로 내색을 할 수도 없는 노릇이었다. 답답한 마음에 자꾸만 헛기침이 나왔다.

"이제 자네는 선봉에서 물러나도록 하게. 한 번 물러간다고 했으니 저들의 뜻을 받아주어야 하지 않겠나. 그동안 수고가 많았네. 이제 국왕께서도 큰 근심을 내려놓으실 수 있게 되었네."

하문은 대답대신 목이 터질 듯한 기침을 했다. 목에 큰 가시가 걸린 것처럼 목이 메어 말을 할 수가 없었다. 목구멍 깊은 곳에서 뜨거운 말이 이글이글 타오르는 불꽃처럼 소용돌이 쳤다.

'아령은 나의 여자입니다.'

하문은 끓어오르는 분기를 가라앉히고 물러났다. 노달을 비롯한 천 명의 지원군을 대야성에서 십 리는 떨어진 곳으로 물렸다. 하문과 달리 군사들은 오히려 안도의 숨을 내쉬었다. 긴장의 끈을 놓고 퍼질러 앉은 군사들과는 달리 하문은 안절부절못했다. 멀리 가물가물 보이는 대야성 안에 아령이 끌려가 있다는 생각을 하면 속이 뒤집어 질 것 같았다. 화살에 맞은 아령의 상태가 궁금해 미칠 지경이었다.

하문이 뒤로 물러난 뒤 큰 변화는 일어나지 않았다. 용덕 대장군은 대야성을 바라보며 적의 동태를 주시하기만 했다. 이틀 동안 성루 위에선 한 두 명의 초병만 어슬렁거릴 뿐 사람의 그림자도 보이지 않았다. 바라보고 있는 용덕 대장군의 속만 초조하게 타들어갔다.

삼 일째 되는 날이었다. 기다림에 지친 용덕 대장군은 백기를 들고 성문 앞으로 갔다. 적장을 만나 철수할 의향을 물어보기 위한 것이었다. 성루 위의 초병이 용덕 대장군이 소리친 내용을 귀담아 듣고 사라졌다. 신라 진영의 군사들은 초조한 심정으로 성루 위와 성문을 뚫어져라 응시하고 있었다.

예상보다 오랜 시간이 흐른 후 성문이 슬그머니 열리기 시작했다. 용덕 대장군은 잔뜩 긴장했다. 예상대로라면 오상치가 백기를 들고 천천히 걸어 나와야했다. 그러나 예상 외의 상황이 벌어졌다. 천천히 열리던 성문이 갑자기 활짝 열리더니 수십 기의 기병이 한꺼번에 우르르 쏟아져 나왔다.

용덕 대장군이 탄 말이 앞발을 치켜들며 비명소리를 질렀다. 갑작스런 적의 도발에 놀란 용덕 대장군이 등자를 걷어찬 탓이었다.

"뒤로 물려라!"

용덕 대장군은 다급하게 소리쳤다. 대장군을 호위하고 있던 기병들도 놀라기는 마찬가지였다. 날뛰는 말을 달래 겨우 머리를 틀어 도망치기 시작했다. 그 뒤를 수십 기의 백제기병이 무서운 기세로 추격했다.

전면에 배치되어 있던 신라의 기병들이 대장군을 구하기 위해 앞으로 달려나왔다. 용덕 대장군은 적에게 꼬리를 잡히지 않고 겨우 본진 속으로 도망쳐 올 수 있었다.

대야성 성문 앞에서는 양측의 기병 사이에 대접전이 벌어졌다. 처음과 달리 신라군의 수세가 유리하게 돌아가자 성안에서 수백 기의 기병이 추가로 쏟아져 나왔다. 이번에는 투구 위에 흰 깃을 꽂은 오상치가 같이 나와 기병들을 지휘했다. 그러자 순식간에 전세가 역전되었다.

"모두 앞으로 나가랏!"

용덕 대장군이 전군을 앞으로 내밀었다. 그러자 대야성 안에서 도 보병들이 우르르 쏟아져 나오기 시작했다. 그동안 소강상태였 던 전장에 피바람이 몰아쳤다. 적의 칼날에 목이 잘린 군사는 나 무토막처럼 쓰러져 피를 쏟았다. 팔다리가 잘리고 배를 창에 찔 린 군사들이 내지르는 비명소리에 하늘이 찢어져 내릴 것 같았 다.

오상치의 활약은 단연 돋보였다. 그가 긴 환두대도를 휘두를 때마다 신라 군사들의 목이 추풍낙엽처럼 떨어져 나갔다. 신라 진영에서는 선뜻 나서서 오상치와 대적할 장수가 없었다. 용덕 대장군도 기력이 떨어져 선두에 나설 수 없는 상황이었다.

사시에 시작된 전투는 어둑해질 때까지 계속되었다. 오상치는 온몸에 붉은 피를 뒤집어썼다. 갑옷과 투구는 물론이고 투구 위에 꽂은 흰 깃이 붉게 물들어 있었다. 그런 그의 몰골은 흡사 지옥에서 올라온 마귀와 같았다. 쉴 새 없이 칼을 휘두르던 오상치가 잠시 짬을 내어 주위를 살피더니 소리를 질렀다.

"그만 물러랏!"

그의 목소리는 바위가 깨지는 듯했다. 백제군사들이 오상치의 명령에 대야성 안으로 몰려 들어갔다. 기진한 신라 군사들은 뒤쫓을 생각도 하지 못하고 넋을 놓았다. 전투가 끝난 자리는 그야말로 아수라장이었다. 죽은 군사들이 쏟아낸 피가 냇물처럼 흘렀다. 어둑해진 하늘에 떼까마귀가 무리지어 날았다.

전투가 끝난 현장을 바라보는 용덕 대장군의 가슴은 미어터질 것 같았다. 쓰러진 대부분의 시체는 신라 군사들이었다. 어림짐작으로도 수백 명이 넘었다.

용덕 대장군은 뒤로 물린 하문을 불렀다. 하문을 뒤로 물린 것은 적과 협상을 하기 위한 조치였다. 그런데 어이없는 기습을 당할 줄은 생각하지 못했었다. 협상도 내가 힘의 우위를 점한 다음에 해야 한다는 걸 뼈저리게 느꼈다.

대야성 안으로 들어온 오상치는 물 한 바가지를 들이켠 후 곧장 아령을 찾아갔다. 아령은 가슴에 화살을 맞고 기절한 뒤 이틀 동안 의식을 차리지 못하고 있었다. 금백 장군이 성루 위에서 날린 화살은 정확하게 아령의 가슴 한복판에 박혔다. 갑옷을 뚫고 가운데 가슴뼈를 뚫었는데 숨이 끊어지지는 않았다. 갑옷이 아니었다면 그 자리에서 절명했을 상황이었다.

"차도가 있는가?"

오상치는 아령을 치료하고 있는 의원에게 상태를 물었다.

"아까부터 의식이 돌아왔습니다. 지금은 다시 잠이 들어있는 상태입니다."

오상치는 의원의 밝은 얼굴표정을 보고 대충 눈치 챌 수 있었다. 아령이 의식을 차렸다는 말을 듣자 온몸의 피로가 한꺼번에 몰려왔다. 꼭 싸움 끝의 피로감 때문만은 아니었다. 아령이 이틀 동안 사경을 헤매자 속이 터져 나갈 것만 같았다. 오늘 아침에도 터져 오르는 가슴을 달래고자 군사들을 이끌고 성 밖을 나갔던 것이었다.

어째서 신라 군사들은 자신의 사랑하는 여인들을 화살로 상하게 한단 말인가? 아령을 쏜 것은 백제군의 금백 장군인데도 모든 원인은 신라 군사들에게 원망을 돌렸다. 만약에 아령이 깨어나지 못하면 원수를 갚기 위해서라도 서라벌로 곧장 진격해 들어갈 생각이었다. 오늘 아침에도 아령이 깨어날 기미가 보이지 않자 치미는 분노를 달래기 위해 성문을 열고 나가 신라군을 살육하고 돌아 온 것이었다.

오상치는 누워있는 아령의 곁으로 다가갔다. 편안한 표정으로 잠들어 있는 아령의 얼굴을 한참 동안 바라보았다. 어쩌면 닮아도 이렇게 닮을 수가 있단 말인가. 아령의 얼굴은 18년 전 부용 공주의 얼굴을 빼다 박은 듯했다. 한참 동안 넋을 놓고 바라보던 오상치의 눈에서 나온 눈물이 볼을 타고 흘러내렸다. 눈물이 볼에 묻은 피와 섞여 턱 끝에서 뚝뚝 떨어졌다.

'애야. 제발 일어나거라. 일어나기만 하면 무슨 원이든 다 들어주마.'

오상치는 18년 전 태확강변의 일을 평생 잊을 수가 없었다. 자신이 헤엄쳐 배에 올랐을 때는 이미 상황을 돌이킬 수 없었다. 공주는 이미 얼굴을 물속에 담근 채 쓰러져 있었고 화살 하나가 등 한가운데 정확하게 박혀 있었다. 품에 안고 있던 바구니는 어디로 흘러갔는지 눈에 보이지 않았다. 아이를 찾고 쓰러진 공주를 배로 데려오기에는 시간이 너무 촉박했다. 신라 군사들이 쏘아대는 화살이 뱃전까지 마구 날아오고 있었다.

그날 이후로 오상치는 신라국에 대한 복수의 이를 갈아왔다. 처음 국경을 넘어 아막성을 칠 때는 복수에 찬 칼날에 적군의 목이 떨어져 나갈 때마다 짜릿한 쾌감까지 느꼈다.

그러나 시간이 지날수록 마음 한구석에 회의가 일기 시작했다. 신라사람들의 목을 모두 베어도 죽은 부용 공주가 살아서 돌아오지는 못한다는 사실을 생각하면 점점 나락으로 빠져들었다. 죽은 부용 공주의 혼이 자신의 복수극을 기쁘게 받아들이고 있는지도 확신이 서지 않았다.

이제는 서서히 신라 땅에서 발을 빼려던 참이었다. 느닷없는 아령의 등장에 오상치는 적잖이 당황했다. 어쩌면 닮아도 그렇게 닮을 수가 있단 말인가. 마치 죽은 부용 공주가 살아서 돌아온 것 같았다. 그런데 그 부용 공주를 닮은 아령이 칼을 겨누고 자신에게 달려들었던 것이다. 도대체 이 아이는 무슨 생각을 하고 있는 것인지 알 수 없었다. 오상치는 잠들어 있는 아령의 이마에 입술을 갖다 댔다. 붉은 핏방울이 섞인 눈물이 아령의 입술에 떨어졌다.

순간 아령이 감았던 눈을 번쩍 뜨더니 몸이 크게 출렁했다. 오상치가 놀라 뒤로 몇 걸음 물러났다.

"이제 정신을 차렸구만요."

의원이 나서서 아령의 양쪽 팔을 잡아 안정시켰다. 아령이 무어라고 말을 하려는 듯 입술을 실룩거리다가 이내 눈을 감았다. 오상치가 아령에게 다시 가까이 가려하자 의원이 만류했다.

"당분간은 정신이 온전히 돌아올 때까지 자극을 주지 않는 게 좋을 것 같습니다."

의원의 만류에 오상치는 아령의 방에서 물러났다.

아령은 금백 장군이 쏜 화살이 날아와 가슴에 박히는 순간 불덩이가 온몸을 휘감는 듯한 느낌을 받았다. 마치 부리가 긴 불새한 마리가 날아와 가슴을 뚫고 지나간 것 같았다. 온몸이 불길에 휩싸인 듯 뜨겁게 달아올랐다. 이렇게 죽는구나, 생각을 했지만 딱히 죽음의 경계가 느껴지지 않았다.

불길에 싸인 새가 달려든 뒤 자신의 몸도 불길처럼 공중으로 마구 솟아올랐다. 날개를 저을 때마다 몸이 공중으로 솟구치며

시원함을 느꼈다. 뜨거운 몸을 식히기 위해서는 계속 날개를 저어 하늘 높은 곳으로 올라가야 했다. 한참을 솟구쳐 올라 몸의 열기가 조금 식었다고 느낄 무렵에 아래를 내려다보았다. 얼마나 높이 올라왔는지 땅이 보이지 않을 지경이었다. 얼핏얼핏 구름 사이로 멀리 있는 산의 모습이 보였다.

주위를 둘러보니 공중을 날고 있는 것은 자기 혼자가 아니었다. 수많은 두루미 떼가 자신의 주위를 날고 있었다. 아령은 자신의 모습을 유심히 살펴보았다. 마음은 사람인데 몸은 학의 모습을 하고 있었다. 주위에 같이 날고 있는 다른 두루미 떼와는 다르게 자신의 깃털은 활활 불타오르는 것 같은 주홍빛이었다.

"여기는 도대체 어디죠?"

아령은 옆에 날고 있는 두루미에게 말을 걸어보았다. 자신은 분명 인간의 말을 했는데 목구멍에서 끼익끼익 하는 학의 울음소리가 나왔다.

"어디라고 말하면 네가 알겠니? 인간세상에서 방금 올라온 아이구나. 내가 설명해 주지 않아도 시간이 흐르면 자연히 알게 될 거야. 모든 일의 열쇠는 시간에 있으니까."

아령은 입을 다물었다. 그리고는 무리들에 섞여 들어 자연스럽게 공중을 날았다. 하늘의 경계는 끝이 보이지 않았고 같이 날고 있는 무리들의 숫자도 헤아릴 수 없었다. 몸의 피로도 느낄 수 없었고 시간과 공간의 감각도 느낄 수 없었다.

끝없이 날기를 반복하던 어느 한 순간에 하늘 한가운데서 벼락이 쳤다. 하늘이 장막처럼 반쪽으로 갈라지며 섬광이 눈을 부시게 했다. 붉은 물방울 하나가 공중에서 내려와 아령의 얼굴에 떨어졌다.

번쩍 눈을 뜨고 나니 오상치의 얼굴이 가까이에 있었다. 방금 지옥에서 올라온 듯 얼굴에 피칠갑을 하고 있었지만 단번에 오상치를 알아볼 수 있었다. 아령은 떴던 눈을 도로 감아버렸다. 가슴에 찢어질 듯한 통증이 몰려왔다.

전투가 끝난 대야성 앞은 인간 도살장 같았다. 신라 군사들은 시체를 치우느라 바빴다. 피비린내를 맡고 까마귀 떼가 날아와 시끄럽게 울어댔다. 사망자가 칠백 명에 이른다는 보고를 받은 용덕 대장군은 넋이 나간 듯했다. 너무 적의 선심만 믿었다가 된통 당한 것이었다. 무엇보다도 선봉으로 내세웠던 지원군을 뒤로 물린 것이 후회스러웠다. 하문이 이끄는 지원군이 선봉으로 있을 때는 전세가 신라군에 유리하게 돌아갔었다.

용덕 대장군은 하문을 다시 불렀다. 언제 다시 백제군이 성문을 열고 나올지 모르는 상황이라 대비하지 않으면 안 되었다.

하문이 용덕 대장군의 부름을 받고 대야성 앞에 이르니 피 냄새가 진동을 했다. 하문의 가슴 속에서 뜨거운 것이 울컥 치밀어 올랐다.

'내 이것들을 살려서 돌려보내지 않을 것이다.'

하문의 군대는 처음처럼 진을 쳤다. 그러나 조금 다른 점은 하문이 서 있는 자리가 적의 화살이 충분히 닿을 수 있는 거리였다. 흰 갑옷을 입은 아령이 섰던 옆 자리에 노달이 대신 자리를 지켰다. 노달은 어깨의 화살을 뽑아내고도 끄떡없이 움직였다. 과연 장사는 장사였다.

[두루미야 두루미야. 네 알은 어디다 두고 여기와서 우느냐]

전군이 노래를 부르며 각궁진을 펼쳤다. 진의 모양이 거대한 두루미 한 마리가 대야성을 향해 날아가는 것 같았다. 한나절이 지나자 성문이 열렸다. 백기를 든 기수가 먼저 성문에서 나오고 그 뒤에 열다섯 기의 기병이 따라 나왔다. 오상치는 맨뒤에서 따라 나왔다. 하문과의 거리가 백보 남은 거리에서 멈추어 섰다.

"그쪽 장수는 앞으로 나오너라. 담판을 짓도록 하자."

"할 말이 있으면 하라."

하문은 그 자리에 서서 말을 받았다. 협상에 신빙성을 믿을 수 없다는 태도였다.

"군사를 먼저 물리면 대야성을 내주고 물러가도록 할 것이다. 어떠냐? 죄없는 군사들을 개죽음시킬 필요가 있겠느냐?"

"말도 안 되는 개소리는 집어치워라. 네놈들은 한 명도 살아서 돌아가지 못할 것이다. 설사 살아서 돌아간다 해도 너희들을 받아줄 나라는 망하고 없을 것이다. 지금 우리 군사들과 고구려의 대군이 너희들의 왕성을 부수고 있을 것이다."

하문의 응대에 오상치는 등골이 서늘했다. 북쪽에서 일어나는 일을 알 수 없는 상황이라 항상 불안했던 터였다. 정말로 고구려가 신라와 연합하여 백제의 왕성을 친다면 자신은 꼼짝없이 외톨이가 되는 것이다.

"그래서 대야성을 넘겨주고 물러나겠다는 것이 아니냐."

"물러나기 전에 아령 공주를 당장 우리에게 넘겨라."

오상치는 아령을 넘기라는 말에 움찔했다. 성 하나를 넘기는 것보다 더 어려운 요구였다. 성이 아니라 나라 전체를 넘긴다 해도 포기할 수 없을 것 같았다.

"그건 좀 곤란하구나. 아령은 엄연한 나의 딸이다. 몸도 성치 않은데 넘길 수는 없다. 잘 생각해 보아라 애꿎은 군사들의 피를 더 흘리게 할 테냐, 길을 열어 줄 테냐?"

"더이상 협상은 없다. 전군 앞으로!"

하문이 환두대도를 높이 치켜들었다. 일진이 성문을 향해 노도처럼 밀고 들어갔다. 하문이 말에 박차를 가해 오상치를 향해 달려들었다. 화살에 맞은 아령 생각에 머리가 뒤집힌 하문이었다. 오상치의 말을 들어보니 아령이 죽지는 않은 것이 확실했다. 그렇다면 자신이 무슨 수를 써서라도 구해내야 한다는 생각뿐이었다. 하문을 호위하고 있는 20기의 기병들이 쏜살같이 오상치에게로 달려들었다.

갑자기 벌어진 일에 오상치는 당황했다. 말머리를 급하게 돌려 성안으로 들어가려는데 이미 하문의 기병들과 부딪쳤다. 피하려는 자와 달려드는 자의 힘의 차이는 엄청난 것이었다. 하문의 환두대도가 거침없이 오상치의 목을 노리고 들어갔다.

노달이 내려치는 철퇴는 돌아선 백제기병의 뒷머리를 향했다. 간신히 머리를 피하자 그대로 말잔등에 철퇴가 떨어졌다. 말이 그대로 허리가 부러져 그 자리에 주저앉고 말았다. 말 등에서 떨어져 나뒹구는 기병을 그대로 말발굽이 밟고 지나갔다.

백기를 들고 나간 오상치가 복귀를 못하자 대야성의 성문이 활짝 열렸다. 백제군의 기병들이 무서운 속도로 쏟아져 나왔다. 뒤이어 보병들이 기병의 뒤를 이어 나왔다. 이미 달려온 신라의 전진 부대는 성 앞까지 당도해 있었다. 양쪽 군대의 대접전이 벌어졌다.

오상치는 하문을 상대로 접전을 벌였는데 지금까지 맞붙어본 그 어떤 상대보다 어려웠다. 몸집은 자신보다 작아도 속도가 유별나게 빨랐다. 한번 공격을 끝낸 칼을 거두어들이는 시간이 순식간이었다. 찌르기로 들어온 칼끝이 어느새 베기로 들어오고 베기로 들어온 칼이 다음 동작도 없이 찌르기로 들어왔다. 오상치는 빠른 속도로 들어오는 환두대도를 막아내느라 진땀이 났다.

하문이 오상치를 몰아붙이자 신라 군사들의 사기는 하늘을 찌르는 듯했다. 전날 치러진 전투에서 쓰러진 신라 군사들의 원수를 갚아야 한다는 생각에 모두 전력을 다해 싸웠다. 양쪽 군사들이 성 바로 앞에서 대접전이 벌어지자 성루 위에 있던 백제군사들은 활을 쏠 수 없었다. 그러자 성루에서 내려와 모두 성문 밖으로 나왔다. 지금까지 없었던 대접전이 벌어졌다.

후진에서 싸움의 양상을 지켜보는 용덕 대장군은 애가 탔다.

지금까지 지기만 했던 싸움인지라 승패에 자신이 없었다. 그런데 처음에 백기를 들고나온 적을 왜 공격을 했던 것인지 이해할 수 없었다. 지금 상황으로는 전투를 피하는 게 상수라고 생각했다. 적을 조용히 물러가게 할 수만 있다면 무조건 그 길을 선택해야 한다고 생각했다. 시간이 지날수록 초조한 마음에 애를 태우고 있는데 전투의 상황은 신라군에 점점 유리하게 돌아가고 있었다.

"원수를 갚아라. 한 놈도 살려 보내지 마라. 백제놈들 씨를 말려라."

하문은 잠시도 쉬지 않고 오상치를 밀어붙였다. 오상치가 밀리는 기색이 역력하자 백제군의 호위군들이 하문을 막아섰다. 하문은 호위군사들의 공격을 막아내느라 오상치에게 공격을 가할 수 없었다. 그러자 노달이 득달같이 달려들어 하문에게 달려드는 백제군사들을 떼어냈다. 이번에는 백제의 호위군사들이 방향을 바꾸어 노달에게 한꺼번에 달려들었다. 그 틈에 오상치가 하문의 빈틈을 노리고 긴 환두대도로 찌르기를 시도했다. 일촉즉발의 위기였다.

노달은 자기를 노리고 들어오는 칼날을 놓아두고 하문에게 향하는 환두대도의 칼날을 걷어냈다. 그러자 호위군사의 칼날이 노달의 등을 찔렀다. 거구인 노달의 몸이 움찔하고 떨렸다. 기회를 놓칠세라 호위군사들의 칼끝이 한꺼번에 노달에게 달려들었다.

노달이 전력을 다해 막아내는 동안 오상치가 다시 하문을 향해 칼끝을 들이밀었다. 하문도 노달에게서 눈을 거두고 오상치의 칼끝을 피하는 동시에 빠른 몸놀림으로 오상치를 압박해 들어갔다.

"모두 성안으로 물러나라."

점점 상황이 불리하게 돌아가자 오상치가 전군에 철수 명령을 내렸다. 오상치가 명령을 내리는 순간에 하문의 환두대도가 목을 베러 들어갔다. 오상치가 고개를 숙여 하문의 칼날을 간신히 피했다. 투구에 꽂았던 하얀 깃털이 칼날에 베어져 떨어졌다. 팔랑팔랑 떨어져 내리는 깃털을 바라보고 오상치가 곤혹스런 표정을 지었다.

백제군사들이 서서히 성문 안으로 피해 들어가자 전장에 남은 백제군은 몇 되지 않았다. 오상치는 끝까지 남아 신라 군사들을 대적했다. 신라 군사들도 승기를 잡자 노도처럼 들이쳤다. 그런데 이번에는 성루 위에서 화살이 쏟아져 내려왔다. 먼저 성안으로 들어간 군사들이 성루 위로 올라가 쏘아댔다. 성루 아래쪽에 백제군사들은 얼마 남아있지 않으니 마음 놓고 화살을 퍼부어댔다.

"뒤로 물러나라!"

하문이 전군에 철수명령을 내렸다. 오상치를 추격해 성안으로 들어가려 해도 적은 숫자로 들어갔다가는 금방 안에 갇힐 것 같았기 때문이었다. 하문은 화살이 비 오듯 쏟아지는 가운데 부상당한 노달을 데리고 전장을 빠져 나왔다. 노달은 이미 고개가 앞으로 푹 꺾여 있었다. 온몸에 칼자국이 나 있는 가운데 화살도 등에 박혀 있었다. 의원을 불러 신속하게 치료하게 했지만 목숨이 경각에 달린 듯했다. 의원은 등에 박힌 화살부터 뽑아내었다. 뽑아낸 자리를 소독을 하면서도 의원의 표정은 밝지 못했다. 칼날에 상한 상처가 생각보다 깊었기 때문이었다.

"어떤가? 살릴 수 있겠는가?"

"글쎄요. 상처가 너무 깊습니다."

"무조건 실려야하네. 무조건."

의원은 울부짖다시피 한 하문의 주문에 난처한 기색이 역력했다. 사람의 생사를 좌우하는 일이 그렇게 쉬운 게 아니었다. 의원의 난감한 마음과는 다르게 하문은 마음속으로 피울음을 울고 있었다.

"이보게, 노달, 정신 좀 차리게. 여기서 끝낼 수가 없지 않는가. 돌아가 자네 여자를 돌보아야 할 것 아닌가."

하문의 말에 노달이 감았던 눈을 겨우 떴다. 무언가 말을 하려고 입을 달싹였는데 쉽게 말이 되어 나오지 않았다. 하문이 귀를 노달의 입에 가까이 가져다 대었다. 노달의 입에서 신음소리에 가까운 말이 힘겹게 흘러나왔다.

"대장군님을 끝까지 지켜드리지 못해 죄송합니다. 종놈으로 오래오래 사는 것보다는 이게 더 사람답게 살다가는 것 같습니다. 모두가 장군님을 만난 덕분입니다. 제가 죽더라도 박달골의 아씨와 아이는 좀 거두어 주십시오. 아이가 내 씨가 아니더라도…… 제발 거두어 주…….'

"그런 마음 약한 소리 하지 말게. 이젠 아씨가 아니라 엄연한 자네의 부인이 아닌가. 지금쯤 부인의 몸안에 자네의 아이가 자라고 있을 걸세. 아비 없는 아이를 만들어서야 쓰겠나."

아이라는 말에 노달의 표정에 웃음기가 떠올랐다. 그것으로 끝이었다. 숨이 완전히 멎은 노달은 계속 웃음기를 머금고 있었다.

하문이 용덕 대장군의 부름으로 본진으로 찾아가니 뜻밖의 손님이 와 있었다. 국원성에 사신으로 갔던 왕세자 일행이 하문을 기다리고 있었다. 하문과 같이 범사냥을 갔었던 석도를 비롯한 화랑들이 모두 와 있었다.

하문은 무릎을 꿇어 왕세자에게 인사를 올렸다. 왕세자는 너그러운 웃음을 띤 표정으로 하문의 인사를 받았다. 미리 와서 하문의 활약상을 직접 눈으로 확인한 터였다.

"수고가 많았다. 범을 잡은 화랑의 기개를 잘 보여주었다."

하문은 왕세자의 치하를 들은 뒤 동반들과 뜨거운 포옹을 나누었다. 석도와 포옹을 할 때는 친형제보다 더한 우애를 느꼈다.

"우리가 없는 사이 서라벌 사나이의 기개를 유감없이 보여주었구먼."

"적을 물리치지 못해 부끄러울 뿐이네."

석도와 포옹을 마치자 왕세자가 조용히 하문을 불렀다. 왕세자의 얼굴엔 처음과는 달리 근엄한 빛이 서려있었다.

"대장군님의 말로는 적장이 백기를 들고와 조용히 물러가기를 청했다고 했는데 어찌된 일인가?"

하문은 왕세자의 지적에 움찔했으나 이내 말을 받았다.

"적장은 아주 교활한 놈입니다. 말처럼 그렇게 쉽게 물러날 놈이 아닙니다. 힘으로 밀어내지 않으면 안 됩니다."

하문의 목소리가 한껏 높았다. 왕세자의 얼굴 표정이 일그러졌다.

"내가 이미 대장군께 보고를 받았다. 지금 적에게 포로로 잡혀간 여자가 누구인가? 자네의 여자인가? 예전에 월지에서 물에 빠졌던 그 기생이 아닌가?"

"소신의 여자는 맞습니다만 이제 기생은 아닙니다. 엄연한 우리 신라국의 공주님이십니다."

하문의 말대답에 왕세자의 얼굴이 붉게 물들기 시작했다. 잠시 거친 숨을 몰아쉬더니 허리춤에 차고 있던 대도를 뽑아들었다. 칼자루를 황금으로 장식한 왕실을 상징하는 화려한 칼이었다. 둘러섰던 사람들이 모두 놀라 눈을 크게 떴다.

"잘 보아주려 했더니 아주 고약한 놈이로구나. 왕실을 모욕하다니. 어디서 굴러먹던 기녀를 왕실의 여자라 하는 것이냐? 이제부터는 너의 지휘권을 박탈하도록 하겠다."

왕세자는 칼끝을 하문을 향해 겨누었다. 그러나 하문은 눈썹 하나 움직이지 않았다. 오히려 당당한 자세로 자신의 칼집에서 칼을 뽑았다. 용덕 대장군을 비롯한 화랑들이 모두 놀라 칼자루로 손을 가져갔다. 왕세자 앞에서 칼을 뽑는 것 자체가 반역이었다. 그러나 하문은 당당한 표정으로 주위를 향해 소리를 질렀다.

"모두 멈추시오. 칼에서 손을 떼시오. 이 칼은 우리 신라국의 국왕폐하께서 친히 내리신 칼이오. 누구든지 국왕폐하의 명이 선이 칼 앞에 대적하는 것은 반역이오. 왕세자님도 국왕폐하의 칼 앞에서 예외로 할 수는 없습니다. 왕명을 받으십시오."

기세등등한 하문의 호령에 왕세자는 난감한 표정으로 용덕 대장군을 바라보았다. 어떻게 좀 해보라는 구원의 표정이었다.

"왕명을 거스를 수는 없습니다."

용덕 대장군도 하는 수 없다는 표정으로 칼자루에서 손을 떼었다. 같이 둘러서 있던 장수들이 모두 용덕 대장군의 뜻을 따랐다. 그러자 왕세자도 하는 수 없이 칼을 거두어 칼집에 넣었다.

"이 무례함은 훗날 꼭 죄를 묻도록 하겠다."

왕세자와 하문을 둘러싼 주위에 싸늘한 공기가 흘렀다. 하문은 환두대도를 칼집에 넣은 다음 왕세자 앞에 무릎을 꿇었다.

"소신의 불충을 너그럽게 용서바랍니다. 외람된 말씀이지만 이 전쟁은 신라국과 백제국의 전쟁이 아닙니다. 소신과 오상치라는 적장과의 싸움일 뿐입니다."

"무슨 말인지는 모르겠지만 속히 전쟁을 끝내도록 하라. 그리고 너희들은 하문을 도와주도록 하라. 대범을 잡은 사나이들이니 백제군과 맞서 물러서지 마라."

"예!"

화랑들이 동시에 큰소리로 대답하니 천막이 들썩했다. 하문은 석도를 포함한 화랑들과 선봉대로 돌아왔다. 석도에게서 석가치의 소식을 전해들은 하문은 맥이 탁 풀렸다. 오늘 일전에서 오른팔인 노달을 잃어 심경이 착잡한 참이었다. 남산에서 석가치와 함께 했던 순간들이 떠올라 눈시울이 붉어졌다.

"그분께서 특별히 당부하신 말씀은 없었는가?"

"우리더러 아령을 도우라고 하셨네."

"그것 말고는?"

"우리들의 앞날이 밝을 거라고 말씀하셨네."

하문은 안타깝기 그지없었다. 무어라도 도움이 될 만한 말 한마디라도 힘이 될 것 같았다.

석도는 하문에게 아령이 처한 상황을 자세히 물었다. 하문은 땅이 꺼져라 한숨을 내쉬었다. 자신의 두 눈으로 아령의 가슴에 화살이 날아와 박히는 모습을 똑똑히 보았기 때문이었다. 오상치가 하는 말로 미루어 살아 있는 것은 확실한 것 같은데, 자세한 상황을 알 수 없으니 답답해 미칠 지경이었다.

"너무 걱정하지 말게. 우리가 힘을 합쳐 아령을 꼭 구해낼 것이네."

하문은 석도의 위로에 조금이나마 마음이 놓였다. 화랑들은 모두가 하문이 처한 상황에 대해 안타까워했다. 아령의 이야기를 듣고 나니 남의 일 같지 않았다. 화랑들은 월지에서 아령이 물에 뛰어든 이야기부터 태백산의 범사냥터에서 있었던 일까지 밤이 새는 줄 모르고 이야기를 나누었다. 누구보다 아령에 대해 추억이 깊은 것은 석도였다.

"아령은 특별한 여자가 틀림없어. 아마 아령의 가르침이 없었더라면 그날 범을 잡는 일은 불가능했을 걸세. 은혜를 갚기 위해서라도 반드시 구해내야겠네."

하문은 석도의 다짐에 적잖이 위로가 되었다. 낮에 노달을 잃은 상심도 어느 정도 달랠 수 있었다. 노달의 빈자리를 화랑들이 충분히 메워 줄 것 같았다.

아침부터 가야산의 학들이 유난히 번잡스러웠다. 먹이를 구하기 위한 비행이 아니라 무리들이 유희를 즐기는 것처럼 군무를 이루었다. 군사들은 아침식사를 하면서도 학들의 군무에서 눈을 떼지 못했다.

"저것들이 오늘 무슨 잔치가 있나봐. 저렇게 춤을 추듯이 무리지어 나는 것은 처음 보겠네."

"정말 그러하이. 오늘 무슨 좋은 일이 있으려나보네."

군사들은 저마다 한마디씩 거들었다. 아침을 마치고 진을 짤 무렵 뒤쪽이 소란스러웠다. 본진에서 밤을 보낸 왕세자가 친히 선발대로 찾아왔다. 어떤 경우에도 왕세자가 선봉에 나서는 법은 없었다. 군사들은 왕세자를 몰라보고 옥신각신하고 있었다. 그도 그럴 것이 말다래와 안장은 물론이고 옷도 평범한 화랑의 복장으로 갈아입고 있었다. 하문은 왕세자를 알아보고 황급히 달려가 무릎을 꿇었다.

"어서 일어나게. 적들이 알아보지 못하게 하게."

하문은 왕세자의 주문에 얼른 몸을 일으켜 세웠다. 하문은 긴장하지 않을 수 없었다. 어쨌든 왕세자의 안전에 대해 신경을 써야했다.

"나도 이 순간부터는 왕세자가 아니라 화랑 중의 한 사람일세. 내 무술을 얕잡아보지 말게. 자네의 부하처럼 싸울 테니 신경 쓰지 말게."

왕세자는 석도 옆에 자리를 잡았다. 하문은 각별히 조심하라는 말밖에는 말릴 수가 없었다. 왕세자에게도 다른 화랑들처럼 머리에 하얀 깃 하나를 꽂도록 했다. 출정준비를 마친 하문은 거침없이 대야성을 향해 말을 몰아갔다. 노달 일행을 대신하여 화랑들이 하문을 좌우에서 호위했다.

"두루미야 두루미야 네 알은 어디에 두고 여기 와서 우느냐."

선봉대가 부르는 노랫소리가 가야산을 울렸다. 하문의 옆에 있는 석도가 낮은 목소리로 물었다.

"이 노래는 무슨 노래인가?"

하문은 노래의 기원에 대해 조용히 일러 주었다.

"예전에 적국의 남자가 월성의 부용 공주를 불러낼 때 부르던 노래라네. 석가치님이 내게 일러 준 걸세."

"그자가 지금 백제군을 이끌고 있는 오상치라는 적장이란 말인가?"

"그렇다네."

석도와 이야기를 나누는 사이에 이미 적군의 화살 사정거리 안에 들어와 있었다. 하문은 선발대를 세워놓고 혼자 이십 보쯤 앞으로 나갔다. 성루 위에서 화살을 날리면 충분히 닿을 수 있는 거리였다.

"쥐새끼처럼 남의 나라를 들락거리는 오상치라는 놈은 냉큼 앞으로 나오너라. 오늘은 네놈의 제삿날이 될 것이다."

하문의 도발에도 성안에서 아무런 움직임이 없었다. 성루 위에도 초병의 모습만 보일뿐 활을 겨누는 적군은 없었다. 하문은 말을 열 보쯤 전진시켰다. 성문이 지척이었다. 하문이 또 다시 소리를 지르려는 찰나에 성문이 스르르 열렸다. 선발대에 있던 화랑들은 바짝 긴장했다. 하문이 단독으로 앞에 나가 있는 것은 바람직하지 않아 보였다. 여러 명의 적군이 순식간에 하문을 들이친다면 속수무책일 것 같았다.

그러나 성문을 걸어 나오는 적군은 오상치 혼자였다. 하문을 공격할 뜻이 전혀 없는 것 같았다. 오상치의 말안장 뒤에 한 사람이 더 타고 있었다. 하얀 갑옷을 입은 아령이었다. 갑옷은 입었지만 투구를 쓰지 않은 맨 얼굴이어서 바로 알아볼 수 있었다. 아령의 얼굴은 금방이라도 말 등에서 굴러 떨어질 것처럼 핼쑥해 보였다.

오상치는 천천히 말을 몰아 하문에게로 다가왔다. 두 사람의 거리가 십 보정도 되는 지점에서 걸음을 멈추었다. 두 사람은 상대를 찌를 듯한 눈빛으로 바라보았다. 하문은 오상치를 노려보면서도 말안장 뒤에 앉아 있는 아령을 의식하지 않을 수 없었다. 가슴에 화살을 맞고도 무사히 살아난 것이 무엇보다 기뻤다.

"애송이 놈이 주둥이를 함부로 놀리는구나. 내가 성을 돌려주고 물러난다는데 왜 말리는 것이냐? 결국 내 앞에 목을 내놓겠다는 것이냐?"

"모르는 소리 하지마라. 대야성은 예로부터 신라의 땅이니 내놓는 것은 당연한 것이다. 그보다는 먼저 뒤에 있는 아령 공주부터 내놓아야 할 것이다."

"아령이 공주인 걸 아는 걸 보면 내 딸이라는 사실도 알고 있다는 뜻이렸다. 내가 딸을 데려가겠다는데 네가 참견할 일이 아니지 않느냐?"

"하하하하핫."

갑자기 하문이 큰 소리로 웃어 제쳤다. 웃음소리에 오상치가 당황한 듯했다.

"웬 오두방정이냐? 여기에 놀러 나온 것이냐?"

웃음을 멈춘 하문이 정색을 하고 오상치를 바라보았다.

"오두방정을 떠는 놈은 바로 네놈이 아니냐. 제 여인과 자식을 버려두고 혼자서 살겠다고 도망을 친 놈이 누구더냐? 그리고도 네놈이 이제 와서 아비라고 말하는 것이냐? 아령 공주를 이리로 보내고 내 칼을 받아라."

하문이 환두대도를 빼어 높이 치켜들었다. 그러나 먼저 공격을 할 수는 없었다. 오상치의 등 뒤에 있는 아령을 다치게 할 수 없기 때문이었다. 오상치도 그 사실을 알고 있었지만 난감한 표정을 지었다.

"젊은 놈이 말 귀가 꽤나 어둡구나. 대야성뿐 아니라 아막성까지 모두 돌려준다는데 웬 말이 많으냐. 네놈 검술로 나를 쓰러뜨릴 수 있을 것 같으냐?"

"네놈이 칼만 믿고 자신을 돌아볼 줄 모르는구나. 저기 우리 군사들을 바라보아라. 저들의 머리에 꽂은 깃털이 무엇이라고 생각하느냐? 믿어지지 않겠지만 바로 아령의 어머니이신 부용 공주님의 넋이 널 찾으러 온 것이다. 어찌 자신의 여자를 몰라보는 것이냐? 어서 순순히 이 칼 앞에 목을 내 놓아라. 죽음을 두려워하는 걸 보니 참으로 옹졸한 사내로구나."

오상치의 안색이 갑자기 검게 변했다. 고개를 돌려 아령을 바라보더니 기다란 환두대도를 뽑아들었다.

"신라놈들이 끝까지 나를 괴롭게 하는구나. 나에겐 여자도 없고 딸도 없다. 이 시간 이후로는 나에게서 자비를 바라지 마라. 내가 서라벌까지 쳐들어가 원수를 갚고 내 딸과 함께 죽을 것이다."

"어림없는 소리. 아령은 네 딸이 아니라 나의 여인이다. 서라벌의 사내는 나라를 바칠지언정 자신의 여인을 버리지는 않는다."

하문의 대답을 듣고 놀란 것은 오상치가 아니라 화랑들 틈에 도열해 있던 왕세자였다. 왕세자는 옆에 있는 석도를 조용히 불렀다.

"석도랑. 그대는 태백산의 대호를 잡은 서라벌의 사나이다. 지금 하문이 하는 말을 똑똑히 들었을 것이다. 이것은 분명 반역이다. 화살을 시위에 메겨서 대기하고 있거라."

왕세자는 석도에게 명령을 내리고 하문을 향해 큰 소리로 외쳤다.

"하문, 들어라. 그대는 지금 나라를 위태롭게 하고 있다. 물러간다는 적을 놓아주지 않는 것은 나라를 망치려는 것이다. 여자는 상관 말고 보내주도록 하라."

왕세자의 말에 잠시 주춤하던 하문이 힘찬 목소리로 되받았다.

"백성을 지켜주지 못하는 나라는 나라가 아닙니다. 여인을 지켜주지 못하는 사내는 사내가 아닙니다. 내것을 지키지 못하는 사내가 어찌 나라를 지킨다고 장담할 수 있겠습니까."

"네 마음속에 나라를 망치는 반역이 가득 차 있구나. 석도랑 어서 하문을 쏘아라."

석도는 화살을 시위에 걸기는 했지만 망설이지 않을 수 없었다. 지금 쏘라고 지목한 것은 자신과 가장 절친한 친구가 아닌가. 아무리 명령이라고는 하지만 친구를 쏜다는 것이 가당키나 한 것인지 망설이지 않을 수 없었다. 석도가 머뭇거리자 왕세자가 거듭 재촉했다.

"명령을 듣지 않는 것도 반역에 동조하는 것이다."

석도는 하는 수 없이 시위를 당겨 하문의 등을 겨누었다. 왕세자는 거듭 석도를 재촉했다. 석도의 활시위를 떠난 화살이 하문의 등을 향해 날아갔다. 하문은 시위를 떠난 화살이 공기를 가르는 소리를 들었다. 그러나 석도가 쏜 화살을 피하고 싶은 생각은 없었다. 범의 심장을 정확하게 맞힌 석도였다. 석도 역시 마찬가지였다. 아무리 왕세자의 명령이라고 해도 자신이 죽었으면 죽었지 친구를 향해 활을 쏠 수는 없었다.

얼떨떨한 심경으로 돌아가는 상황을 지켜보던 오상치는 갑자기 자신을 향해 날아오는 화살을 보고 깜짝 놀라 고개를 숙였다. 그 바람에 화살은 오상치의 머리 위를 지나 아령의 이마 한가운데 정확하게 박혔다. 퍽 하는 소리와 함께 아령의 고개가 뒤로 꺾였다.

활을 쏜 석도는 물론이고 왕세자를 비롯한 화랑들 모두가 놀랐다. 그러나 뭐니뭐니해도 제일 놀란 것은 하문이었다. 아령의 고개가 꺾이는 순간에 손에 쥐었던 환두대도를 바닥에 놓아버리고 말았다. 순식간에 말에서 뛰어내려 아령에게로 달려갔다. 고개를 꺾고 말 등에서 떨어지는 아령을 받았다.

아령의 몸이 하문의 품에 완전하게 안긴 순간이었다. 하문의 등 뒤에 뜨끈한 불기운이 지나갔다. 오상치가 하문의 등을 칼로 내려친 것이었다. 하문은 그대로 아령을 안고 앞으로 고꾸라졌다. 등에서 붉은 피가 왈칵 솟아올랐다. 날카로운 칼날이 늑골을 가르고 내장을 상하게 한 것이 분명했다.

오상치가 말에서 뛰어내렸다. 아령을 떼어내기 위해 하문의 팔을 잡고 제쳤지만 꼼짝도 하지 않았다. 이마를 관통당한 아령은 이미 숨이 멎어 있었다. 오상치가 무리하게 하문을 떼어내려고 시도를 했다. 그러나 아령을 끌어안은 하문의 팔은 나무토막처럼 단단하게 굳어 있었다.

오상치가 하문의 숨을 완전히 끊어놓기 위해 칼을 높이 치켜들었다. 칼날이 내려오려는 순간에 하문의 몸이 돌아누웠다. 여전히 아령의 한 팔을 잡은 채 두 사람이 나란히 누워있게 되었다. 하문이 칼을 치켜든 오상치를 빤히 올려다보았다. 입안에서 한 번씩 덩어리진 붉은 피가 울컥울컥 올라왔다. 그런 모습을 내려다본 오상치는 치켜든 칼을 그대로 내렸다.

"나를 원망하지 마라. 그러게 왜 끝까지 고집을 부린 것이냐?"

하문이 피로 범벅이 된 입을 벌려 간신히 대답을 했다.

"좋으시겠소. 이제 서라벌로 쳐들어가 당신이 취하고 싶은 걸 마음대로 취하시구려. 도대체 당신이 얻으려는 게 무엇이오?"

"네놈들이 기어코 내 피붙이까지 앗아가는구나. 나도 내 여자를 지켜주고 싶었다. 내 나라를 바쳐서라도 내 여자를 지키고 싶었다. 구차하게 내 목숨이 아까워 지금까지 살아 있는 줄 알았느냐?"

오상치는 내렸던 환두대도를 다시 치켜들었다. 칼날이 막 내려오려는 순간에 하문이 손가락으로 하늘을 가리켰다.

"저길 한 번 쳐다보시오. 숨이 멎는다고 이 생이 끝나는 것이 아니오. 저기 부용 공주님이……. 고맙소. 내가 내 나라를 버려도…… 내 목숨을 버려도 내 여인과 함께 할 수 있어서……."

하문은 말을 끝맺지 못하고 고개를 떨어뜨렸다. 숨이 멎는 순간까지 아령의 손을 꼭 잡은 채였다. 오상치가 하문이 가리키던 하늘을 쳐다보았다. 가야산에서 날아온 두루미 떼가 빠른 속도로 공중을 선회하고 있었다. 한참 동안 두루미 떼를 바라보던 오상치의 눈에서 눈물이 흘러내렸다. 눈물을 닦지도 않은 채 아령을 내려다보았다. 아령과 하문은 손을 잡고 잠자듯 누워 있었다.

"이야아아! 날보고 어쩌란 말이냐!"

오상치의 찢어질 듯한 고함소리에 공중을 선회하던 두루미 떼가 흩어졌다 다시 모였다. 오상치는 환두대도를 꼬나잡고 왕세자와 석도가 서 있는 곳을 향해 달려들었다. 왕세자가 깜짝 놀라 등자를 걷어차자 놀란 말이 앞발을 공중으로 치켜들었다. 그 바람에 왕세자의 몸이 맥없이 바닥에 떨어졌다. 그대로 놓아두면 오상치의 칼에 목이 날아갈 판이었다.

석도는 침착하게 화살 하나를 시위에 걸었다. 시위를 당기는데 귓속에서 아령의 목소리가 들렸다.

'범을 잡으려면 범보다 빨라야 합니다.'

오상치의 걸음은 태백산의 대범에 비길 바가 아니었다. 시위를 떠난 화살은 정확하게 오상치의 목을 꿰뚫었다. 오상치의 몸이 바닥에 구르더니 큰 대자로 드러누웠다.

석도는 대야성 성루 위를 쳐다보았다. 대장을 잃은 백제군사들이 대공격을 해올까 걱정이 되었다. 말에서 떨어진 왕세자를 부축해 화살의 사정거리 밖으로 급하게 물러났다. 그때 신기한 현상이 일어났다. 두루미 떼가 하늘을 뒤덮고 있었다. 그때문에 시야가 가려 앞을 분간할 수가 없었다. 성루 위에서 활을 쏘려 해도 쉽지 않았다. 숫자를 가늠할 수 없는 두루미 떼가 모두 날아와 하문과 아령이 쓰러져 있는 전장의 하늘을 뒤덮었다. 가야산뿐만 아니라 온 산천의 두루미 떼가 모두 몰려온 듯했다. 두 손을 꼭 잡고 누워 있는 하문과 아령의 감기지 않은 눈 속에도 두루미 떼가 가득했다.